COLLECTION FOLIO

Saskia Noort

D'excellents voisins

*Traduit du néerlandais
par Mireille Cohendy*

Denoël

Titre original :

NIEUWE BUREN

Éditeur original :
Ambo/Anthos, Amsterdam, Pays-Bas. Tous droits réservés.
Publié avec l'accord de Linda Michaels Limited, International
Literary Agents
© 2006, Saskia Noort.

© Éditions Denoël, 2011, pour la traduction française.

Saskia Noort est née aux Pays-Bas en 1967. Journaliste indépendante, elle collabore aux éditions néerlandaises de *Marie-Claire, Playboy* ou encore *Santé Magazine*. Elle est l'auteur de *Retour vers la côte* et *Petits meurtres entre voisins* (prix SNCF du Polar européen 2010), et *D'excellents voisins*.

*Je dédie ce livre à grand-mère Bep,
décédée hélas peu avant sa publication.*

In a complete sane world, madness is the only freedom.

J.G. BALLARD

I just wanna feel real love
fill the home that I live in
I got too much life, running
thru my veins, going to waste

« Feel »,
ROBBIE WILLIAMS
et GUY CHAMBERS

Il travaillait depuis deux ans au domaine De Kempervennen et ce n'était pas la première fois que, le matin, il trouvait sur la porte les petits pains oubliés par les locataires. Cela signifiait d'ordinaire qu'ils avaient quitté leur maisonnette plus tôt que prévu et que la réception avait oublié de le lui signaler. C'est pourquoi en voyant le petit sachet suspendu au loquet du cottage VIP, n° 1553, Écureuil, il se mit à pester contre les filles de l'accueil qui, de toute évidence, préféraient cancaner et se passer du vernis à ongles plutôt que de veiller au bon fonctionnement du domaine. Il descendit de son minibus vert, claqua la portière avec humeur et se dirigea vers le bungalow de béton gris pour retirer du loquet les petits pains et le journal de la veille. Tout en saisissant de la main droite le talkie-walkie accroché à sa ceinture, il s'empara du sachet blanc et jeta un coup d'œil par la petite fenêtre latérale de la porte. Des vêtements étaient suspendus au portemanteau. Visiblement, les locataires étaient toujours là, Il consulta sa montre. Sept heures. Il tira le journal du sachet. Il datait de la veille. Il fit un pas de côté et pressa son nez contre la vitre. Des manteaux. Du bois pour la cheminée. Des chaussures de femmes sous le portemanteau. Il haussa les épaules, décida que cela ne le concernait pas, regagna son minibus, jeta le sac plastique sur le siège du passager et en saisit un autre contenant des petits pains frais. Il fit précipitamment demi-tour, faillit trébucher ; il tenait le sac droit devant lui comme il l'aurait fait d'un sac de vomi. Il souhaitait quitter les lieux au plus vite.

C'est alors qu'il aperçut l'enfant qui avançait à quatre pattes. Un garçon ou une fille — il n'aurait su le dire —, le regard éteint, il mordillait nerveusement une grosse sucette jaune. Le visage couvert de traces noires, ses boucles blondes collées sur des joues souillées, il portait un pyjama d'un vert délavé, trempé et couvert de taches. Sa couche pendait à mi-cuisse. De ses mains sales, l'enfant serrait contre lui une peluche usée avec de longues oreilles.

Mauvais signe, très mauvais signe, merde ! Il envisagea de faire demi-tour, de sauter dans son véhicule et d'oublier ce qu'il venait de voir. Il avait fait ce qu'on lui demandait : déposer les petits pains au bon endroit. Il jetterait les autres à la poubelle. Il n'avait rien vu, rien entendu. Mais l'enfant chétif tendit ses petites mains vers la poignée de la porte. De ses petits doigts, il ne pouvait l'atteindre. Son visage se crispa, il était sur le point de pleurer. Du bras, il indiqua le séjour, il détourna les yeux, puis d'un petit bruit sourd il se laissa choir sur le plancher.

L'homme saisit la poignée. La porte n'était pas fermée à clé.

Le seul cadavre qu'il ait jamais vu était celui de sa grand-mère. Elle était exposée dans un cercueil de bois clair. Coiffée, maquillée, tirée à quatre épingles, vêtue de son ensemble gris-vert, elle portait les perles que grand-père lui avait jadis offertes. Il avait été frappé par son petit visage rabougri. Elle qui avait toujours été une femme sympathique, plantureuse, au sourire amical et bienveillant. Il avait à présent sous les yeux une sorcière à l'air revêche, les yeux clos, les lèvres pincées, l'air réprobateur. Ses parents, ses oncles et tantes, les voisins de sa grand-mère, les frères et les sœurs de celle-ci, tous prétendaient qu'elle avait l'air serein. Comme si elle dormait. Ils mentaient. Ils disaient n'importe quoi. Grand-mère était tout sauf sereine. Amère, frustrée, dupée, bougonne, oui, mais pas sereine. Il en avait été très contrarié et s'était juré de ne plus jamais assister à une veillée mortuaire. Aussi, bien qu'ayant rarement été confronté à la mort, il perçut immédiatement la présence d'un cadavre au cottage VIP, n° 1553, Écureuil. Il en reconnut l'odeur.

« *Pourquoi moi ? Pourquoi moi ? Pourquoi moi ?* » *répétait-il à voix basse comme une sorte de mantra. Il ne savait que faire. Il se pencha sur l'enfant pour vérifier que le cœur battait toujours, la respiration était très superficielle. Il tapota les petites joues amaigries, mais le bambin ne réagit pas. Une odeur prononcée, chimique, émanait de sa bouche. Il tira le talkie-walkie accroché à sa ceinture, l'alluma et, en hurlant, ordonna à la réceptionniste de faire venir au plus vite* la police et une ambulance, c'était une question de vie ou de mort, puis il s'assit près de l'enfant. Il lui caressa les mains. Il porta la sienne à son front qui était froid, l'attira contre lui et l'enlaça gauchement. Il resta assis, le petit sur les genoux, près de la porte d'entrée ouverte, inspirant désespérément l'air frais par les narines pour ne pas vomir. « Allons, allons… », bredouillait-il plus pour lui-même que pour l'enfant qu'il tenait dans ses bras et berçait maladroitement. Il détourna les yeux du petit visage figé et jeta un regard par l'entrebâillement de la porte. Du sang, partout !

Dès qu'il aperçut les premières voitures de police, il fondit en larmes. Il craignait que l'enfant qu'il tenait sur ses genoux ne soit mort, ou dans le coma, et qu'il en soit responsable. Au lycée, il avait dû suivre un cours de secourisme, il en avait gardé de vagues notions de réanimation. Mais un enfant ? Cet enfant d'une saleté repoussante ? Il n'aurait pu se résoudre à poser sa bouche sur ces lèvres fiévreuses couvertes de morve séchée.

La voiture de police venait juste de s'arrêter devant le bungalow, l'ambulance arriva quelques secondes plus tard. Deux policiers et deux ambulanciers se précipitèrent vers lui, l'un d'eux passa son bras autour de ses épaules et s'adressa à lui en disant « Monsieur ». L'autre examina rapidement l'enfant. Il lui prit le pouls, observa le petit ventre parcouru de veines bleues, souleva les paupières, les éclaira de sa lampe, murmura d'un ton apaisant qu'il était en vie, qu'il semblait souffrir de malnutrition et de déshydratation. On lui retira l'enfant que l'on allongea sur un brancard.

On l'aida à se relever et on le conduisit à l'extérieur. Il entendit des cris de panique provenant du bungalow.

« *Des renforts ! Celui-ci est encore en vie !* »

L'infirmier retira son bras. Il s'excusa avant de se précipiter à l'intérieur. Aujourd'hui encore, il ignore ce qui le poussa à lui emboîter le pas. À aller voir de ses propres yeux. Ce fut probablement pour la simple raison que la mort attire comme un aimant. Tel un zombie, il traversa le vestibule, se dirigeant vers la porte entrouverte. Ses souliers collaient à la moquette imprégnée de sang. Il entendait des hurlements.

« *Faites-le sortir !* »

Personne ne réagit.

« *Ils sont quatre ! Il y en a trois ici !* »

Le premier corps qu'il aperçut fut celui d'un homme. Il était recroquevillé contre le bloc-cuisine derrière le petit bar. À en croire les traces de sang sur le carrelage beige, il avait utilisé ses dernières forces pour se traîner jusque-là. L'infirmier s'agenouilla près de lui, il marmonna quelques mots dans son talkie-walkie.

Sur le canapé rouge du séjour, gisaient les corps enlacés de deux femmes. L'une d'elles avait cherché refuge dans les bras de l'autre qui l'avait prise sous sa protection, tel un cygne avec son petit. Les verres brisés, la bouteille de vin, le repas froid auquel personne n'avait touché et les cigarettes à moitié fumées, le tout éparpillé sur la moquette beige, indiquaient que la soirée avait commencé dans la convivialité. Jusqu'au moment où quelqu'un avait renversé la table basse en pin. Peut-être l'homme qui, affalé comme un pantin de chiffon contre le petit mur près de la cheminée, baignait dans du sang coagulé. Les policiers reconnurent immédiatement l'arme, à sa droite : un Walther P5 9 mm. Une arme de service !

Il se cramponnait au chambranle de la porte. Les jambes flageolantes, il recula en cherchant appui contre le mur. Il avait la tête qui tournait. Il s'enfonça le poing dans l'estomac. Il aurait voulu s'enfuir, mais ses jambes refusaient d'obéir.
Quelqu'un se mit à hurler.
« Qu'est-ce qu'il fait encore ici celui-là, nom de Dieu ? »
On le prit par la main.
« Monsieur, si vous voulez bien me suivre ? »
Une voix douce, amicale. Il croisa le regard vert, plein de douceur, de l'agent de police, une femme, qui passa son bras autour de sa taille.

Depuis les maisonnettes voisines, des locataires curieux pointaient leur nez. Partout, il y avait du bruit. Il trébucha et porta les mains à sa tête. L'agent le fit asseoir sur la banquette arrière de la voiture de police et lui conseilla de se pencher en avant, la tête entre les genoux. Elle lui tendit un sachet brun, plastifié. Elle lui passa la main dans le dos. Son estomac se contracta et il vomit, puis ses joues se couvrirent de larmes. Jamais il n'oublierait le visage de ces morts.

PETER

1

« Peter a horreur du changement. Tout événement auquel il ne s'attendait pas ou auquel il n'a pu se préparer le perturbe... C'est vraiment pénible. Par conséquent, c'est moi qui dois toujours être la plus forte, tout assumer. Eh bien, à présent, je n'assume plus. »

Eva dit cela comme s'il s'agissait d'un ordinateur qui ne cesse de tomber en panne. Mais c'est de moi qu'elle parle à la femme assise en face de nous, une de ces psychothérapeutes qui travaillent à partir de leur propre vécu, Hetty Vos, une femme poussiéreuse, aux cheveux gras grisonnants qui encadrent un visage terne. Elle est supposée nous accompagner dans notre « processus de deuil ».

Je ne veux pas de son aide, je ne veux pas parler, surtout pas à cette cruche, dans ce trou sombre qui empeste l'encens et qu'elle a le culot d'appeler « Cabinet spécialisé dans la recherche de soi ». Mais Eva a pris rendez-vous sans me demander mon avis, puis elle m'a mis au pied du mur : ou je l'accompagne chez Hetty, que de nombreuses compagnes d'infortune lui ont recommandée, ou elle demande le divorce.

« Peter… »

Hetty s'adresse à moi avec un air compréhensif tout en versant une tisane couleur pipi dans des tasses marron.

« Tu comprends ce que dit Eva ? »

Je détourne les yeux, fixe un tableau accroché au mur derrière Hetty, une femme nue, les mains croisées sur un ventre rond, dans un geste protecteur. J'essaie de me souvenir des paroles d'Eva. Elle a dit que je ne supportais pas le changement, quelque chose dans ce genre.

Je réponds que c'est peut-être vrai.

« Peter, voudrais-tu te redresser un peu et regarder Eva quand tu parles ? »

Je m'avance au bord du canapé et me tourne vers Eva qui me regarde d'un air réprobateur. Je l'aime. Je ne veux pas divorcer. Même si notre vie de couple est banale et prévisible, même si la perspective d'un avenir sans enfants est douloureuse, je veux rester avec elle. C'est pourquoi je suis ici, pour la convaincre de nous accorder une dernière chance. Mais je ne trouve pas les mots appropriés.

Eva, agacée, renifle en passant la main dans ses boucles blondes. Elle est allergique à la poussière et aux poils de chat, et ici ils abondent.

Je marmonne que je comprends.

« Que ressens-tu, Peter, en entendant ce qu'Eva dit de toi ? »

Je ne ressens rien. C'est étrange. Je sais que je fais tout pour éloigner ma femme de moi, je me rends compte qu'Hetty me considère probablement comme un pauvre type, autiste de surcroît, que je cherche le bâton pour me faire battre, que je devrais changer. Je sais tout cela, mais sans le ressentir vraiment.

Je dis que je souffre face à la solitude d'Eva, que j'aimerais l'aider, mais que je ne sais pas comment faire.

Hetty sourit en secouant la tête. De son corps maigre, elle se penche vers moi.

« Peter, Eva et moi, nous voudrions savoir ce que toi, tu ressens... »

De son poing, elle tambourine sur sa poitrine afin de donner plus de poids à sa question. J'aimerais qu'elle cesse de prononcer mon nom aussi explicitement, comme si elle s'adressait à un gosse. Eva soupire. Il faut que je dise quelque chose.

« J'ai l'impression d'être un raté. »

Le menton d'Eva est agité d'un tremblement. Hetty nous tend les mains, et Eva s'agrippe désespérément à ses doigts osseux. J'ignore la main tendue vers moi qui, du coup, reste en suspens dans le vide.

« Peter, déclare Hetty d'un ton décidé, la prochaine fois j'aimerais te voir seul. »

Eva voudrait que nous allions nous asseoir à la terrasse d'un café. Je préférerais finir de poser le plancher laminé dans les chambres de notre nouvelle maison, afin que nous puissions déménager le week-end prochain, mais je sais d'avance que mon idée va lui déplaire. Aussi, arrivés sur la place du marché, nous cherchons une place et commandons deux cappuccinos, puis nous observons en silence la foule des badauds qui font leur shopping.

« Je suis contente que tu l'aies dit », commence Eva. Elle savoure à la petite cuiller la mousse de son cappuccino. Je ne peux soutenir son regard, car je ne supporte ni la douleur ni les reproches dont il est chargé depuis la disparition de Lieve. « Parce que, parfois, on dirait que ça ne te touche pas beaucoup, que je suis la seule à faire mon deuil. Pour moi, c'était très important ce que tu as dit. Merci. »

Nos regards se croisent furtivement, je plonge le mien dans ses magnifiques yeux bleu clair et j'aimerais lui dire combien elle est belle, combien elle est forte, combien je l'admire pour sa combativité et sa ténacité. Mais je me contente de marmonner que si, bien sûr, tout cela me touche. Que moi aussi j'aurais aimé être père. Nous ne pouvons plus aborder aucun sujet de conversation autre que l'absence d'enfant et la mort de notre petite fille, tout le reste est devenu tabou et toute tentative de ma part pour parler d'autre chose la met presque systématiquement hors d'elle. Cette fois encore, je risque de me voir accusé de chercher à éluder la question, d'être insensible et égoïste.

Par conséquent, nous nous taisons. Côte à côte, nous regardons dans le vide, comme mes parents jadis, éteints, n'ayant plus rien à se dire, et je pense : Voilà ce qu'est devenue notre vie.

I hope I die before I get old

The Who. Dans les moments les plus inattendus, des textes de chansons me reviennent par bribes. Une manie qui m'est restée de l'époque où j'étais disc-jockey. Cela fait diversion, me permet de prendre du recul, comme si je n'étais pas moi, mais un acteur qui peut sortir du film à tout instant.

Eva veut partir. Toutes ces familles heureuses, ces femmes enceintes et ces pères derrière une poussette la rendent folle. Son visage, naguère si doux et avenant, est sombre et crispé à présent. J'entre dans le café, soulagé d'avoir quelque chose à faire et je règle l'addition. Puis nous nous dirigeons vers la voiture, côte à côte mais seuls, repliés sur nous-mêmes, comme si le froid nous transperçait, comme si la pluie nous frappait au visage.

J'ai toujours pensé qu'un jour je ferais quelque chose dans le domaine de la musique. Lorsque j'étais au lycée, j'avais mis toutes mes économies dans deux tourne-disques, une table de mixage, quatre baffles, un amplificateur, des jeux de lumière et une boule à facettes.

« DJ Peter, pour toutes vos fêtes et vos soirées. Musique de votre choix ! » annonçait la petite carte argentée que j'avais épinglée sur le tableau d'affichage du supermarché. Pour les fêtes du lycée, les fins d'examens, les mariages et les anniversaires, je m'occupais de la musique pour cent florins la soirée, de quoi payer mes cours de guitare. Car mon rêve, c'était de devenir guitariste dans un groupe de rock. Contrairement aux garçons de mon âge qui adoraient de détestables frimeurs comme Boy George ou des mollassons efféminés comme Duran Duran, j'aimais les pleurs des guitares : Led Zeppelin, les Stones, Deep Purple, Jimi Hendrix et surtout Pink Floyd. Pour moi, les guitaristes étaient les vraies vedettes du groupe, à la fois superbes et inaccessibles. Quelle allure ils avaient ! Les yeux clos, tenant nonchalamment leur guitare à hauteur de leur sexe, comme si seul comptait le gémissement des cordes. Des solistes, comme moi, qui n'avaient besoin du reste du groupe que pour leur donner le rythme. Pour le reste, ils préféraient être seuls. Ils menaient la danse, dirigeaient la musique, enthousiasmaient le public, je voulais être comme eux. Dans ma chambre, entouré des posters de Led Zeppelin, Jimi, Keith, sans oublier Ritchie Blackmore, je m'exerçais jusqu'à en avoir les doigts meurtris.

Une fois, j'ai passé une audition pour devenir guitariste dans un groupe local très populaire, On the Road, mais j'étais si nerveux qu'après avoir vomi tripes et boyaux je fus incapable de sortir le moindre son de ma guitare. Je manquais de *stage performance*, m'a-t-on dit. On m'a conseillé de tenter de vaincre ma peur de l'échec. Je n'en ai rien fait.

C'est étrange comme la peur de l'échec entraîne l'échec à coup sûr. Systématiquement. Pourquoi cette crainte aujourd'hui encore ? On pourrait penser que, depuis le temps, j'ai pris l'habitude de la sensation qu'il procure. À vrai dire, je crois que c'est plutôt la réussite qui me paralyse. La peur de la réussite. Voilà ce dont je souffre en réalité !

Bref, je m'occupais donc de la musique pendant les fêtes, les soirées et, bizarrement, dans ce domaine j'étais très bon, à l'abri derrière mes platines qui faisaient tampon entre le public et moi. Je passais ce qu'on me demandait. Ils voulaient Bananarama, je leur donnais du Bananarama. Ils voulaient André Hazes, je leur donnais du André Hazes. Avec, en alternance, « Whole lotta Rosie » de AC/DC, bien sûr. Mais ils adoraient. Les filles grimpaient sur les tables en agitant leurs cheveux tandis que les garçons sautaient en faisant semblant de jouer de la guitare à la Angus Young.

C'est lors d'une fête du lycée, pendant que je

passais des disques dans la salle de gymnastique, qu'Eva m'aborda pour la première fois. Je la connaissais de vue, elle était en seconde, moi en première. Je la trouvais très belle avec ses cheveux blonds frisés et ses joues roses, elle respirait la santé. Mais une fille comme elle n'était pas faite pour moi; il ne me serait même pas venu à l'idée de lui adresser la parole.

Elle me cria à l'oreille que j'étais un bon disc-jockey. Ses joues rondes étaient rouges d'excitation, son tee-shirt rose qui lui collait au dos découvrait une épaule bronzée, elle était en sueur. Elle ne portait pas de soutien-gorge, je le devinais à la façon dont ses seins se balançaient au rythme de la musique. Elle restait près de moi, à siroter son Coca. Je ne savais que répondre, je me contentai de hocher la tête, de sourire et de hausser les épaules. Nos corps s'agitaient sur une musique disco tonitruante, le mien avec trop de raideur, me semblait-il, le sien avec souplesse. Elle me regarda, pointa les lèvres d'un air décidé, tout en agitant la tête. Elle me cria quelque chose en m'adressant un sourire radieux. Elle se pencha vers moi et posa la main sur mon épaule. Je sentis la chaleur qui émanait d'elle et perçus son parfum, Opium, qui me sembla trop lourd pour une jeune fille aussi fraîche et débordante d'énergie.

« Tu as Billy Idol ? » me cria-t-elle dans l'oreille. Je lui demandai quelle chanson elle voulait entendre.

« "Hot in the City !"

— Ça vient », répondis-je en la suivant du regard. Je la vis s'éloigner en sautillant pour rejoindre la foule des danseurs. Ses copines l'accueillirent par des cris de joie et Eva pouffa de rire. Elles se moquaient de moi à coup sûr. J'étais toujours la risée des filles de mon lycée.

Elle passa la soirée à danser avec ses amies, juste devant mes platines. De temps en temps, elles jetaient toutes un regard vers moi, chuchotaient et s'esclaffaient. Parfois un groupe de filles tournait autour de ma table de mixage, elles réclamaient une chanson et allaient me chercher à boire. Mais c'était pour la plupart des filles un peu trop délurées pour leur âge, des petites allumeuses qui fumaient, buvaient des Pisang Ambon et flirtaient avec toi juste pour faire marcher leur petit copain, sorti du fin fond de son polder le temps d'un week-end.

Eva n'était pas comme les autres. Eva était pure. Et elle savait danser. Alors que les autres filles se trémoussaient, agrippées à leur sac à main, Eva, elle, se mouvait avec une grâce féline, les hanches souples, les bras au-dessus de la tête. Je n'oublierai jamais ce qu'elle portait ce soir-là : des bottes de cow-boy blanches sur ses jambes bronzées de joueuse de hockey, une minijupe en jean, blanche également, et un tee-shirt rose qui glissait sur ses épaules, de gros anneaux argentés aux oreilles. Elle appartenait au groupe des discos et jamais, au grand jamais, elle ne tomberait amoureuse d'un rocker comme moi.

C'est pourtant ce qui arriva. Pas à cette fête, mais plus tard, beaucoup plus tard, après que se fut instaurée entre nous une sorte d'amitié. Ou du moins, elle, elle me considérait comme un ami. Mais pour moi elle faisait l'objet d'un amour secret, inaccessible. Au lycée, nous nous parlions de plus en plus souvent. Parfois, nous faisions un bout de chemin ensemble en rentrant chez nous et il lui arrivait de passer me voir lorsque je travaillais comme DJ. Nous n'allions jamais au cinéma ou à la piscine comme l'auraient fait de vrais amis, mais je la croisais partout où j'allais. À un moment donné, elle entreprit de m'embrasser trois fois chaque fois qu'elle me rencontrait, comme elle le faisait avec ses amies, et, le jour où elle rompit avec un certain Rick, un petit-bourge, look disco, écharpe de hockey autour du cou, elle se jeta dans mes bras en pleurs au beau milieu de la cour du lycée. Ce fut un événement car les discos, les rockers, les punks et les bourges se devaient de rester strictement retranchés chacun dans leur camp. Cette crise de larmes nous rapprocha. Je l'accompagnai au bar le plus proche pour prendre un café, elle était encore secouée de sanglots, je passai un bras protecteur autour de ses épaules. Elle me confia que Rick avait embrassé une autre fille, une amie à elle de surcroît. Comment pouvait-il lui faire ça à elle ?

Alors qu'il savait que ses parents étaient justement en train de divorcer parce que son père avait une maîtresse. Pourquoi les hommes agissaient-ils de la sorte ? Pourquoi ne pouvaient-ils se contenter d'une seule femme ?

Je lui pris la main en lui affirmant que jamais je ne ferais une chose pareille. Tous les hommes n'étaient pas comme ça. Mon père, lui, était fidèle depuis plus de vingt ans. Ce Rick était fou de se conduire ainsi avec une fille aussi sympathique et aussi jolie qu'elle. Elle recommença à sangloter en murmurant qu'elle était heureuse d'avoir un ami comme moi. Comme il était bon de parler à quelqu'un qui la comprenait ! Moi au moins, je l'écoutais. À vrai dire, je ne comprenais rien à cette fille et, si je me contentais de l'écouter, c'était par simple timidité.

Après trois cafés, elle commanda un genièvre au cassis avec des glaçons. Elle n'avait pas envie de retourner en cours. Je commandai une bière. Nous parlâmes du lycée, de mes examens, des vacances, nous avions hâte de revoir les beaux jours. Elle me demanda ce que j'avais l'intention de faire après le bac. Je lui répondis que j'irais à Utrecht. À l'école de journalisme. En fait, j'aurais aimé faire une carrière dans la musique, mais je n'étais pas à la hauteur. « Pourquoi pas ? » me demanda-t-elle. Je répondis que je manquais de *stage performance*. Je pourrais me consacrer à la musique en tant que journaliste. Cela me plairait aussi. L'effet de l'alcool sur mon estomac vide m'aidait à me relâcher. J'osai même lui avouer combien je la trouvais belle et sympathique. Elle poussa un soupir, passa son doigt sur le bout de son nez et m'adressa un timide sourire. Chacun de nous tripotait le tapis persan qui recouvrait la table, puis tout à coup elle prononça ces mots tant espérés :

« Embrasse-moi ! »

Elle se pencha sur la table et me tendit les bras.

Je ne savais que faire. Ou du moins je le savais, mais je n'osais pas. Je me penchai vers elle, lui tendis mes lèvres et lui donnai un timide baiser sur la bouche. Elle eut un petit rire moqueur.

« Je veux que tu m'embrasses pour de vrai, Peter. »

Ses mains glissèrent le long de mon cou. Je l'embrassai de nouveau. Sa langue glissa entre mes lèvres. Je reconnus la saveur du genièvre au cassis, je pris tendrement son doux visage entre mes mains, je caressai ses boucles. J'avais la tête qui tournait, je crus que j'allais m'évanouir.

« Eva », murmurai-je, puis, frémissant de bonheur, je l'embrassai de nouveau.

2

Par leurs façades russes, étrusques, italiennes et égyptiennes, les « villas planètes », conçues par Bakker & Van Haasdrecht, procurent une véritable sensation de vacances à leurs habitants.

C'est ce que promettait, il y a deux ans, la brochure de l'agence immobilière au sujet du projet urbain numéro 10, un quartier d'une ville nouvelle appelé Polder Soleil. Cette semaine, les maisons situées place Mercure sont prêtes. Or, en dépit de ma bonne volonté, je n'ai pas vu une seule façade italienne ou égyptienne. Toutes les maisons ressemblent à des blocs de béton tombés du ciel dans un désert de sable. La rue au nom évocateur — Voie lactée — n'est pas encore pavée, et comme il pleut sans interruption depuis plusieurs jours et qu'un certain nombre de couples emménagent en même temps que nous, les plaques d'acier se sont enfoncées dans la boue à la suite du va-et-vient des camions de déménagement. La camionnette que nous avons louée s'enlise à plusieurs reprises avant d'arriver devant notre « villa planète ».

Notre villa, le numéro 1, Voie lactée, regroupe deux maisons jumelles sous un même toit et elle donne sur un terrain vague qui un jour deviendra la belle place Mercure avec terrain de foot, rampe de skate, cages à écureuil et bac à sable. Eva et moi avions choisi cet endroit après mûre réflexion. Ici, entre les maisons alignées, les villas semi-individuelles et les grandes villas, notre enfant grandirait dans un quartier calme, à population mixte, il pourrait se rendre à l'école à vélo et jouer sur la place avec ses petits camarades. Avec une crèche au coin de la rue, une école assez proche pour s'y rendre à pied, ainsi qu'un supermarché, on ne pouvait imaginer plus pratique.

Après la perte de notre petite fille, Lieve, nous ne voulions plus de notre « villa planète ». Trois jours après l'accouchement, j'ai appelé l'agent immobilier pour lui demander de revendre le numéro 1, Voie lactée. Un an et demi plus tôt, les candidats étaient plus nombreux que les maisons disponibles. On avait procédé à un tirage au sort et nous faisions partie des heureux élus. Nous y avions vu un bon présage. Cette fois, tout se passerait bien.

Mais l'agent immobilier n'a pas réussi à revendre notre maison. « Les temps ont changé, nous a-t-il expliqué. Les gens préfèrent rester où ils sont. Ils ont peur. Ils choisissent plutôt de louer, en attendant le retour de la croissance économique. »

Nous avons été contraints d'abandonner notre immeuble en ville et d'emménager au numéro 1, Voie lactée.

Edward, le beau-frère d'Eva, et moi garons la camionnette devant la maison, là où est prévu un petit jardin, le coffre dirigé vers la porte d'entrée. Nous disposons de grandes planches dans la boue. Partout dans la rue, on voit des minibus et des camions de déménagement garés au hasard, ainsi que des gens chaussés de bottes en caoutchouc transportant des cartons et des meubles.

« Un vrai château ! » marmonne Edward en arrivant ; je me rends compte, tout à coup, que c'est la première fois qu'il voit notre maison. D'ailleurs personne ne l'a vue, ni la famille, ni les amis, ni les collègues. Jamais nous n'avons exhibé fièrement les dessins, les photos de la construction, la première pierre, les différentes étapes jusqu'au faîtage. Pire, Eva n'y a pas mis les pieds depuis plus de six mois. Elle a refusé de venir admirer le parquet aux larges lames, style chêne ancien, que j'ai posé et enduit d'une couche de lasure blanche, le tout conformément à ce dont elle a rêvé. La cuisine couleur sable blanc que nous avions choisie ensemble lorsqu'elle était encore enceinte de notre petite Lieve. Le micro-ondes pour chauffer les biberons était indispensable. Mais pas de Quooker, un petit enfant risquait de s'y brûler les doigts. La petite chambre sous la grande fenêtre de toit, la redoutable petite chambre de nos espoirs déçus, que j'ai transformée en un magnifique bureau où j'ai installé mon ordinateur, un endroit clair et spacieux, avec de nombreux rangements. Les murs gris galet, les rebords des fenêtres blanc coquillage, les dalles de granit du Portugal dans le couloir et dans la cuisine, j'ai tout peint et tout posé moi-même. Ces derniers mois, j'ai accompli un véritable travail de fourmi, tous les soirs et tous les week-ends, afin de réaliser la maison de ses rêves, afin de pouvoir au moins lui offrir ça.

« D'abord un café ! » propose Edward dont le gros visage de blond est déjà écarlate ; il vient de déchirer quelques cartons que nous posons sur le parquet en guise de protection. Je mets en marche la machine à expresso et lui réponds qu'il faut compter dix minutes pour que l'eau soit à la bonne température.

« C'est bien compliqué ! Un simple café fera l'affaire. » Edward passe sa langue sur le papier de la cigarette qu'il est en train de rouler, puis il tire vers lui un petit escabeau.

« Elle est pas mal du tout, ta maison, Peter. Tu as fait du bon boulot !

— J'espère qu'Eva sera de ton avis.

— Ouais », fait-il en allumant sa cigarette. Je lui tends une soucoupe. « Tu sais, c'est pas facile pour elle, poursuit-il en inhalant profondément et bruyamment la fumée.

— Je le sais. Pour moi non plus. » Je pose ma main sur la machine à café pour vérifier qu'elle chauffe.

« Oui, mais toi tu es un mec. Pour nous c'est pas pareil. Elles, elles ont ce fichu instinct maternel. C'est bien ancré, tu sais. Et puis, franchement, toi, tu peux toujours faire un môme à une autre, même à quatre-vingts piges. »

Je place une dosette dans la machine et tire la manette vers moi. L'expresso coule goutte à goutte dans la tasse en émettant un fort crachotement. Elle n'a manifestement rien dit à sa famille, c'est tout à son honneur.

« Elle vient aujourd'hui ? »

Je réponds : « Ce soir. Quand tout sera prêt », mais je me garde d'ajouter que je n'en suis pas sûr. Elle a passé toute la nuit dans le séjour, près des bougies qu'elle brûle pour Lieve. Le déménagement est pour elle une dure confrontation à la réalité.

« Dis donc, je ne voudrais pas me mêler de ce qui ne me regarde pas, mais, Sanne et moi, nous nous demandons pourquoi vous n'adoptez pas un enfant. C'est bien, l'adoption, non ? Dans notre rue, il y a des gens qui ont adopté deux petites Chinoises et ils sont ravis… »

Il me dévisage d'un air grave, comme s'il était le premier à avoir cette idée. Ses paroles m'agacent, car je sais combien elles blesseraient Eva.

Tous ces bons conseils, ces recommandations, ces suggestions, cette prétendue compassion et cette manie de vouloir se mettre à votre place, la belle assurance avec laquelle il dit cela. Comme si nous ne savions pas que nous pouvons toujours adopter, ou devenir famille d'accueil ! Comme si nous n'avions pas fait tout ce qui était en notre pouvoir. Je lui réponds que bien sûr nous y avons pensé. Mais l'adoption, ce n'est pas si simple. On nous a conseillé de n'entreprendre les démarches que quand nous aurons entièrement accepté l'idée de ne pas avoir d'enfant par nous-mêmes. Le recours à l'adoption ne doit pas être un pis-aller.

Edward vide sa tasse de café en renversant la tête en arrière, puis il se lève. Il me tape avec bienveillance sur l'épaule.

« Vous savez mieux que nous ce que vous avez à faire. Allez, au boulot, mon vieux ! »

Eva arrive à la nuit tombante. Edward est allongé par terre, la tête en partie derrière le meuble de télévision, il finit de raccorder les fils et de fixer les prises. Je suis juste en train de décapsuler deux bouteilles de bière fraîches quand, tout à coup, elle est là, plantée au milieu de la pièce, faisant peser une tension qui remplit l'espace.

« Mon Dieu, quel raffut ! » s'écrie-t-elle en débranchant la minichaîne portable. Mick Jagger se tait instantanément. Je l'embrasse et je sens que je rougis, comme si j'étais pris en faute.

« Tu mets le son aussi fort à longueur de journée ? »

L'air crispé, elle balaie du regard notre nouveau séjour.

« Ne râle pas, Eva, c'est normal ! » lui crie Edward, tandis qu'à cause de sa corpulence il peine à se dégager de derrière le meuble et à se relever.

« Bon, dit-il, c'est fait. Alors ? Qu'est-ce que tu en penses ? On n'a pas fait du bon boulot peut-être ? »

Il s'essuie le front de sa manche. Je lui tends une bière qu'il porte immédiatement à sa bouche.

« C'est très beau », dit-elle à voix basse.

Je lui prends la main. Je lui demande ce qu'elle pense du parquet et de la peinture. Je lui montre les carreaux blancs artisanaux au-dessus de l'évier, et le grand réfrigérateur américain *side by side*, avec distributeur de glaçons, de glace pilée et éclairage.

« Tu as les mains moites », murmure-t-elle en retirant la sienne. Elle ouvre tous les placards, passe sa main sur la plaque de granit gris, puis elle me regarde. Elle lutte contre les larmes et, en voyant le blanc de ses yeux légèrement strié de rose, je me dis qu'elle en a déjà beaucoup versé aujourd'hui. Nous montons à l'étage. Eva me suit d'un pas hésitant, comme si elle marchait sur des œufs. Je lui dis que je suis heureux de la voir, heureux qu'elle soit venue.

« Bien sûr que je suis venue, Peter. Il n'y a qu'une seule voie à suivre. Nous sommes dans un processus de deuil et nous devons surmonter ensemble cette épreuve. Existe-t-il un endroit plus approprié pour renoncer à notre rêve ? »

Je crois entendre Hetty et je présume que c'est de chez elle que lui viennent ses yeux rougis.

À même les barquettes en plastique, nous mangeons le repas à emporter que j'ai pris chez le Chinois. Eva se contente d'avaler un peu de bouillon. Après le dîner, Edward m'aide à accrocher les stores avant de rentrer chez lui. Eva déclare qu'elle va se coucher. Elle n'a pas fermé l'œil de la nuit, elle est exténuée. Elle bâille ostensiblement à plusieurs reprises. Nul doute, elle veut me faire comprendre qu'il n'est pas question, ce soir, de boire un verre, de bavarder un peu, et encore moins de faire l'amour. Je suis assis sur le nouveau canapé, dans notre nouvelle maison, les yeux fixés sur la télévision, et j'entends ma femme se faufiler dans l'escalier, entrer dans la salle de bains, se brosser les dents, tirer la chasse d'eau, aller dans la chambre et s'allonger en faisant craquer le lit. Les barquettes vides traînent encore sur la table du séjour. Je les prends une à une et les lance à travers la pièce, contre le mur gris galet. Des restes d'assortiment légumes, d'une couleur orangée, coulent le long du mur.

3

Hetty m'accueille en me tendant une main molle, elle m'adresse un vague sourire. Elle déclare que c'est très courageux de ma part d'être venu. Nous nous installons. Moi sur le canapé de velours élimé, elle à mes pieds sur un pouf de cuir marron, près du chauffe-théière sur lequel elle garde à la bonne température sa mixture amère. Elle verse la tisane dans de grandes tasses, m'en tend une et me regarde d'un air interrogateur, comme si c'était à moi de commencer l'entretien. Mais je ne sais pas quoi dire. Eva, elle, sait parler de tout et de rien, engager une conversation, moi pas. Je croise les jambes, pose ma tasse par terre, passe mes mains autour de mes genoux, croise les doigts, et m'efforce pendant ce temps-là d'éviter son regard. Hetty me demande pourquoi je prends cette position renfermée.

« Peter, essaie de te montrer un peu plus ouvert à mes pratiques. Pose tes pieds par terre. Tu devrais peut-être retirer tes chaussures. »

Je refuse. Je ne sais pas pourquoi. Normalement, je n'éprouve aucune gêne à me déchausser, mais ici, face à Hetty, cela ressemblerait à une capitulation. C'est pour Eva que j'accepte de jouer le jeu. Si c'est le prix à payer pour sauver notre couple, je veux bien, mais je ne vais pas pour autant me mettre en chaussettes comme un crétin.

« Bien, c'est comme tu voudras », réplique Hetty avec un sourire déjà moins avenant. « Avant de commencer, je tiens à préciser que je ne suis pas une ennemie, Peter. Vous avez fait appel à moi pour vous aider à accepter la perte de votre bébé, à lui donner une place dans votre couple. Je ne peux faire du bon travail que sur une base de confiance et de collaboration. Or, j'ai la vague impression que tu te conduis comme un enfant en colère, contraint par sa mère à venir ici. Est-ce que je me trompe ? »

Je hausse les épaules et lui réponds que c'est peut-être vrai. Je ne crois pas en ce genre de balivernes. Eva et moi, nous n'avons pas eu de chance, vraiment pas. Mais à un moment donné, il faut savoir tourner la page et continuer. Je ne crois pas qu'une tierce personne puisse nous aider.

« Je crois », dis-je tandis que mon cœur bat de plus en plus fort, « que cette thérapie ne fait que déprimer Eva davantage. Bien franchement, je n'y crois pas beaucoup, non. »

Hetty s'étire les jambes et passe les mains sur ses leggings gris.

« Mon cher Peter, la douleur ne disparaît pas d'elle-même. C'est tout un cheminement. Cela est valable pour toi aussi. Vous vous êtes tant battus pour avoir cet enfant… »

Elle cherche mon regard. Je détourne les yeux.

« Tu dois tout de même avoir du chagrin, toi aussi…

— Évidemment que j'en ai. »

Mais tu ne crois tout de même pas que je vais le montrer ici ? À toi ?

« Pourquoi as-tu tant de mal à l'exprimer ?

— Je n'ai pas de mal à l'exprimer ! Mais je n'éprouve pas le besoin d'en parler vingt-quatre heures sur vingt-quatre. Que dire ? Je n'ai pas un problème, je suis le problème. Je le sais très bien. On ne le résoudra pas en parlant. Ce n'est pas par des mots que je vais vaincre ma stérilité.

— La dernière fois, tu as dit que tu avais l'impression d'être un raté…

— Oui, c'est clair, je crois. Je ne suis pas capable de faire un enfant à ma femme. Je suis l'homme aux spermatozoïdes paresseux. Dans le genre voué à l'échec, on fait pas mieux, non ?

— N'est-ce pas une approche très animale de ta virilité ? Tu es un garçon sain, solide, tu as aménagé une maison superbe, tu as un poste de cadre dans un journal, et Eva t'aime depuis quinze ans… »

Hetty se penche en avant et se contorsionne pour pouvoir me regarder dans les yeux.

Elle tient à me briser. Comme elle l'a fait pour Eva.

« Faire un enfant à sa femme, n'est-ce pas la dernière chose qui nous reste à nous les hommes ? Pour tout le reste, vous pouvez parfaitement vous passer de nous.

— Tu recommences.

— Quoi ?

— À refouler tes émotions. Tu as une image négative de toi-même, Peter, je crois qu'il va falloir travailler là-dessus. »

Je croise de nouveau les jambes. Je mordille l'ongle de mon pouce et réprime l'envie de partir. Si je suis ici, c'est pour Eva. Je ne dois pas l'oublier. Ce n'est pas de moi qu'il s'agit, c'est de nous. Par conséquent, je promets à Hetty que nous allons travailler à l'image que j'ai de moi, j'accepte gentiment les exercices photocopiés qu'elle me remet et nous fixons deux autres rendez-vous, l'un avec Eva et l'autre sans elle. Je règle les cent dix euros comptant.

Le jour de l'enterrement de ma mère, Eva avait ostensiblement jeté sa plaquette de pilules dans les WC. Assis sur le lit, nous avions pleuré ensemble car, à présent, j'étais orphelin. Mon père était mort six mois plus tôt. Je m'étais écrié que dorénavant j'étais seul au monde, que j'aurais tant voulu avoir un frère ou une sœur, quelqu'un qui, comme moi, aurait bien connu mes parents et les aurait aimés, quelqu'un avec qui j'aurais pu évoquer des souvenirs et partager ma douleur. Eva me répondit dans un sanglot qu'elle aurait bien voulu, mais qu'elle ne pouvait remplir ce rôle. J'avais la tête posée sur ses genoux lorsqu'elle m'annonça qu'elle souhaitait fonder une famille. Ainsi, je ne me sentirais plus jamais seul. Elle me donnerait des enfants, autant que j'en voudrais. Je lui répondis que nous étions beaucoup trop jeunes pour fonder un foyer, mais elle n'était pas d'accord. Mieux valait avoir des parents jeunes. Nos enfants ne seraient pas fils ou fille unique et ils ne perdraient pas leurs parents aussi tôt que nous. Ils auraient des parents dynamiques qui s'adoreraient. Rien ne s'y opposait si ce n'était peut-être le fait que, en tant que journaliste en début de carrière, je ne gagnais pas beaucoup d'argent, mais Eva repoussa cette objection d'un geste de la main. Quand elle serait enceinte, j'aurais probablement déjà obtenu une promotion. D'ailleurs, elle était institutrice et elle n'avait pas l'intention de renoncer à son travail. « D'accord », dis-je, tandis qu'elle couvrait de baisers mes joues en pleurs. « Ne perdons pas une seconde. Jette donc ces pilules, et faisons un bébé tout de suite ! »

Je n'avais pas la moindre idée de ce qu'avoir un enfant pouvait bien impliquer, je ne suis pas certain non plus que je le désirais vraiment. Je sais en revanche que je souhaitais rester avec Eva pour toujours et que le fait qu'elle veuille un enfant de moi me rassurait.

Je me souviens de l'euphorie dans laquelle nous plongea cette décision pendant la période qui suivit, malgré la perte douloureuse de mes parents. C'était comme un nouveau départ. Nous faisions l'amour presque tous les jours, après quoi nous imaginions le bébé que nous venions de concevoir. Parfois, nous étions convaincus qu'Eva était enceinte. La lune brillait à travers la vitre, éclairant son beau corps pulpeux. Je lui disais que cette lumière venait du ciel, un instant magique que, plus tard, nous pourrions évoquer en présence de notre enfant. Le lendemain, Eva était prise de nausées et, à en croire ses seins gonflés, elle était bien enceinte. Chaque fois, le test Predictor nous enlevait nos illusions et, même si nous devinions vaguement un petit point bleu, le sang revenait inexorablement. Un an plus tard, nous avons demandé à notre généraliste de nous orienter vers un gynécologue. Mais il ne voulut rien savoir.

« Au bout d'un an, cinquante pour cent des femmes sont enceintes, les autres ne le sont pas, certes, mais il n'y a aucune raison de s'inquiéter », nous expliqua-t-il. Selon lui, tout allait rentrer dans l'ordre, nous étions jeunes et en bonne santé. Il nous recommanda cependant de donner un petit coup de pouce à la nature en notant la courbe des températures.

L'attirail de base, courbe de température et thermomètre, prit place sur notre table de chevet. Chaque matin à six heures et demie, quand le réveil sonnait et qu'Eva était réveillée depuis longtemps, elle prenait sa température et notait le résultat. Si celle-ci avait augmenté de 0,2 degré Celsius, l'ovulation n'allait pas tarder, par conséquent il fallait faire l'amour. Elle coupait court aux préliminaires, mes baisers, à cette heure matinale, l'importunaient, je devais éjaculer le plus vite possible pour que nous soyons tous les deux à l'heure au travail.

Six mois plus tard, nous retournions chez le généraliste, après une violente dispute en pleine nuit pour décider si nous allions nous lancer ou non dans l'engrenage médical. J'étais d'avis que « non ». Je serais ravi d'avoir un enfant, mais il serait le fruit de l'amour, pas d'une éprouvette. Après trois bières, j'osai aussi lui avouer que, depuis six mois, notre vie de couple qui consistait à baiser trois fois par mois au radar et, le reste du temps, rien, ne me satisfaisait pas du tout. Elle me manquait. Je voulais revenir au temps où il n'était pas encore question d'enfant.

Eva se fâcha. Elle se sentait trahie et abandonnée. Puis elle se mit à pleurer et me confia dans un sanglot qu'elle ne pouvait plus renoncer ; son désir d'enfant était si fort, omniprésent. Bien entendu, notre vie sexuelle n'était pas satisfaisante pour elle non plus. Elle se résumait en deux mots : repérage de l'ovulation et éjaculation, mais dès qu'elle serait enceinte, tout s'arrangerait. Et puis, si l'un de nous avait un petit problème, une broutille, facile à résoudre avec des médicaments ? Ce serait bête de ne pas chercher à le savoir.

Le lendemain matin, on nous remit une lettre pour le gynécologue. Cinq semaines plus tard, nous nous rendions à notre premier rendez-vous. Il procéda à un examen interne. À première vue, il n'y avait aucune anomalie chez Eva. D'après sa courbe de température, l'ovulation avait lieu chaque mois et l'échographie montra qu'il n'y avait ni obstruction, ni kyste, ni infection de l'utérus ou des trompes. On nous fit une prise de sang et, cinq jours plus tard, je devais revenir pour un examen du sperme. Pendant cette période, je devais faire abstinence. Dans une petite pièce sombre, je me masturbai devant un *Play-boy* en piteux état et recueillis mon sperme dans un petit pot en plastique que, quelque peu embarrassé, je remis à l'infirmière. Trois semaines plus tard, j'effectuai la même démarche. Cette fois, j'eus droit à une vidéo de la star du porno, Double Dee.

Les résultats des deux analyses concordaient : mon sperme était paresseux. Il y avait non seulement un problème de quantité, mais aussi de mobilité. Nous ne pourrions avoir un enfant qu'en ayant recours à la médecine.

Garé devant chez nous, je déplie dans la voiture les photocopies qu'Hetty m'a remises. Un texte écrit à la main, des petites fleurs et des petits soleils griffonnés tout autour pour faire gai.

Les « affirmations positives », que l'on appelle aussi « autosuggestion positive », te permettront d'influencer tes pensées, tes sentiments, l'image et l'estime que tu as de toi. À l'aide de ces affirmations, tu peux agir directement sur ton inconscient et le reprogrammer.
Exercice :
Retire-toi dans un espace sécurisant, familier, calme. Enlève tes chaussures et installe-toi dans une position confortable. Choisis une affirmation positive te concernant et redis-la pendant trente minutes. Répète l'exercice tous les jours.
Quelques exemples d'affirmations positives .
— Je m'aime.
— Je suis quelqu'un de bien.
— Je m'accepte tel que je suis.

Pendant de longues minutes, je garde les yeux fixés sur les camions chargés de sable et de pierres qui patinent dans la boue, puis je pousse un soupir. En moi-même, je fais une tentative. Les affirmations sonnent faux. Je ne m'aime pas. Je ne m'accepte pas tel que je suis. Comment s'accepter tel que l'on est? Qui donc, au nom du ciel, s'accepte tel qu'il est? Chacun de nous ne souhaite-t-il pas être différent, meilleur? Plus mince, plus dynamique, plus beau, plus fécond, plus sain, plus riche, plus intelligent, plus ambitieux, plus viril, plus jeune. Et même si moi je parvenais à m'accepter, il y a Eva qui, elle, de toute évidence, ne m'accepte pas tel que je suis.

Je froisse la feuille de papier, j'en fais une petite boule que je fourre dans la poche de mon pantalon. Mon regard s'arrête sur notre nouvelle maison, cette maison tant désirée, froid symbole de notre malheur à présent. Je me dis que je devrais m'y investir avec amour. De belles roses le long du mur, un gazon verdoyant sous nos fenêtres. Sur la terrasse, de grands pots en terre cuite débordants de fleurs. Un beau barbecue, ou une grande plancha.

Faire de nouveaux projets, ça ne peut qu'être bénéfique. Continuer à construire le nid, même s'il est toujours vide. Sachant qu'une nouvelle tâche m'attend, je me sens déjà beaucoup mieux.

4

En ouvrant la porte, je perçois les pleurs d'un bébé ; l'espace d'un instant, je me dis : Eva a ramené un enfant du bac à sable. Mais je sens une odeur de cigarette. Nous avons de la visite. Quelqu'un a osé introduire un enfant sous notre toit. Ça ne peut pas être une connaissance, ni des amis, ni Sanne, la sœur d'Eva. Aucun d'eux n'aurait l'idée de venir à l'improviste avec son rejeton. Non pas que nous le leur ayons explicitement interdit, mais ils trouveraient la situation embarrassante. Sanne vient seulement de nous avouer qu'elle était enceinte du troisième alors que sa grossesse date de cinq mois au moins. Elle a éclaté en sanglots, il a bien fallu la consoler.

« Mais non, ma grande, tu ne nous fais pas de peine, bien au contraire, nous sommes très heureux pour toi ! Ce n'est pas parce que nous ne pouvons pas avoir d'enfant que nous ne te souhaitons pas un tel bonheur ! »

Eva a passé ensuite trois jours au lit à pleurer

et à hurler que jamais, au grand jamais, elle n'irait voir le troisième marmot de sa sœur.

Eva, assise à la table de la cuisine, porte un jogging gris délavé et, visiblement, elle n'a pas pris sa douche. Ses boucles blondes partent dans tous les sens et elle n'est pas maquillée. Je sais qu'elle n'aime pas se montrer dans cette tenue. La femme qui lui fait face berce, calme et impassible, un bébé qui pleure dans sa poussette. En me voyant, Eva, comme prise de panique, bondit de sa chaise. Elle sourit, m'embrasse démonstrativement sur la bouche, ce qui me surprend car il y a une éternité que nous ne nous embrassons plus. Elle me présente notre voisine, Rebecca. Celle-ci me tend la main. Une main bronzée, fine. Des bracelets d'argent tintent à son poignet. D'un geste furtif, j'essuie la mienne à mon jean avant de la lui tendre.

« Salut », dit Rebecca. Elle a une voix grave. « Nous habitons au numéro quatre, la maison d'en face en diagonale… »

Elle se lève et, par la fenêtre du séjour, me montre la rangée de maisons de l'autre côté de la rue. Je m'efforce de regarder dans la direction qu'indique son bras bronzé, mais ce n'est pas la rue que je vois, ni sa maison. Mon regard reste accroché à son décolleté. Ses seins généreux débordent de sa petite robe turquoise et me rappellent que je n'ai pas baisé depuis longtemps. La dernière fois que j'ai fait l'amour avec

Eva, elle s'est contentée de se soumettre au devoir conjugal. « Bon, d'accord », a-t-elle soupiré pour que je lui fiche la paix, puis elle s'est retournée et m'a tendu ses fesses.

Rebecca secoue sa longue chevelure brune qui, comme un rideau, lui tombe sur le visage et elle lève les yeux vers moi avec, dans le regard, comme une attente. Puis elle se rassoit en face de ma femme qui, avec un brin d'inquiétude dans la voix, me demande si je veux du café. Rebecca, de ses ongles longs, tire une cigarette rose d'une petite boîte Colorys et l'allume. Eva, manifestement, ne trouve rien à redire.

« Rebecca est venue nous inviter à un apéritif entre voisins. C'est dans deux semaines, avec Steef, son compagnon, me crie Eva de la cuisine.

— Une petite carte dans la boîte aux lettres, je trouvais que c'était trop impersonnel, poursuit Rebecca, et puis Eva m'a gentiment proposé de prendre un café, et nous nous sommes mises à bavarder. Enfin, jusqu'à ce que Sem commence à pleurnicher. »

Je sais que je devrais regarder dans la poussette et demander quel âge il a, mais je n'ose imposer cela à Eva. Il faut éviter que la conversation ne dévie dans ce sens. Je me mets donc à débiter des niaiseries. Un apéritif entre voisins, quelle bonne idée ! Bien sûr, nous serons de la partie.

« Tu es satisfait ? » me demande Rebecca en

continuant de bercer le bébé qui s'est tu depuis un moment déjà. « Du quartier, de la maison, je veux dire ? »

J'évite ses yeux marron-vert qui me fixent d'un regard trouble.

« Oui, c'est très bien ici quand, comme nous, on vient d'une vieille bicoque. C'est clair et spacieux, tout est neuf. Le plâtre est bien fait, des prises partout, les conduites soigneusement dissimulées. On a notre propre place de parking. Il ne reste plus que le jardin, oui, il est un peu mort.

— C'est sûr…, répond-elle d'un air absent. Oh, je ne parlais pas de votre jardin. Je voulais dire, le quartier. Il est froid, complètement anonyme. Je ne m'y sens pas encore chez moi, à vrai dire…

— Vous habitez ici depuis quand ?

— Depuis le début, ça fait six mois. Sem venait d'avoir deux mois quand nous avons emménagé. Nous étions parmi les premiers. J'ai vu tous les voisins arriver les uns après les autres. Vous aussi. »

Elle me regarde bizarrement, comme si ses mots renfermaient un code secret. Je me sens tout à coup très mal à l'aise.

« Steef est policier. D'Utrecht. Il a été muté ici. La commune nous a attribué cette maison en location, mais c'est un changement radical. Nous venons d'un quartier populaire où il se passait toujours quelque chose. Ce n'était pas toujours drôle, mais ici tout a été prévu d'avance. Ça fait presque peur. »

Eva pose trois cappuccinos sur la table, puis reprend sa place près de nous.

« Moi aussi j'ai un peu de mal à m'habituer, mais n'est-ce pas normal quand on déménage? demande Eva. En tout cas, pour Peter c'est très bien. Il est tout de suite sur l'A9, il a toujours une place pour se garer devant la porte… Nous apprécions le fait que tout soit neuf, que tout ait été mûrement réfléchi. Après avoir vécu dans le centre-ville, sale et chaotique, c'est un soulagement. Commode, calme, des places de parking en nombre suffisant. »

En disant « nous », Eva pose sa main sur la mienne, je suis tellement surpris par cette marque d'affection inattendue que j'ai un mouvement de recul.

J'ai parfois l'impression qu'Eva ne vit que pour le monde extérieur. Elle se définit par rapport à ce que les autres pensent d'elle, c'est pourquoi sa vie consiste à faire impression sur son entourage. Pour les invités, elle se transforme en cordon-bleu, elle est attentive, maîtresse d'elle-même et forte pour ses amis et sa famille, spontanée, chaleureuse, très appréciée de mes collègues et de mes copains de foot en salle. C'est une patiente idéale pour les gynécologues et les gens comme Hetty. À la suite des traitements hormonaux, des contrôles, des inséminations et des implants de cellules fécondées, elle se sentait brisée, cependant elle prenait soin de toujours revêtir ses plus beaux sous-vêtements et quand ces messieurs les docteurs lui demandaient comment elle allait, elle répondait systématiquement : « Très bien ! » Si, exceptionnellement, il lui arrivait de pleurer, c'était tout au plus pour verser une larme silencieuse qui glissait joliment le long de sa joue rose et forçait le respect. Chez Hetty, elle est la victime endeuillée prête à renoncer à son vœu le plus cher — avoir un enfant — par amour pour son mari stérile. Le Christ n'est rien à côté. Et à présent, devant notre nouvelle voisine, elle joue la femme au foyer comblée, pour qui le bonheur de son époux passe avant tout. Les problèmes, elle les garde pour moi.

« Ça ne t'ennuie pas si je donne le sein à Sem ? » demande tout à coup Rebecca. Eva répond qu'elle n'y voit aucun inconvénient. Je hoche la tête. Ne te gêne pas. Enfonce le doigt dans la plaie. On finira bien par s'habituer. Elle sort le gros bébé potelé de sa poussette. Il incline immédiatement la tête dans la bonne direction et sa bouche esquisse un mouvement de succion. Rebecca dégage un sein de son corsage et l'approche de l'enfant. Je ne savais pas qu'on donnait encore le sein à un bébé de cette taille. Le spectacle de ce bambin qui tête goulûment a quelque chose de repoussant. Je sens néanmoins mon sang affluer vers mon sexe. Difficile d'ignorer un tel tableau !

« Qu'est-ce que tu fais dans la vie ? me demande Rebecca tout en caressant la petite tête dégarnie de l'enfant.

— Je suis responsable de la rubrique sport pour le journal *Het Noord-Hollands Nieuwsblad*.

— Ah, journaliste sportif. Ça va plaire à Steef. C'est un passionné de sport.

— Peter aussi. Enfin, il se contente de regarder. Sinon, il fait du foot en salle, mais c'est surtout la bière après le match qui le motive, dit Eva.

— Et toi ? » Rebecca s'adresse à Eva qui rougit.

« Je suis institutrice à la maternelle. Mais pas en ce moment. Congé maladie !

— Oh, surmenée ? Steef l'a été lui aussi.

— Quelque chose comme ça, oui. Mais maintenant ça va mieux. Je compte reprendre après l'été. »

Rebecca glisse son petit doigt entre les lèvres du bébé et son sein. Le téton se libère en faisant un petit floc et le bouton dur et brillant apparaît brièvement. Elle tourne l'enfant et saisit son autre sein. « Je suis coiffeuse, dit-elle. Je vais me mettre à mon compte, ici, dans le quartier. Je coifferai les gens à domicile, à l'heure qui leur conviendra. Je fais tout. Les extensions, les teintures, les permanentes, et même le rasage. Si ça vous dit ? »

Elle me sourit et, dans un éclair, je l'imagine se penchant vers moi, posant le rasoir sur ma mâchoire tandis que mes mains glissent sous son pull.

Après le départ de Rebecca, je saisis la main d'Eva et lui dis combien je suis fier d'elle. Elle me répond qu'elle ne veut pas passer sa vie à pleurer, qu'elle ne peut continuer à vivre en ermite.

« J'ai ressenti quelque chose d'étrange, Peter, quand je l'ai vue devant la porte avec cet enfant. Bizarrement, une sorte de calme s'est emparé de moi et je me suis dit : ce n'est pas un hasard si elle se trouve sur le pas de ma porte. Quelqu'un là-haut a veillé à ce qu'elle croise ma route. Pour m'apprendre quelque chose. Je n'en ai pas souffert. Même pas lorsqu'elle s'est mise à allaiter sous notre nez. »

Elle m'enlace et appuie sa tête contre mon torse. Tendrement, je lui caresse le dos et l'embrasse sur le front. Jusqu'où peut aller un homme dans le mépris de soi-même ? Face à ma faiblesse, elle affirme sa force, face à ma stérilité, sa fécondité, face à mon échec, sa victoire, face à ma lâcheté, sa combativité. Cette femme, pour qui je ressens un amour dont l'intensité m'effraie, peut parfaitement se passer de moi.

5

J'ai horreur des fêtes où je ne connais personne. Je ne sais pas comment me comporter parmi ces gens qui bavardent, qui rient et qui ont l'air de s'amuser comme des fous. Dans ce genre de situation, je suis particulièrement conscient de mon incapacité à parler de tout et de rien ou à répondre de façon adéquate aux questions qui entretiennent la conversation. Je préfère me planquer derrière la sono ou le comptoir. On pense souvent que les journalistes sont des gens communicatifs, mais rien n'est moins vrai. La plupart d'entre eux se dissimulent derrière une cigarette, un appareil photo, un magnétophone, une liste de questions, et leur cynisme. Nous sommes des individualistes particulièrement timides qui ne se révèlent qu'au moment où ils sont maîtres du texte et de l'image. Ceux qui ont peur de parler écrivent.

De notre jardin, auquel, depuis deux semaines, je consacre toutes mes heures de loisirs, j'observe l'autre côté de la rue. L'apéritif entre voisins commence à s'animer. Ils ont de la chance. Il fait un temps idéal pour une fête. Depuis trois jours, la température est telle que le goudron fraîchement coulé colle aux chaussures. Les enfants jouent en maillot de bain sous un soleil de plomb, leur peau blanche rougit tandis que leurs parents s'étendent, poussifs, dans des transats flambant neufs, à l'ombre d'un parasol, et se plaignent que le gazon qu'ils ont semé se dessèche. Ce n'est même pas la peine d'arroser. Nous sommes les seuls à avoir un tapis verdoyant devant la porte, grâce au système d'arrosage que j'ai installé et à l'absence de petits pieds d'enfants pour écraser les jeunes pousses fragiles.

Je bois une bière en observant Rebecca qui, vêtue aujourd'hui d'une robe rose moulante, accueille ses invités. Eva m'appelle, je me retourne. Elle se tient sur le pas de la porte, écarte les bras et tourne sur elle-même. Elle me demande ce que j'en pense. Elle porte la robe rouge col bateau qu'elle s'était offerte pour le mariage de sa sœur, et de hauts talons noirs. Je m'exclame : « Plus ravissante que jamais ! », et je suis sincère.

Hier, Hetty nous a demandé de nous regarder dans les yeux et de dire pourquoi nous nous aimions. J'ai trouvé sa question stupide. L'amour que je ressens pour Eva ne se laisse pas enfermer dans des mots. Il existe, tout simplement. Pour moi, elle est le premier prix, le gros lot à la loterie, et chaque jour je m'étonne qu'elle soit mienne. J'ai donc répondu que je l'aimais parce que j'étais fier d'elle, mais évidemment c'était le mot à ne pas employer. En disant que je suis fier, c'est de moi que je parle et non d'elle; et puis une femme n'est pas un trophée que l'on exhibe, m'a fait remarquer Hetty. Ce qui me fait dire que, de toute évidence, elle ne comprend rien aux hommes. J'ai cru me rattraper en disant que je ne pouvais imaginer ma vie sans elle, mais ça non plus, ce n'était pas la bonne réponse. L'amour ne doit pas être fondé sur la dépendance, il ne doit pas servir à combler un vide, mais à enrichir la vie.

Eva, elle, a su mettre des mots sur son amour pour moi. Elle a dit qu'elle m'aimait parce qu'elle pouvait compter sur moi, parce que j'étais fidèle et attentif. Personne ne la comprenait mieux que moi et j'étais la seule personne avec qui elle osait se montrer telle qu'elle est, même si elle a conscience que notre vie de couple n'était pas toujours facile pour moi, surtout ces dernières années.

Ensuite, nous avons dû nous poser une « question clé ». Une question clé a expliqué Hetty, c'est une question qui renferme le cœur du problème. Attention, a-t-elle précisé, c'est un moment essentiel car à partir de cette question nous allons travailler pour trouver une réponse qui soit satisfaisante pour vous deux.

Eva a voulu commencer. Les larmes aux yeux, elle m'a demandé pourquoi je ne voulais pas poursuivre nos efforts pour avoir un enfant. À vrai dire, la question n'était pas nouvelle. Nous lui avions déjà consacré des heures entières. Elle m'avait traité de faible, de lâche, de traître, reproché mon indifférence. C'était elle qui devait subir les interventions, la douleur, et affronter la tristesse de la perte. Tout ce que j'avais à faire, c'était payer et lui tenir la main. Mais je ne pouvais supporter plus longtemps de voir son corps sain souffrir à cause d'une anomalie chez moi. Neuf IIU (inséminations intra-utérines), quatre FIV (fécondation in vitro) et cinq IAD (inséminations avec don de sperme), ça suffisait. Nous avions survécu de justesse à la perte de Lieve, notre fille qui d'ailleurs n'était pas la mienne, mais celle d'un donneur, un inconnu que je haïssais de tout mon être. Quelque part, il y avait une limite, et nous l'avions franchie en enterrant notre petite fille. Avec elle, nous avions enterré notre rêve.

« Toi, tu as enterré ce rêve…, a-t-elle marmonné.
— Non, Eva, c'est faux. Nous deux. Nous en avons parlé toute la nuit. Tu m'as demandé de te protéger contre toi-même. Tu n'en pouvais plus, tu me l'as dit. Tu avais peur de tout recommencer depuis le début… »
J'ai approché ma main de son visage, j'ai

voulu essuyer ses larmes, mais elle a détourné la tête. Hetty se taisait et, l'air fasciné, elle nous dévisageait.

« Je le sais bien moi aussi que c'est le plus raisonnable ! m'a lancé Eva sèchement. Mais c'est comme si j'avais un trou dans le cœur. Une faim qui me dévore, qui domine tout.

— Eva…, a commencé Hetty d'une voix douce, apaisante. Ce sentiment va s'atténuer. Crois-moi, je l'ai vécu moi aussi. Chaque jour, tu vas prendre un peu plus de recul…

— Oui », ai-je dit, et pour la première fois depuis le début de cette maudite thérapie les mots d'Hetty m'ont fait plaisir. « Regarde, la semaine dernière, quand la voisine est venue chez nous, tu m'as dit que tu avais ressenti une sorte de paix. Que tu n'avais pas souffert de la voir allaiter son bébé…

— C'était la semaine dernière, a répondu Eva en tripotant ses boucles. Et maintenant, c'est maintenant. Chaque jour est différent. »

Aujourd'hui, Eva est dans de bonnes dispositions. Elle passe même son bras sous le mien tandis que nous nous rendons chez nos voisins, elle plaisante en disant que nous pourrons rentrer à quatre pattes s'il le faut. Nous attendons devant la porte avec un autre couple qui habite au numéro 44. Nous nous plaignons en chœur de la chaleur qui met à mal nos derniers semis. Je leur montre mon beau gazon verdoyant et je m'apprête à vanter mon système d'arrosage lorsque Rebecca ouvre la porte et nous salue de sa voix grave et traînante. Elle embrasse d'abord Eva, puis moi après que je lui ai collé dans les bras un énorme hortensia bleu. Je sens sa douce poitrine frôler mon bras nu. Son cou exhale une odeur de vanille.

« Tout le monde est dans le jardin, dit-elle. Steef aussi. Au bar. »

Nous traversons le petit vestibule bleu azur peint à l'éponge et nous nous dirigeons vers un séjour deux fois plus petit que le nôtre.

« Original », c'est le mot qui me vient pour qualifier l'aménagement : un vieux canapé recouvert de tissus aux couleurs vives, une petite table en verre sur un tapis persan qui a fait son temps et, au mur, un grand écran plasma où s'agite Robbie Williams.

« C'est fait de bric et de broc, dit Rebecca en riant. Mais ça va changer. Nous avons déménagé un peu précipitamment. »

Elle passe devant nous, écarte le rideau de perles qui tinte devant les portes-fenêtres grandes ouvertes. Elle nous demande ce que nous voulons boire.

Nerveux, je réponds en plaisantant : « Peu importe, pourvu qu'il y ait de l'alcool.

— Une bière te suffira, ou tu préfères de la vodka ? »

Je réplique que je vais commencer par la bière. La vodka ne me semble pas très recommandée par cette chaleur. Nous nous approchons des invités qui s'agglutinent dans le petit jardin. J'aimerais disparaître. Ou, en attendant que la fête soit terminée, me mêler aux adolescents qui, devant l'écran plasma, ont les yeux braqués sur Robbie Williams. Eva connaît bien chez moi ces velléités de fuite. Elle m'empoigne le bras et m'entraîne avec elle. Elle m'empêche de me sauver.

Nous entamons une conversation avec le couple qui habite la maison mitoyenne de la nôtre. Nous avons souvent échangé un petit signe amical, mais je ne connais toujours pas leur nom. Nous les avons surnommés les Buxus à cause de la pauvre haie de buis en forme de labyrinthe qui orne leur jardin. Lui, un quadragénaire à la calvitie naissante, qui s'éponge le front avec son mouchoir toutes les cinq minutes, veut tout savoir sur mon système d'arrosage Summerrain. Quant à elle, elle dit qu'elle m'est mille fois reconnaissante car, grâce à mon système, son buis pousse à merveille. Ils ont deux petits garçons. Je crains que la conversation ne dévie, qu'ils aient déjà sur les lèvres la question incontournable. En effet, les couples avec enfants sont sans vergogne.

« Alors, vous vous entraînez ? La cigogne n'est pas encore passée ? » Ils vous posent la question sans détour et, si la réponse ne leur convient pas, ils se retirent choqués ou, pire, ils affirment qu'avoir des enfants ce n'est pas une panacée, bien qu'ils n'en pensent pas un mot.

Rebecca, suivie d'un homme blond de grande taille, nous apporte une bière bien fraîche.

« Je vous présente Steef », s'exclame-t-elle d'une voix étranglée. Il me tend une main ferme et sèche. Des yeux d'un bleu vif, un visage bronzé.

« Ta pelouse me fait mal aux yeux, mon vieux. »

Une chemise blanche amidonnée flotte sur son corps d'athlète. À mon tour de faire preuve d'humour. Il faut avoir l'air décontracté, spontané.

« Justement, on en parlait, dis-je en indiquant les voisins. J'ai installé un système d'arrosage : Summerain. Il se déclenche automatiquement tous les soirs à huit heures et demie. C'est vraiment idéal. Fini le gazon jauni!

— Ah, tu es un manuel. Eh bien moi pas. Pour ce qui est du bricolage, je ne suis bon à rien. »

Nous trinquons et avalons une gorgée.

« Mais bien sûr, tu t'en es déjà aperçu en voyant la pagaille qui règne dans la maison.

— Oh, je n'irais pas jusque-là! »

Steef rit. Il me regarde d'un air narquois.

« Vraiment ? C'est l'œuvre de Rebecca. Moi, tu sais, ça ne m'intéresse pas beaucoup l'intérieur. Je préfère être dehors. Ce temps-là, j'adore. J'aimerais que ce soit comme ça toute l'année. »

Mme Buxus n'est pas d'accord. Elle aime bien l'hiver. « Non, vraiment, il fait beaucoup trop chaud. » Steef l'ignore et nous propose une autre bière.

Eva et moi vidons nos verres d'un trait.

« Avec plaisir », répondons-nous en chœur.

Tandis que Mme Buxus enseigne à Eva les petites astuces du jardinage, Steef fait couler à flots la bière de son Beer Tender. Je ne dis pas non. En buvant, je commence à me détendre. Nous sommes tous deux amateurs de motos. Il a une Kawasaki chopper dans la remise. Moi, j'ai vendu ma Yamaha Cruiser l'an dernier. « Dommage, dit Steef. Rien ne vaut une balade à moto, le vent dans les cheveux, la sensation de liberté.

— C'est vrai », dis-je, sans ajouter que pour nous il y a mieux qu'un petit tour à moto avec le vent dans les cheveux. La dernière tentative de IAD en Belgique, par exemple. Avec pour résultat, Lieve.

Il m'entraîne dans la remise et me montre sa *bécane*, comme il dit. Bière à la main, nous faisons le tour du monstre étincelant. Je tapote le cuir noir et souple du siège passager, passe ma main sur les rondeurs bleu clair et les rétroviseurs chromés.

« Il faudra qu'un de ces jours tu viennes avec moi, dit Steef. Je vais souvent faire un tour le dimanche avec des collègues.

— Ça doit être formidable.

— Ici, on est peinards. Et au frais. Ce genre de fête, avec tous ces bourges, c'est pas mon truc. » Steef tire un CD de la pochette et l'introduit dans le lecteur. Les effets de sons grandiloquents de U2 retentissent dans les baffles. Je fais glisser entre mes doigts les franges en cuir des poignées.

« Dans ce cas, pourquoi tu l'as organisée ?

— Rebecca tenait à faire connaissance avec les voisins. Pour Sem. Elle voudrait qu'ici ça devienne aussi sympa que dans notre ancien quartier à Utrecht. Dis-moi, si tu aimes tant la moto, pourquoi tu as vendu ta Cruiser ?

— Nous avions besoin d'argent. Disons que nous traversions une mauvaise passe. »

Steef pouffe de rire.

« Allons, mon vieux. Besoin d'argent ! Regarde un peu où tu habites ! Un vrai motard ne vend pas sa bécane pour du fric. Jamais de la vie. Je préférerais coucher sous les ponts, plutôt que de me séparer de ma moto. »

Je réplique que je n'aurais pas dû, mais je regrette immédiatement ce que je viens de dire.

« La volonté de Madame, probablement ?

— Pas vraiment. Plutôt une décision que nous avons prise d'un commun accord.

— Commun accord, mon cul ! » s'esclaffe Steef. Il attrape une petite boîte sur une étagère au-dessus de l'atelier et en sort un paquet de tabac.

« Ne te laisse pas couillonner par ta femme, Peter. Si tu fais pas gaffe, elles te prennent tout. D'abord la musique, après les copains, le sport, la bécane et même les couilles au final. J'en sais quelque chose ! Regarde-moi, dans ce foutu quartier tout neuf, avec ces petits jardins chichiteux. »

Il pose trois feuilles de papier à cigarette sur l'atelier, les colle l'une à l'autre, déchire le bord de son paquet de Rizzla et le fait rouler sous ses doigts. Je l'observe, un peu déconcerté par cette colère soudaine.

« Comment se fait-il que tu aies atterri ici ? » Ce sont les seules paroles qui me viennent à l'esprit. Steef effrite un morceau de haschisch au-dessus du tabac.

« J'ai quarante ans, Peter. On ne dirait pas, hein ? C'est parce que je ne me suis jamais laissé couillonner. Pas par une femme, en tout cas. Mais Rebecca m'a eu par la ruse. Elle est tombée enceinte. Un-zéro pour elle. Elle a réussi à me faire venir dans ce ghetto Conforama. Elle ne voulait pas que notre enfant grandisse en ville. Il a besoin d'air frais. Et d'un jardin. De copains. Elle a raison bien sûr. Je ne veux pas moi non plus que mon fils grandisse au milieu de la zone. Et si quelqu'un est bien placé pour savoir ce qui se passe en ville, c'est moi ! Alors, quand j'ai été muté, nous avons demandé une commune tranquille. Mais jusqu'à présent je trouve que c'est un vrai cimetière, sauf qu'ici les cercueils, au lieu d'être sous terre, sont dessus. »

Il roule son joint, pince l'extrémité en forme de cône, l'allume et aspire longuement. Puis il me le tend. Je tire une bouffée. Ça fait seize ans que je n'ai plus fumé. Eva m'a parfois reproché d'être stérile pour avoir trop fumé pendant mon adolescence. La chaleur qui descend dans la trachée, l'odeur épicée me sont familières. J'adore ! Nous fumons le joint jusqu'au filtre improvisé. Le silence qui règne entre nous ressemble à de la complicité, le genre de complicité qui s'instaure entre hommes, sans passer par les mots. Silence troublé par l'arrivée de Rebecca, qui a l'air légèrement irrité.

« Tu as l'intention de te montrer à ta propre fête, ou quoi ? »

Steef ricane comme un gamin. Il se redresse d'un bond, j'en fais autant. Il se dirige vers elle, l'enlace de ses bras musclés et bronzés et l'embrasse avec fougue sur la bouche.

« J'ai une femme superbe, tu ne trouves pas ? Elle est chaque jour plus belle.

— C'est sûr », dis-je en bredouillant et en vacillant un peu sur mes jambes. Steef me tend son autre bras et m'attire vers eux. Il fait au moins une tête de plus que moi.

« Tu es un chic type. Je suis content qu'on ait trouvé un mec sympa dans le coin. »

Mon regard est attiré par le généreux décolleté de Rebecca, sa poitrine qui palpite me semble énorme tout à coup, je la revois soulevant son sein et introduisant le téton dur dans la bouche avide de Sem. Troublé par l'intensité de mon désir, je lève la tête, plonge mon regard dans ses yeux troubles, remarque son sourire aguichant. Je me replie sur moi-même. Elle me tapote la joue d'un air taquin et demande si les « mecs sympas » pourraient s'activer un peu. Il faut mettre les brochettes sur la braise, les invités meurent de faim.

À l'odeur, Eva devine tout de suite que j'ai fumé, mais elle a bu tant de bière qu'elle n'est plus en état de se fâcher. Son visage est rouge et brille d'excitation. Elle trouve la soirée très sympathique. Elle vient d'avoir une conversation intéressante avec la voisine d'en face qui s'appelle Yolande et qui a eu ses deux fils par FIV. Je voudrais dire quelque chose, mais elle me fait taire en agitant nerveusement les mains.

« Je sais, je sais ce que tu vas dire, qu'il n'y a plus d'espoir pour nous, que notre histoire n'est pas la même, mais je ne dis pas que je veux recommencer, c'était simplement agréable, pour une fois, de parler avec quelqu'un qui a ressenti et vécu la même chose que moi. »

Pour une fois ? Eva passe ses journées à chatter avec des femmes qui ont vécu la même chose qu'elle. Ça fait à peine dix minutes qu'elle est ici et, déjà, elle a trouvé une oreille compatissante. C'est incroyable !

Je laisse échapper un petit rire. Mon ricanement se transforme en un rire franc. Je ne me contrôle plus. Je sais que je devrais m'arrêter, que je blesse Eva, mais je continue, mon visage se crispe, mes abdominaux ne répondent plus. Eva recule et me regarde d'un air outragé.

« Tu es complètement stone ! chuchote-t-elle.
— Et alors ! » dis-je toujours en riant.

Je l'enlace et tente de l'embrasser avec fougue comme Steef vient de le faire avec Rebecca.

« Ne me touche pas ! » siffle-t-elle entre ses dents, puis elle me repousse. Elle tourne les talons et, d'un pas nerveux, se dirige vers le fût de bière. Elle m'ignore tout le reste de la soirée.

J'ai fait tout le contraire de ce qu'il fallait. Cette soirée estivale semblait tout indiquée pour faire l'amour. Pour la première fois depuis des mois, Eva s'est appliquée à être élégante. Elle avait envie d'aller à cette fête. Sa conversation avec la voisine l'avait réconfortée, elle en était tout excitée. C'était le moment propice pour tenter un rapprochement. Au lieu de cela, je lui ai ri au nez. Par conséquent, elle est maintenant allongée à un mètre de moi, recroquevillée sous la couette beaucoup trop chaude par une telle nuit, ne m'offrant qu'un dos rancunier. Je la désire si fort que j'en ai mal. Il y a combien de temps que je n'ai pas caressé ses hanches, passé ma main sur son ventre doux, qu'elle ne m'a pas ouvert ses cuisses, tendu les bras, pris la tête dans ses mains, embrassé ? L'époque où elle me désirait autant que je la désirais, jouissait autant de mon corps que moi du sien, me semble à des années-lumière. À présent, elle me laisse la pénétrer comme une infirmière qui apporterait une main secourable à un pauvre type. Et même ça, ce n'est que sporadique.

Je me retourne et pose la main sur mon sexe qui bat. Je me branle discrètement en fouillant dans ma mémoire pour me souvenir de la dernière fois. Mais voilà que, surgissant de nulle part, Rebecca apparaît, saisit ses seins bronzés et les presse contre mes lèvres, elle s'assoit sur moi et me chevauche, me regarde de ses yeux troubles et de son sourire effronté, déploie sur moi son grand corps bronzé. Je sens la douce caresse de ses seins sur mon torse, je saisis ses fesses pour la pénétrer plus fort, je m'enfonce en elle et nous jouissions ensemble.

6

Hetty me demande de lui parler de mes « affirmations ». Installés dans le jardin, sous un parasol vert, nous buvons une substance verdâtre, une tisane glacée qui, selon elle, a pour vertu de donner au cœur un petit coup de jeune. Elle porte un tee-shirt jaune délavé. Je m'efforce d'ignorer les poils repoussants sous ses bras fripés.

« Très bien », dis-je hypocritement. Je ne crois pas qu'en me racontant des mensonges je me sentirais mieux, mais je me garde bien de l'avouer.

« Et pourrais-tu me faire part de quelques-unes de tes affirmations, Peter ? »

Je rougis comme un enfant que l'on interroge à l'improviste et qui n'a pas fait ses devoirs. Je ne me souviens plus de ce qui était noté sur le papier.

« Euh, ce ne sont pas celles qui figuraient sur la feuille que tu m'as remise, dis-je en bredouillant.

— Tu en as trouvée une toi-même ? »

Je hoche la tête en signe d'acquiescement.

« Très bien, Peter. Tu veux me la dire ou tu préfères la garder pour toi ?

— Je préfère la garder pour moi.

— D'accord… Très bien. Mais dans ce cas, peux-tu me décrire ce que tu as ressenti ?

— Pas grand-chose. Je ne suis pas fait pour ce genre de truc. Désolé. »

Je perçois chez elle un léger pincement des lèvres.

« Je ne pense pas que le problème se situe là, Peter. Je crois plutôt que tu n'es pas convaincu de ce que tu affirmes. Si ça ne marche pas, il faut peut-être trouver une affirmation en laquelle tu crois. » Ses narines se dilatent, elle inspire, puis elle expire.

« Fais comme moi. Inspire profondément, puis expire en te disant : "Je suis quelqu'un de bien." Allez, dis-le. »

Je m'exécute. J'aspire l'air tiède et répète ses paroles en marmonnant. En même temps, j'ai honte. Ce n'est pas moi, et ce n'est pas ce que j'ai envie d'être. C'est fini ! Terminé ! En dépit de tout l'amour que j'éprouve pour Eva, je ne peux pas supporter plus longtemps ces séances qui sont pour moi une véritable torture.

« Hetty, dis-je en serrant les poings sur mes genoux. Je ne crois pas qu'il soit utile de continuer. Je pense qu'il vaut mieux que j'arrête. »

De ses yeux ternes, elle me regarde d'un air

soucieux et, dans un même mouvement, elle croise les bras et les jambes.

« Je ne sais pas si tu fais bien, Peter.

— Je ne le sais pas non plus. Mais je sais que ceci ne me correspond pas. Je me sens encore plus mal. Alors que, tout compte fait, je vais plutôt bien. Je reprends doucement les choses en main, et il me semble que cela vaut mieux que d'être ici.

— Peter, tu sais très bien qu'il ne s'agit pas uniquement de toi ?

— Oui, bien sûr. Mais je ne vois pas en quoi le fait de me répéter que je suis quelqu'un de bien contribue à améliorer ma vie conjugale. À mon avis, je régresse plus que je n'avance en venant ici. »

Hetty avale une grande gorgée de sa tisane glacée. Elle repose lentement son verre en détournant les yeux. Elle est plongée dans ses pensées. Puis, brusquement, elle pose la main sur mon genou. « Tu as du chagrin, Peter ?

— Oui, mais la douleur s'estompe. Je n'y pense plus jour et nuit et Eva non plus, je crois. Nous nous sommes fait de nouveaux amis, je recommence à écouter de la musique, j'ai repris la moto. Il semblerait que nous ayons retrouvé un équilibre. Mais, chaque fois que je suis ici, je replonge dans les malheurs qui à présent sont derrière nous. »

Hetty secoue la tête. Elle se mordille la lèvre supérieure.

« Je vais te dire ce que je pense. Tu as perdu un enfant. Et pas seulement cela. Tu as aussi perdu l'espoir d'être père un jour. Tu te trouves dans un processus de deuil, mais tu réprimes tes sentiments parce que tu penses que ta femme souffre encore plus que toi et qu'elle en a davantage le droit. Tu refoules ton chagrin. Mais il n'a pas disparu pour autant, Peter, il est toujours là, comme une blessure qui suppure, et plus tu l'ignoreras, plus elle s'aggravera et deviendra douloureuse. Un jour, elle éclatera, Peter, et tu seras submergé par cette tristesse que tu auras refoulée. J'ai pour tâche d'éviter cela. Je peux t'aider à guérir. Mais il faut que tu le veuilles de tout ton être. »

De ses doigts maigres, elle me pince la cuisse.

« Je crois plutôt que notre douleur s'apaisera avec le temps, que nous devons chercher notre bonheur ailleurs. Le bonheur, enfin, un certain répit. "On fait aller", disait mon père. Il avait raison, je crois. J'ai fait de mon mieux, je veux dire pour cette thérapie, mais ce n'est pas mon truc.

— Je peux te trouver un autre thérapeute, Peter. Tu préférerais peut-être un homme…

— Non, je préfère reprendre ma vie en main. »

Hetty se lève, de la main elle défroisse sa jupe. Elle fait un petit tour dans le jardin. Je l'entends inspirer et expirer. Encore un peu et l'heure sera passée.

Je rentre à la maison. Vitres ouvertes, le visage au vent, j'écoute Guns N'Roses. C'est l'été et, pour la première fois depuis des années, j'en ai conscience. J'appellerais bien Steef pour l'inviter à aller boire une bière sur la plage. Tout me fait envie soudainement. Partir en vacances. Traverser à vélo les champs de bruyère. Aller au restaurant avec Eva. Changer de travail. Assister à un bon concert. On dirait que ma vie s'est arrêtée pendant des années et qu'à présent, spontanément, elle redémarre sur les chapeaux de roues. Je quitte la ville, je longe les prés verts au bout desquels de nouveaux quartiers surgissent et brusquement j'ai la certitude qu'il existe un moyen de sortir du gouffre dans lequel Eva et moi nous nous trouvons depuis des années. Ce moyen me semble si évident que j'en ris. L'important, ce n'est pas d'avoir un grand nombre de choix, c'est de se tenir à ceux qu'on a faits. Nous avons choisi un jour de nous marier. Nous n'avons pas douté une seconde de ce choix. Ensuite, nous avons décidé de faire un enfant et cela aussi nous l'avons fait avec conviction. Ça n'a pas marché et c'est là que tout a dérapé. Nous ne voulions pas entrer dans l'engrenage médical, pourtant nous l'avons fait. Face à toutes les options qui nous étaient offertes, nous avons eu le tournis. Nous avons tout essayé, nous nous sommes égarés. Tant et si bien que nous avons cru avoir besoin d'Hetty pour nous remettre sur la voie. Mais nous n'avons absolument pas besoin d'elle. Il faut simplement cesser de douter. Cesser de nous lamenter sur ce qui n'est pas et prendre une autre voie. Et cette voie, c'est l'adoption. Un nouveau projet commun. Un enfant avec lequel aucun de nous deux n'aura de liens sanguins. Ce serait tellement plus juste pour nous tous. Pas un choix à défaut de mieux, mais un autre choix.

Arrivé au carrefour, je décide de ne pas rentrer à la maison. Je m'engage sur l'autoroute et, le cœur battant, je mets la musique plus fort.

Where do we go
Where do we go now

Le solo à la guitare de Slash est si lancinant qu'il en devient presque douloureux. C'est la chanson de notre fille, une chanson, il fut un temps, porteuse de tant d'espoirs. « Sweet Child O'Mine. » Mon enfant chéri. Lieve.

Elle est enterrée dans la partie réservée aux enfants, au beau milieu d'un tapis de myosotis, sous un bloc erratique blanc sur lequel est inscrit : « Dans nos cœurs, à jamais. » C'est l'endroit le plus triste de tout le cimetière. En dépit des efforts de chacun pour l'aménager au mieux, avec des nains de jardin, des ours en peluche et des parterres de fleurs aux couleurs vives, il est plongé dans la désolation. Le pire, c'est qu'il jouxte un terrain de sport; les voix enfantines pleines d'enthousiasme couvrent le chant des oiseaux.

Eva entretient soigneusement la petite tombe. Entre les deux nains Walt Disney au sourire radieux se dresse un nouveau vase de fleurs roses. Je m'agenouille et pose une rose blanche contre la pierre tombale de Lieve. Je n'étais pas revenu ici depuis l'enterrement, au grand dam d'Eva. Je refusais de l'accompagner dans ce lieu, symbole de mon échec. Pourquoi suis-je venu aujourd'hui? Je l'ignore. Je caresse la pierre froide tout en ayant le sentiment d'être ridicule. Je voudrais ressentir quelque chose. Je voudrais éprouver de l'amour pour cet enfant qui n'était pas de moi, cet enfant qui n'a pas survécu, avec qui je n'ai pu établir aucun lien, mais ce que je ressens, c'est uniquement un sentiment de culpabilité.

7

Eva ne m'a pas adressé la parole de la journée. Lorsque je lui ai annoncé que j'avais mis fin à ma thérapie, son visage s'est décomposé, elle m'a jeté un regard plein de rancœur.

« Ça te regarde », m'a-t-elle lancé, puis plus rien.

Ce soir, nous avons invité Steef et Rebecca pour un barbecue. Les mains chargées de sacs à provisions, Eva traverse ostensiblement la maison à grands pas sans desserrer les dents. J'en ai mal au ventre, c'est pourquoi je la suis comme un petit chien bien dressé, lui retire des mains les lourds cabas, range les courses, prépare les sauces et lui demande toutes les demi-heures ce qui ne va pas. J'aimerais cent fois mieux qu'elle crie, qu'elle me lance la vaisselle à la figure et m'adresse des reproches cinglants. Mais ça, elle ne le fera jamais. Elle a sa façon à elle d'être en colère. Elle est capable de ne pas desserrer les dents pendant des journées entières, ça me rend fou et je finis par céder. Cette fois, ce ne sera pas le cas. Elle peut bien m'ignorer pendant un an si elle veut, je ne remettrai pas les pieds chez Hetty. Il est déjà six heures et demie, il fait encore une chaleur accablante. Dans la cuisine, Eva coupe le pain d'un geste brusque. Une bouteille de rosé à la main, je me retranche dans le jardin. Je pose sur le barbecue briquettes et blocs d'allumage, je nettoie le gril. Des gouttelettes de sueur perlent sur ma lèvre supérieure. Les voix enjouées de la famille Buxus me parviennent, ils dînent en plein air, comme toute la rue, tout le quartier, chacun dissimulé derrière sa palissade peinte en vert. Tandis que je me verse un troisième verre, j'aperçois le sourire ironique de Steef dans l'embrasure de la porte de la cuisine. Il brandit une bouteille de tequila et un sachet de citrons verts. « Qu'est-ce que tu en dis, mon vieux ? »

Je suis ravi de le voir. Nous nous avançons l'un vers l'autre, des effluves de crème solaire émanent de sa personne, nous échangeons une claque amicale dans le dos. J'embrasse Rebecca, qui a les joues en feu. Elle place à l'ombre la poussette où Sem s'est endormi. Steef part chercher des verres, me laissant seule avec sa compagne. Je cherche quelque chose à dire, mais elle me raconte déjà qu'ils sont allés à la plage, que c'était formidable et qu'elle est encore tout étourdie. Des auréoles de sueur se dessinent sur sa robe, au-dessous des bras. Je m'imagine fourrant le nez dans ce petit creux, entre son bras et son sein.

« Comme c'est agréable d'habiter à deux pas de la plage, poursuit-elle. Tu ne trouves pas ?

— Si, mais ça fait des années que je n'y ai pas mis les pieds. Eva trouve qu'en été il y a trop de monde, et l'hiver il fait trop froid.

— Vous devriez aller à la plage naturiste. » De ses ongles argentés, elle tire une cigarette de son paquet. « C'est divin. Il n'y a presque personne, on te fiche la paix. »

Soudain, je l'imagine nue, son corps bronzé se mouvant lascivement dans le sable.

« Je ne crois pas que ça nous plairait.

— Steef adore, c'est un vrai naturiste. S'il faisait toujours ce temps-là, il se promènerait volontiers à poil à longueur de journée. »

Furtivement, son regard croise le mien, je ressens comme une décharge électrique, une sorte de déclic. Une belle femme flirte avec moi. Comparé à Steef, je ne suis qu'un pauvre type totalement insignifiant. Elle veut simplement se montrer aimable, pourtant sentir que j'existe me réconforte, une personne comme elle prend la peine de me mettre à l'aise. Je me demande d'ailleurs pourquoi je lui mens. Eva aimerait bien aller à la plage. Elle n'y pense pas, tout simplement.

Steef revient en apportant des petits verres et une salière. Eva le suit, une soucoupe de citrons verts en tranches à la main. Elle porte une jupe blanche en lin sous laquelle je devine son string. Elle jette un coup d'œil dans la poussette et soupire qu'elle a rarement vu un enfant aussi sage. Puis elle embrasse Rebecca, lui adresse un compliment sur sa robe. Steef nous montre comment prendre un shot de tequila. Une pincée de sel dans le petit creux entre le pouce et l'index, tu presses quelques gouttes de citron vert directement dans la bouche, puis tu lèches le sel et tu avales cul sec.

Il porte un toast : « À nos nouveaux voisins », et vide son verre d'un trait. Je presse quelques gouttes de citron sur ma langue, lèche le sel sur ma main et avale la tequila. J'ai la gorge en feu, je suis pris d'une quinte de toux.

Eva goûte du bout des lèvres. « Ce n'est pas fait pour moi, dit-elle en riant. Un verre de rosé suffit à me saouler, alors la tequila…

— Je me ressers, dit Steef en remplissant son verre. J'ai bossé toute la semaine comme un forçat, par cette chaleur. Au week-end, les enfants ! Si ça pouvait durer toujours ! »

Nous leur faisons visiter la maison. Ils sont admiratifs. Rebecca fait glisser sa main bronzée sur le cadre des fenêtres dont la peinture est impeccable et soupire qu'elle aimerait que Steef soit aussi méticuleux. Celui-ci réplique en riant que la perfection n'a de sens que si l'on a une femme comme Eva, une ménagère consciencieuse. Nous leur montrons le jacuzzi, la douche à jets multiples, le bureau où se trouve l'ordinateur, et leur faisons apprécier le confort de notre matelas à eau. Steef se demande ce que tout cela a bien pu coûter. Je lui explique que j'achète sur ebay et que je monte tout moi-même. Steef s'esclaffe en déclarant que lui, sur le Net, il cherche tout autre chose.

« On voit que vous n'avez pas d'enfant ! » s'exclame Rebecca.

Steef et moi, nous restons au grenier à regarder ma collection de disques, je lui raconte que j'ai été disc-jockey et guitariste. Il me demande de lui jouer quelque chose. En prenant ma guitare, je lui confie que je n'ai pas joué depuis au moins quinze ans et que, d'ailleurs, je n'étais pas très doué.

« Qu'est-ce que ça peut faire, mon vieux ! Je t'écoute. Ça doit être génial de savoir jouer de la guitare. »

Il se roule une cigarette et fouille dans mes CD tandis que je branche ma guitare à l'amplificateur, puis je fais glisser mes doigts sur les cordes. L'avantage d'une guitare électrique, c'est qu'on arrive facilement à en tirer des sons qui ressemblent à quelque chose. Je joue l'introduction de « Hey Joe » de Jimi Hendrix. Steef ferme les yeux et balance la tête. Je continue à jouer. Curieusement, mes doigts se souviennent des accords. Steef se met à fredonner.

Hey Joe, where you goin'with that gun in your hand
Hey Joe, I said where you goin'with that gun in your hand

Nous échangeons un sourire.

> *I'm goin'down to shoot my old lady now*
> *You know I caught her messin'round with another man*

Nous laissons échapper un rire libérateur, Steef pose sa grosse main chaude sur mon cou.

« Peter, mon vieux, relaxe-toi un peu. Détends-moi tout ça... »

Des deux mains, il appuie fermement sur mes épaules.

« Je suis détendu, dis-je en faisant un pas en arrière.

— Tu es un chic type, mais on dirait que tu portes tout le poids du monde sur les épaules. Rebecca m'a dit que tu étais en thérapie ? »

En retirant la fiche d'alimentation de ma guitare, je me sens rougir. Toujours à jacasser, ces bonnes femmes ! Pourquoi faut-il qu'elles parlent de ce genre de choses ? Je ne veux pas que Steef me considère comme un pauvre mec dépressif.

« Je suivais une thérapie, oui, mais j'ai arrêté. Déballer mes sentiments, c'est pas mon truc. »

J'ignore ce qu'il sait. Je n'ose pas le lui demander, mais je crains qu'Eva, dans un moment d'abandon, ait tout raconté. Ce qui signifierait que Steef et Rebecca sont au courant. Et justement, face à Steef, je ne veux pas être le pauvre crétin incapable de faire un môme à sa femme.

Cela expliquerait les regards ambigus de Rebecca. Rien de sensuel là-dedans. Elle compatit, c'est tout.

« Moi non plus. J'ai arrêté aussi. » Les sillons de chaque côté de sa bouche semblent s'être creusés. « C'est pour ça que j'ai quitté Utrecht. Il y avait eu un petit incident au boulot et mon chef a insisté pour que je suive une thérapie… J'ai essayé, vraiment. Mais merde, j'avais horreur de ça. Tu sais, être flic, à l'heure actuelle, c'est plus possible. C'est pas ma faute, c'est le système qui veut ça. Bref, maintenant je suis à moto, je distribue des contraventions. Les stups, terminé pour moi ! »

Nos regards se croisent et à cet instant même, notre amitié semble soudée. Je ne demande pas de détails, les raisons de l'incident ne me regardent pas, et le pourquoi de ma thérapie, Steef s'en moque aussi. Nous les hommes, ce qui nous lie, ce n'est pas d'échanger des confidences, c'est justement de se comprendre à demi-mot.

« Tu sais ce que tu devrais faire ? » me demande Steef après avoir allumé sa cigarette. « Tu devrais m'accompagner une fois au club de tir. Rien de plus relaxant que de lâcher quelques balles dans une cible ! Ça vaut toutes les thérapies, crois-moi ! »

Je dispose les côtelettes d'agneau sur le gril du barbecue après les avoir enduites d'huile d'olive, j'ai plaisir à entendre le grésillement de la viande. Je ne sais pas faire grand-chose, mais le barbecue, c'est mon domaine. Avec moi, jamais de côtelettes aux bords carbonisés, de cuisses de poulet à moitié cuites. C'est une question de patience. Il faut attendre que le charbon de bois soit à la bonne température. N'y poser la viande que quand il est bien rouge. Après, il suffit de surveiller. Tourner et retourner. Placer sur le bord les morceaux qui commencent à griller pour qu'ils continuent à cuire lentement.

Eva sert la salade grecque, Steef cherche un CD approprié, Rebecca berce doucement Sem dans sa poussette, un verre de rosé à la main. Je sifflote un air quelconque. De la cuisine nous parvient la voix de Bob Marley. Les hanches d'Eva tanguent sur la musique. Rebecca, elle aussi, esquisse un mouvement langoureux.

« Wouah ! s'exclame-t-elle en me souriant. J'adore cette musique. Si on m'enlevait pour la Jamaïque, je ne dirais pas non. Formidable ! »

Steef tire le haut-parleur sans fil jusque dans le cadre de la porte.

« Tu penses aux voisins ? demande Eva, qui sort en tenant les assiettes remplies de salade.

— Rien à foutre des voisins ! Ils n'ont qu'à appeler les flics ! » réplique Steef en éclatant de rire.

Je les observe pendant qu'ils mangent, qu'ils boivent — Steef alterne les gorgées de bière et de tequila, les filles sont passées au rosé — et parlent des problèmes dans la police, de la décadence de la société. Je m'étonne de me sentir aussi détendu en compagnie de nos nouveaux voisins. C'est exceptionnel. Il est rare que je me sente à l'aise, sauf quand je suis seul dans mon bureau, devant mon ordinateur, à écouter ma musique préférée. Où que je sois, au travail, dans ma belle-famille, à boire un coup après le foot en salle, je ressens toujours entre les côtes comme une boule de nerfs qui me brûle, juste au-dessous du sternum. Mais pas ce soir. Ce soir je me sens aussi langoureux que les sons de la basse du groupe The Wailers.

Eva bavarde gaiement, l'air détendu, les joues roses. Elle parle de son travail, de la perte des valeurs qui se ressent dans l'éducation, pas un mot sur son burn-out, ni sur sa tristesse. Steef approuve. Lui aussi, il est chaque jour confronté à une jeunesse sans repères. Rebecca parle en même temps, répétant qu'elle veut émigrer, que Steef devrait chercher du travail à Aruba ou à Curaçao. Sur quoi celui-ci réplique que Curaçao se trouve à trente kilomètres d'ici et s'appelle Den Helder.

Nous éclatons de rire. Nous discutons de la violence lors des matchs de foot. Nous abordons des sujet anodins qui nous permettent de dévoiler nos opinions en toute sécurité. Eva nous sert le dessert, ses fameuses « fraises pompettes ». Des fraises marinées dans du sucre et de la vodka. Elle émet un petit rire, dit en se tapotant doucement les joues qu'elle a un peu trop bu, que c'est à cause de la tequila de Steef. Demain, elle le paiera probablement par une bonne migraine.

« Mais demain, c'est un autre jour ! » dit Rebecca en saisissant une « fraise pompette » qu'elle fourre dans la bouche de Steef. Elle se laisse tomber sur les genoux et se frotte contre son corps robuste. Nous restons interloqués par cette démonstration d'intimité, seul le bavardage feutré des voisins nous parvenant des autres jardins.

« Ta femme est très séduisante, Peter. »
Nous nous trouvons dans la cuisine à présent, je ne sais pas pourquoi au juste, mais, une bière à la main, nous nous tenons derrière Eva et Rebecca qui sont en train de débarrasser la table. Je crois que nous avons tous les deux les yeux fixés sur leurs fesses, ce qui fait rire Rebecca. Je suis ivre. Steef met un autre style de musique.

« Billy Idol », crie Eva et, en agitant les mains, elle raconte que nous nous sommes rencontrés le jour où elle m'a réclamé une chanson de Billy Idol. Steef revient en dansant, une cigarette roulée au coin de la bouche.

« *Billy Idol it is, madame.*

— Oh, j'étais éperdument amoureuse de Billy Idol dans le temps, dit Eva.

— Je n'ai jamais entendu parler de ce type, répond Rebecca.

— Il ressemble un peu à Steef », réplique Eva

tout sourire et un peu éméchée. Je suis certain qu'elle le fait exprès, pour me remettre à ma place.

Steef renverse de la bière. Je m'en moque, tant pis pour le parquet. Mon corps se meut avec aisance, il semble fluide. Je lève les bras et ferme les yeux, je n'entends plus que la musique, la guitare, la voix grave de Billy, elle me prend aux tripes, je tressaille intérieurement et je hurle :

It's a nice day to start again.

Steef braille. Nous nous égosillons en chœur, comme des adolescents qui font les fous. Les filles sautillent. Elles se sont débarrassées de leurs chaussures. Steef les enlace et les serre contre lui. Ils ont failli tomber. Ils éclatent de rire. Il me semble que ses mains se referment sur leurs seins. Eva le laisse faire. Je l'attire vers moi, pose mes mains sur ses hanches chaudes et presse contre elle mon sexe en érection.

Je n'ai plus peur de rien.

Je suis Billy.

Pourquoi pas ? Elle ne me repousse pas. Elle continue à danser, se retourne, frotte en rythme ses fesses rondes contre mon sexe, lève les bras en l'air ; mes mains remontent, le long de ses côtes, près de ses seins qui dansent, je la caresse sous les bras. Steef se pend au cou de Rebecca, sa langue cherche la sienne, ses mains se referment avidement sur son cul. Je ne veux pas réfléchir. Je veux laisser faire. Et j'ai envie de baiser, baiser enfin pour de vrai, sans retenue.

Billy Idol est passé à un rythme plus lent. « Eyes without a face. » C'est barbant. Eva aime bien. Elle passe les bras autour de mon cou. Nous dansons un slow. Je veux qu'elle reste comme ça, que son excitation ne disparaisse pas. Steef et Rebecca ont atteint le canapé où ils se laissent choir. Je vois Steef saisir les seins de sa femme et refermer ses lèvres sur un téton. Les rideaux sont restés ouverts. Mon érection est si forte qu'elle en devient douloureuse. J'essaie d'entraîner Eva vers l'autre canapé. Un canapé blanc, très salissant! Peu importe. Demain est un autre jour. Elle risque de se ressaisir d'un instant à l'autre. C'est maintenant. Je l'embrasse prudemment. Elle m'embrasse à son tour. Je passe ma langue sur ses lèvres. Elle les entrouvre. Nos langues se rencontrent. C'est la première fois depuis une éternité que j'embrasse ma femme sur la bouche. Nous tombons à genoux près du canapé. J'évite de regarder Steef et Rebecca. À vrai dire, j'aimerais qu'ils disparaissent. Eva se dégage de mon étreinte. Elle se lève pour aller tirer les rideaux. Elle réajuste sa jupe. Mon cœur bat comme un fou, je lui tends la main, il faut qu'elle revienne, qu'elle reste tout contre moi, qu'elle n'ait pas le temps de réfléchir.

Je perçois le souffle rauque de Steef. Je ne veux pas les entendre. Je lance tout de même un coup d'œil en coin. Rebecca est accroupie sur lui, jupe relevée jusqu'aux hanches. Elle porte un petit slip de dentelle rose saumon. Steef vient de lui murmurer quelque chose à l'oreille, elle pouffe de rire. Puis elle saisit Eva par le bras et l'attire vers elle. Elle plonge la main dans son décolleté et lui caresse les seins. Steef lui caresse les mollets et laisse sa main remonter lentement. Eva ne le repousse pas d'un air outragé. Elle n'éteint pas la musique. Elle ne lui flanque pas une gifle. Non, Eva se penche en avant et embrasse Rebecca. Elle glisse sa langue rose entre ses lèvres en fermant les yeux. Elle s'abandonne à la main de Steef entre ses cuisses. Et moi, je reste comme pétrifié sur le canapé, la verge en feu. Sans rien faire, sans oser bouger.

EVA

8

Si Peter ne m'avait pas dit qu'il avait mis fin à sa thérapie, les choses n'en seraient peut-être pas arrivées là. J'aurais sans doute moins bu et j'aurais renvoyé à temps Steef et Rebecca. Mais pendant toute la soirée j'étais en colère, furieuse qu'il ait abandonné, c'est pourquoi j'ai bu à outrance. Nous avons dérapé, je le sais, pourtant ce n'est pas ce que je ressens. Au contraire, j'ai le sentiment de revivre enfin. Mon cœur bat fort dans ma poitrine, je sens dans mes bras et mes jambes l'effet de l'excès d'alcool, mais cette sensation n'a rien de désagréable, c'est le genre de gueule de bois qui fait qu'on sourit toute la journée au souvenir de ce qui s'est passé la veille. Je devrais, mais non, je ne regrette rien.

Je repousse le drap. Il fait si chaud que mon corps est déjà moite, pourtant il n'est pas huit heures. Peter n'est pas allongé à côté de moi. Cette nuit, il a tenu à dormir sur le canapé. « Je ne veux plus te voir », m'a-t-il lancé entre ses dents après le départ de Steef et Rebecca.

Je suis allée trop loin, mais je ne suis pas près d'oublier mon excitation, ce besoin impérieux de me laisser aller. Jamais je n'avais ressenti une telle sensation en faisant l'amour. Peter a été mon troisième petit ami, le premier homme qui se soit efforcé de me donner du plaisir, mais il n'a pas souvent réussi à me faire jouir. Cette nuit, tout semblait aller de soi. Peut-être était-ce dû aux circonstances, à la combinaison de l'alcool et de la marijuana. Ou bien à l'expérience de Steef et Rebecca, mais tout était si facile, si naturel, si rapide. Je caresse l'intérieur de ma cuisse et laisse glisser mon pouce sur mes lèvres chaudes et humides. Mon ventre se rétracte, tressaille au souvenir de cette nuit, mes tétons se durcissent. Je reconnais l'odeur de Steef. Sur mes doigts, sur mon corps, dans mes cheveux. Son odeur épicée, son odeur de musc.

J'avais oublié. Le sexe était devenu pour moi une véritable corvée, il fallait en passer par là pour avoir un enfant. La courbe de température à gauche sur la table de nuit. Nous, toujours dans la même position, lui dessus, moi dessous, de façon que le sperme soit libéré le plus près possible de l'utérus. C'est ainsi que nous avons fait l'amour pendant des années. Même lorsque ce n'était plus nécessaire, puisque tous nos efforts restaient vains.

Je craignais d'être frigide. L'exhibition répétée de mon entrecuisse, le spéculum, les injections de sperme, les ponctions douloureuses, l'amour sans désir, les examens avaient chassé toute vie de mon bas-ventre. Il n'était plus qu'une terre aride, desséchée, qui ne supportait plus rien, plus aucun attouchement, même de ma propre main. Pas d'intrus, pas même un tampon. Je l'emmitouflais dans de grandes culottes en coton Sloggy et, la nuit, dans des pyjamas d'épaisse flanelle. La première fois que Rebecca m'a parlé de leur sexualité, j'ai été choquée car je pensais que les femmes qui avaient eu un enfant étaient frigides comme moi. C'est du moins ce que je lis dans les magazines. Oui, on y parle parfois d'échange de partenaires et de clubs échangistes, mais je ne m'arrête pas à ce genre d'articles. C'est comme les reportages sur des lieux de vacances exotiques où je n'irai jamais. Trop cher, trop étrange, trop angoissant. Je préfère lire ce qui concerne les femmes comme moi. Cela me réconforte, bizarrement, je ne suis pas la seule à ressasser mes déboires. Et parfois j'y trouve même de bons conseils. C'est dans *Marie-Claire*, par exemple, que j'ai découvert Hetty.

Je savais déjà, lorsqu'ils sont venus pour le barbecue, que Rebecca et Steef étaient de fervents *swingers*. Elle me l'avait dit quand elle était venue me couper les cheveux gratuitement, car quelques jours auparavant, dans son jardin, j'avais éclaté en sanglots après lui avoir avoué que Peter et moi, nous traversions une phase difficile. Elle m'avait demandé si nous ne désirions pas avoir un enfant. Elle s'était montrée très attentionnée, elle m'avait prise dans ses bras et m'avait massé le dos.

« On dirait que tu portes tout le poids du monde sur tes épaules », m'avait-elle dit.

C'était ce que je ressentais. Comme si, jour après jour, je traînais d'énormes blocs de béton.

Rebecca m'avait proposé de venir me faire une coupe après le week-end et un massage du cuir chevelu. Les soins corporels étaient selon elle la meilleure des thérapies.

Elle est arrivée le lundi matin en bâillant. Elle avait le blanc des yeux strié de vaisseaux roses dus à la fatigue. À part cela, elle était superbe, dans le style hippie chic. Sa peau bronzée brillait et ses longs cheveux dégageaient une odeur de musc, tout sur elle tintait et froufroutait. Elle venait de passer un week-end exténuant.

« Le petit Sem, bien sûr ? » ai-je demandé. Elle a arboré son sourire de Joconde.

« Non, il était chez la mère de Steef.

— Ah, vous êtes sortis ?

— Si l'on peut dire. » Et de nouveau ce sourire qui incitait à la questionner. Elle a posé une serviette sur mes épaules, s'est placée derrière moi et a commencé à me masser le cuir chevelu avec une huile tiède à l'odeur de noix de coco.

« Ferme bien les yeux.

— Où êtes-vous allés ? ai-je demandé en plissant les paupières.

— Dans un club.

— Ah ! » Ses doigts me massaient vigoureusement la nuque.

« Je ne me souviens même pas de la dernière fois où nous sommes allés dans un club.

— Nous y allons au moins une fois par mois. Un vrai paradis ! Du moins pour nous. La plupart des gens trouvent nos penchants répréhensibles, je n'en parle pas à n'importe qui. »

Ses doigts dessinaient de petits cercles sur mes tempes.

« Comment ça répréhensibles ?

— Ce n'est pas un club ordinaire, c'est un club échangiste. Il faut que ça reste entre nous, d'ailleurs… »

Je hochai la tête et me sentis tout à coup très mal à l'aise entre ses mains.

« Ce n'est pas que j'en aie honte ou quoi, je suis même fière de notre façon de vivre, mais ce serait gênant si les collègues de Steef l'apprenaient et nous devons aussi tenir compte de Sem. C'est parfois mal perçu. Nous avons perdu beaucoup de nos relations pour cette raison. En revanche, il faut reconnaître que nous nous sommes aussi fait de nouveaux amis. Vous aussi, vous êtes de nouveaux amis. Tu m'as parlé de tes problèmes. J'ai beaucoup apprécié, tu sais ? »

J'ai ouvert les yeux et lui ai souri.

« C'est agréable d'avoir de bons voisins. » Je n'osais pas encore employer le terme d'amis.

« OK, une fois par mois, nous allons au Liberty, un club échangiste, mais pas un endroit glauque, pas du tout, c'est simplement un club où tout est possible, sans interdits. On peut danser, boire, regarder, faire l'amour ensemble, mais aussi avec d'autres. Si on veut. »

Je crois que j'en suis restée bouche bée. Je me suis retournée et je l'ai regardée, j'ai cherché à lire dans son regard pour savoir si elle parlait sérieusement. Il me semble même que j'ai dit : « Tu plaisantes ! » Elle avait le regard d'une illuminée.

« Il n'y a rien de pervers à cela, a-t-elle répliqué, sur la défensive. D'ailleurs je pense que, Steef et moi, nous sommes plus fidèles que la plupart des gens. En tout cas spirituellement. Jamais nous ne nous séparerons, justement parce que nous sommes capables de partager.

— Ah bon. » C'est tout ce que j'ai trouvé à dire, puis je lui ai proposé un café. Je voulais échapper à ses mains. Les cheveux couverts d'huile, je me suis dirigée vers la cuisine. Rebecca m'a emboîté le pas. Je me sentais ridicule avec les cheveux en bataille, une serviette sur les épaules, sans maquillage, pâle, et encore en pantoufles, à côté de son corps sexy qui sentait bon, ce corps que de toute évidence elle aimait exhiber : lascif, jeune, sensuel. J'avais une tout autre image des échangistes. J'imaginais des hommes à moustache, ventrus, à la peau trop blanche. Des femmes aux seins qui tombent, saucissonnées dans de la lingerie synthétique bon marché. Je l'avouai à Rebecca qui venait d'allumer une cigarette, elle pouffa de rire.

« Mais non, pas au Liberty. Ce ne sont pas tous des Apollons bien sûr, mais nous y allons toujours le samedi soir, le public est jeune et tout est encore relativement ferme.

— Et qu'est-ce que tu fais ? Tu fais l'amour avec d'autres ? Tu en éprouves le besoin ? Tu n'es pas jalouse ? Moi, j'aurais trop peur, c'est sûr.

— La première fois peut-être, mais après c'est fantastique. Tu échappes pour un moment à la réalité, tu entres dans le monde du fantasme. C'est magique. La jouissance ultime. Tu ne fais que ce dont tu as envie, rien qui te déplaise. Les gens sont très aimables et ouverts. Et puis on peut dire à l'avance jusqu'où on veut aller, où sont ses limites. C'est ce qui est bien. Tu apprends à communiquer vraiment avec ton partenaire, au niveau le plus intime, à parler de tes inhibitions, de tes désirs. Ces échanges donnent un nouvel élan à ta relation. Ils l'approfondissent. Je sais que rien ni personne ne peut nous séparer, Steef et moi. Faire l'amour avec d'autres ne représente pas une menace. Tomber amoureux non plus. Tant qu'on en parle et qu'on y prend plaisir tous les deux. »

Après ces confidences, j'avais l'impression de venir d'une autre planète. Le sexe se trouvait en bas de la liste de mes priorités. Rien que de voir des couples s'embrasser à la télévision me donnait de l'urticaire. Le sexe n'était plus pour moi qu'une sale manie de Peter que je subissais avec résignation. Au fond de moi, je le détestais pour cette raison.

« Pourquoi tu me racontes tout ça ? » demandai-je sur un ton où perçait une légère irritation que je ne contrôlais pas.

« Parce que j'ai envie de le partager avec toi. La semaine dernière tu m'as parlé de vos difficultés et j'en ai été flattée. C'était une preuve de confiance alors que nous nous connaissons à peine. Ce ne serait pas honnête de ma part de te cacher un aspect aussi important de notre vie, aussi essentiel et positif. J'aime en parler. Et puis ça pourrait t'être utile. »

Je la dévisageai ébahie. « Je voulais dire, vous traversez une véritable crise…

— Ce n'est pas en fréquentant un club échangiste que nous résoudrons nos problèmes.

— Ce n'est pas ce que je voulais dire. Peut-être que vous devriez desserrer l'emprise que vous avez l'un sur l'autre. Vous accorder mutuellement un peu plus de liberté. »

Elle me caressa la joue, laissa glisser sa main

dans mon cou et sur mon bras, puis me saisit la main.

« Tu es belle, Eva. Tu es encore jeune. Tout est possible. Un enfant, ce n'est pas une panacée. Il existe d'autres façons de donner de l'amour.

— Tu peux parler! Tu en as un, toi. Alors qu'est-ce que tu en sais? »

Je montai me rincer les cheveux. En me regardant dans le reflet de la vitre, je constatai les marques de tristesse sur mon visage. Comment réagir aux confidences de Rebecca? J'aurais préféré qu'elle ne me parle pas de tout cela. Je me sentais à la fois salie et excitée. Des images défilaient dans ma tête — Steef et elle avec d'autres personnes —, je me passai de l'eau froide sur la figure pour les chasser. Rebecca vint se placer derrière moi et entreprit de me brosser les cheveux. « Tu as une belle chevelure, très épaisse », me dit-elle. Tout à coup, elle me faisait peur. Je fus prise de sueurs froides.

« Tu trouves. Moi pas. Ils frisottent dans tous les sens.

— C'est curieux, on n'est jamais contentes. Moi je les voudrais plus bouclés, toi, tu les préférerais raides. Je serais prête à faire l'échange, en ce qui concerne tes cheveux. Avec tes seins aussi d'ailleurs. Parfois, j'en ai assez de ces mamelles qui ballottent. »

J'eus un rire embarrassé.

Ensemble, nous regagnâmes le séjour. Je

repris place dans le fauteuil. Elle saisit une mèche entre ses doigts et, d'un geste professionnel, coupa les pointes mortes.

« J'étais un peu… Je suis choquée par ce que tu viens de me dire. C'est tellement à l'opposé de notre façon de vivre, Peter et moi. Ça te regarde, mais je ne sais pas… Tout cela me semble si peu romantique.

— Parce que c'est romantique de faire l'amour avec le même homme le restant de tes jours ? À un moment donné, on tombe dans la routine, non ? »

Elle avait raison, surtout dans notre cas.

« Il faut essayer de l'éviter, mais de là à fréquenter un club échangiste ?

— Mais comment faire ? Tromper l'autre ? Faire l'amour à contrecœur ?

— Eh bien, on peut essayer de faire pour le mieux. Et puis la relation amoureuse ne tourne pas qu'autour de la sexualité.

— Une relation amoureuse sans sexualité, ce n'en est pas une. Dans le meilleur des cas, il s'agit d'une amitié. Qu'est-ce que tu veux dire par "faire pour le mieux" ? »

Je poussai un profond soupir. Je n'avais aucune envie d'y penser, encore moins d'en parler.

« Nous traversons une phase difficile. Mais ça passera. Je suis sûre que je vais retrouver mon énergie, que tout va s'arranger. D'ailleurs Peter et moi, nous ne sommes pas très portés sur le sexe.

— Hum ! Vous ne l'avez jamais été ? »

Elle passa la main dans mes cheveux mouillés, tira de chaque côté pour vérifier qu'elle avait coupé droit.

« Si, avant. Mais même à l'époque... Je n'ai pas épousé Peter parce qu'il était l'amour de ma vie. Plutôt parce que je me sentais en sécurité auprès de lui. Je savais qu'il ferait un mari attentif et c'était ce dont j'avais besoin à ce moment-là.

— Et plus maintenant ?

— Si...

— Excuse-moi d'être aussi directe, mais si c'est si difficile entre vous et si tu désires tant avoir un enfant, pourquoi tu ne le quittes pas ?

— Parce que j'ai peur. » Cette réponse sans détour me troubla. Rien que d'y penser, la peur m'empêche de respirer.

« Peur de quoi ? De lui ?

— J'ai peur de gâcher le reste de mes jours. Nous vivons en symbiose, je crois. Et à vrai dire, je ne sais pas si j'aurais la force de vivre seule. Mes parents ont divorcé et j'en ai été très affectée. Ça n'a pas fait leur bonheur, ni à l'un ni à l'autre. Ma mère dit toujours : "Mieux vaut être mal accompagnée que pas accompagnée du tout."

— Je n'ai jamais rien entendu d'aussi stupide », marmonna Rebecca.

Je me lève avec un mal de tête lancinant. J'attrape mon peignoir et descends l'escalier à pas feutrés. Peter est allongé sur le canapé, le plaid en patchwork tiré sur lui. Il a la bouche entrouverte, le visage rouge et bouffi. Je l'observe, l'homme que cette nuit j'ai humilié au plus profond de lui-même, et je m'efforce de ressentir quelque chose. Un petit sursaut d'affection au creux du ventre, un brin d'émotion dans la tête, un soupçon de culpabilité dans le cœur. Rien. Pas d'irritation. Pas non plus la haine farouche que j'ai ressentie hier. Je n'ai même pas honte de ce qui s'est passé.

Pendant quelques heures, je n'ai pas pensé à Lieve. Je suis choquée lorsque je m'en rends compte. J'en ai les larmes aux yeux. Je n'ai pas le droit de l'oublier. Le souvenir de sa naissance, son petit corps frêle, ses petits poings fermés, le duvet doux sur sa petite tête, fine et fragile comme une coquille d'œuf, c'est tout ce qui me reste. Je suis mère. D'un enfant mort, mais je n'en suis pas moins mère pour autant, une mère qui aime son enfant de tout son cœur, même s'il n'est plus en vie, même si je n'ai pas eu le temps de le connaître.

Ne plus penser à elle, c'est comme me détacher d'elle. Il le faut, me dit Hetty. Me dit Peter. Me dit ma mère, mon frère. Tout le monde. Je ne supporte plus d'entendre ces mots. Comment me détacher de mon enfant ? Tuer les souvenirs ? Oublier que je suis mère ? Chasser de ma mémoire les images de ma petite fille sans vie ? Personne ne m'explique comment y parvenir. Hetty fait de son mieux, mais ça n'a aucun sens. Si je vais la voir, c'est parce qu'elle est la seule à qui je puisse parler de ma douleur pendant une heure. Elle me comprend, moyennant finance bien sûr. Les autres ont abandonné depuis longtemps.

La nuit dernière, je n'ai pas pensé à elle. C'est pourquoi je brûle à présent une bougie auprès de sa photo encadrée que personne n'a envie de regarder et que pourtant j'aimerais montrer à tout le monde. Pour eux, elle représente un bébé mort, le comble de l'injustice. Pour moi, c'est une photo de Lieve, ma petite fille qui a grandi dans mon ventre et dont je suis fière. En moi-même, je lui parle quand je suis assise près de sa photo et de la bougie. Selon Hetty, Lieve était une enfant si bonne, si sage et si gentille qu'elle n'avait plus besoin de nous ni du monde pour se développer spirituellement, son âme a été appelée ailleurs, vers des sphères supérieures. Un être de lumière, un ange qui veille sur moi.

J'embrasse sa photo et appuie mon front contre le verre frais, je ressens une douleur lancinante dans la tête, je suis submergée par le désir de respirer son odeur, de caresser sa peau si douce, comme au début, quand nous venions de la perdre, et que je souhaitais mourir pour la rejoindre.

Parfois, je pense que c'est la solution, finalement. Quoi que les autres en disent. Je me suis donné un an pour reprendre goût à la vie. Si je n'y parviens pas, je mettrai fin à mes jours. J'essaie, peu à peu, et l'idée que Steef et Rebecca pourraient m'y aider m'a même traversé l'esprit, mais à présent je ne sais plus. Comment me conduire avec eux après la nuit dernière ? Et Peter, j'ose à peine le regarder. Peut-être ai-je perdu d'un coup mon mari et mes amis. Que me reste-t-il ? Mon travail, que j'appréhende énormément. M'occuper des enfants des autres. Être témoin de l'insouciance de leurs parents. Chaque jour des mères à mon bureau, des femmes qui tombent enceintes sans problème et qui ensuite cherchent toujours à caser leurs enfants quelque part. Elles sont bien peu exigeantes envers elles-mêmes, mais le sont d'autant plus envers moi.

9

Peter et moi ne nous adressons plus la parole depuis presque deux jours. Nous sommes experts en la matière, nous nous côtoyons sans desserrer les dents, bien décidés à ne pas céder le premier, jusqu'à ce que la colère se soit dissipée. Dimanche après-midi, cinq heures, la sonnerie du téléphone rompt le silence. Peter est en train de jardiner, il orne les parterres de rampants en fleurs, je suis allongée dans un transat sous le parasol, derrière la maison. Je décroche. En entendant la voix de Steef, le rouge me monte aux joues.

Il me demande s'ils peuvent passer. Ils veulent parler de la soirée de vendredi, car selon lui, il le faut.

J'appelle Peter et lui demande ce qu'il en pense. Il fuit mon regard.

« Je ne vois pas pourquoi. Je ne veux plus avoir affaire à ces gens-là. »

Il s'apprête à tourner les talons, je le retiens.

« Attends, Peter, laisse-leur une chance. » Je pose ma main sur le récepteur.

« S'il te plaît…, dis-je à voix basse.
— D'accord, répond Peter d'un ton bourru. Si ça peut te faire plaisir. En ce qui me concerne, je n'ai plus rien à leur dire. »

Je monte vite me changer. Je me glisse d'une main tremblante dans une robe noire un peu trop moulante et j'enfile mes chaussures à talons noirs. Je crains d'être incapable d'ouvrir la bouche. Les souvenirs de vendredi, que je me suis efforcée pendant tout le week-end de chasser de ma mémoire, se bousculent dans ma tête. Le doux baiser humide de Rebecca. Sa bouche qui s'ouvrait et moi qui me suis surprise à me pencher vers elle. Le plaisir que j'ai éprouvé à toucher sa généreuse poitrine après l'avoir admirée en douce pendant des semaines, à caresser pour la première fois de ma vie les seins d'une femme, puis la main de Steef sur mon mollet, à l'intérieur du genou, le long de ma cuisse, son pouce qui a écarté mon slip avec habileté… Je ne veux plus y penser.

En bas, on sonne. Je jette un coup d'œil par la fenêtre et je les aperçois. Rebecca derrière la poussette, vêtue d'une tunique aux couleurs gaies, des paillettes dans le cou et dans le décolleté, les cheveux séparés en deux tresses. Le costume de lin blanc de Steef qui flotte sur ses épaules. Il est trop bronzé, trop viril, ses cheveux blonds sont trop fins, sa tenue trop étudiée. Qu'est-ce que je lui trouve de si excitant?

C'est la courbe de sa lèvre supérieure. La vilaine cicatrice dans son cou. Le duvet blond sur ses mains. La tendresse avec laquelle il sort son fils de la poussette.

« Je devrais te casser la gueule ! lance sèchement Peter en ouvrant la porte.
— Je t'en prie, un peu de tenue », dis-je en adressant à Steef et à Rebecca un sourire en guise d'excuses.
« De la tenue ? C'est vendredi qu'il fallait t'en préoccuper, chérie », réplique-t-il en regagnant le séjour d'un pas nerveux. Rebecca et Steef, confus, restent plantés dans l'entrée. Rebecca lève les sourcils, son regard va de Steef à moi.
« Est-ce bien une bonne idée ?
— Bien sûr », dit Steef. Il passe devant moi et entre.

Peter ne crie jamais. C'est un homme calme, introverti. C'est pourquoi je suis tombée amoureuse de lui, il y a de cela des années-lumière. À l'époque, j'imaginais que ce calme, ce mutisme, cette silhouette toujours vêtue de noir cachaient une grande profondeur d'esprit. Il était sérieux, un peu trop. Cela m'attirait. Toutes nos idoles étaient comme lui. Le regard sombre, elles chantaient un monde sans avenir.

Quand il a commencé à travailler au journal, il a troqué ses vêtements noirs pour une chemise et un jean et remplacé sa guitare par une chaîne stéréo haut de gamme. Peu à peu, ce qui m'avait attirée en lui a commencé à m'irriter de plus en plus. Il n'était pas calme, mais ennuyeux. Il n'avait pas des nerfs d'acier, il était au contraire d'une susceptibilité exacerbée. Tout changement dans notre vie provoquait chez lui ulcères et insomnies. Mais parler de ses problèmes, pas question ! Il a toujours fallu lui tirer les vers du nez. Exprimer ses sentiments, c'est pour Peter la pire des choses qui soit. Maintenant que nous sommes tous les quatre dans la cuisine, je vois bien qu'il souffre, ne sachant pas qui va entamer la conversation. Je tends une bière à Steef et un verre de rosé à Rebecca.

« Écoute », dit Steef en faisant tourner sa bouteille entre ses grosses mains, « il faut que nous parlions de la façon dont la soirée de vendredi soir s'est terminée. Je ne dis pas que c'était moche, ni même désagréable, mais les choses n'auraient pas dû se passer comme ça. L'alcool y était pour beaucoup… Je suis désolé, Peter. »

Peter rentre la tête dans les épaules. Il évite de croiser le regard de quiconque. Il est sur des charbons ardents. Rebecca se penche vers lui et pose sa main sur la sienne. Il ne la retire pas.

« Nous ne voulons pas vous perdre en tant qu'amis. Et voisins par-dessus le marché. Nous nous croisons tous les jours… C'est pourquoi ça n'aurait pas dû arriver. Du moins pas de cette façon.

— Je ne peux pas faire marche arrière. Je ne

peux pas dire "On efface tout", ou une banalité de ce genre.

— Celle qui doit te présenter des excuses, c'est moi, Peter. J'ai eu tort. J'avais trop bu. Et puis j'étais furieuse contre toi. Je suis désolée.

— Tu as aimé ça. Tu as beau dire que tu es désolée, tu ne regrettes rien. » Il parle à voix basse, toujours la tête baissée. Tout le monde se tait. Je sens trois paires d'yeux fixés sur moi.

« Je t'ai vu. Comme tu aimais ça. Au moins, maintenant, je sais que tu n'es pas frigide, que tu n'es pas un cul pincé. »

Vlan ! C'est comme un coup de torchon sale et humide en pleine figure. Les larmes me montent aux yeux.

« Comment peux-tu dire une chose pareille, devant eux ? dis-je à voix basse.

— Oh, Peter, Eva. Ne commençons pas comme ça. C'est à vous de régler vos problèmes », m'interrompt Steef, puis il avale une grande rasade de bière et pose la bouteille sur la table d'un geste brusque. « Nous sommes responsables de ce qui s'est passé. Ça ne nous choque pas plus que ça. C'est un peu notre mode de vie. Mais vendredi soir, nous avons dépassé les bornes. Pourquoi ?… Je n'en sais rien… C'était dans l'air, je crois. »

Peter relève la tête. Il regarde tour à tour Steef, puis Rebecca qui lui adresse un sourire chaleureux. Le soleil a disparu. Au loin, on entend un grondement, l'orage annoncé depuis plusieurs jours.

« Et c'est quoi votre mode de vie, au juste ? En quoi votre façon de vivre est-elle si différente de la nôtre ?

— Nous ne nous sommes jamais juré fidélité. Nous n'y croyons pas. La fidélité spirituelle, oui, mais physique ? Pour nous, c'est une mission impossible. Nous prenons soin l'un de l'autre, nous élevons Sem ensemble. Nous nous confions tout, même nos fantasmes les plus fous et nous tentons de les réaliser. En quelques mots, c'est ça. »

Peter me regarde et plisse les yeux. « Nous sommes très vieux jeu dans ce domaine. Du moins, je croyais qu'Eva partageait mon point de vue… » Il se dirige vers le frigidaire pour prendre une bière.

Après un silence pesant qui me semble durer une éternité, Peter se met à bombarder Steef et Rebecca de questions. Ils répondent patiemment. Oui, ils se livrent à ce genre de pratiques depuis cinq ans environ. Non, ils ne sont presque jamais jaloux. Oui, il leur arrive de tomber amoureux. Non, ces pratiques ne mettent pas leur couple en danger. Dans la mesure où on partage, où on en parle, où on accepte que l'autre vive une belle aventure, c'est positif au contraire. Oui, une fois par mois, ils fréquentent un club échangiste. Ils rencontrent d'autres couples sur le Net. Ils pratiquent les échanges entre couples et les trios. Rebecca aime bien les femmes, mais Steef lui est exclusivement hétéro. C'est un style de vie agréable, libérateur, qui n'a fait que consolider leur amour. Et puis, soyons francs, à la longue, une vie monogame, ce n'est pas très excitant...

À présent, la pluie tambourine contre les vitres. Steef et Rebecca se montrent de plus en plus volubiles. « Comme c'est agréable, disent-ils, de pouvoir parler en toute liberté. » Steef craignait qu'après ces confidences, Peter ne le flanque à la porte illico. Il est difficile de toujours être obligé de se taire sur un aspect aussi essentiel de sa vie, seulement voilà, tout le monde ne comprend pas.

Je me garde bien de dire que je le savais depuis longtemps. Que j'y pense depuis des semaines, que j'essaie d'imaginer ce que je ressentirais si je voyais Peter faire l'amour avec une autre femme. Je crains que cela ne me laisse indifférente.

« Enfin », dit Peter tandis que, les joues en feu, il décapsule sa troisième bière. « Tout vaut mieux que de ne plus faire l'amour du tout, comme nous. »

Le silence s'installe. Je voudrais disparaître sous la table.

« C'est la vérité, non ? Eva ne veut plus de moi. Pourtant, je la désire. Plus que jamais, bizarrement. Moins elle veut de moi, plus j'ai envie d'elle. Je comprends, finalement. Après avoir fait l'amour sur commande pendant cinq ans, le plaisir a disparu, d'ailleurs Eva a dit à la thérapeute qu'elle ne ressentait plus de désir. Qu'elle pouvait très bien se passer de sexe. Mais bon, vendredi soir, on a vu ce qu'il en était. Elle veut bien, mais pas avec moi. »

Steef secoue la tête et se met à rire.

« Ce n'est pas drôle, murmure Rebecca en lui décochant un coup de coude.

— Non. Mais ce n'est pas une raison pour se mettre tous à chialer ! Peter, mon vieux, tu es un type super. Tu es dans la force de l'âge. Réagis, voyons ! Dans ton cercueil, tu seras tout seul. Vous êtes comme enchaînés l'un à l'autre. Je vais être franc, Eva : si tu ne veux plus de lui, rends-lui sa liberté. Nom de Dieu…

— Pour vous, tout tourne peut-être autour du sexe, mais pas pour moi, dis-je à voix basse.

— Le sexe, c'est la vie. Ne pas faire l'amour, c'est mourir, Eva. Moi, j'ai vu la mort de près. Plusieurs fois. Je peux te dire que c'est pas beau à voir.

— Moi aussi, Steef. Nous aussi. Nous avons tenu un bébé mort dans nos bras. Notre propre enfant. En ce qui concerne la mort, tu n'as rien à nous apprendre. »

Nous avons tous les yeux dans le vide. Rebecca allume une cigarette. La poussette est agitée de petites secousses. Sem vient de se réveiller.

« Dans ce cas, tu sais combien la mort c'est

dur, c'est glacial et combien on se sent seul face à elle. C'est pourquoi il faut vivre. Jusqu'à son dernier souffle. Profiter de la vie, chaque jour. Il vaut mieux que soit gravé sur ta tombe : "Elle a osé…" plutôt que le contraire… »

Peter s'éclaircit la gorge. « Tu as tué quelqu'un ? » demande-t-il pour détourner la conversation.

Je vois la mâchoire de Steef qui se contracte.

« Oui, l'an dernier. À Utrecht. Un drogué que j'ai pris pour un trafiquant. J'ai cru qu'il sortait une arme. C'était son téléphone portable… Après ça, j'ai pété les plombs. Tout m'est tombé dessus. J'ai été incapable de travailler pendant des mois. »

Rebecca lui caresse le dos.

« Steef a aussi été à Srebrenica. Il ne s'en est pas remis. Ce qu'il a vécu là-bas, il ne l'oubliera jamais.

— Quand tu te trouves dans la ligne de tir et que les balles te frôlent, c'est comme un jeu. Tu es en dehors de la réalité. Une bombe à explosif brisant a éclaté près de moi et je n'ai pas été touché. J'ai continué à courir sans comprendre que le crépitement que j'entendais venait d'une mitraillette. Je me demandais quel était ce bruit bizarre. Quel con ! Longtemps après, on se dit qu'on peut remercier le ciel d'être encore en vie, d'avoir droit à une deuxième chance. Toi oui, les milliers de musulmans qui sont morts, non. C'est pour ça, mon vieux : bats-toi contre la mort. Profite de la vie. Profite au maximum de tout ce qu'elle peut t'offrir ! » Il nous saisit par le poignet et serre à nous faire mal. « Sors de la prison que tu t'es construite, mon vieux ! »

Une sorte de rictus se dessine sur son visage, puis il se lève en nous tenant toujours par les poignets et nous entraîne dans la pièce. « Fini les lamentations ! Écoute de la musique. C'est ce qui me sauve, tu sais ? La musique. U2. Écoute-moi ça. C'est tout de même mieux qu'une thérapie à la noix !

Steef se dirige vers notre collection de CD et demande si nous avons *All That You Can't Leave Behind* de U2. Oui, bien sûr. Peter a tout. Rangé par ordre alphabétique. Il n'est plus fâché et cherche gaiement le CD.

« " A Beautiful Day ", dit Steef. La première chanson, elle est vraiment... Elle me donne la chair de poule. Elle m'a aidé à sortir du tunnel. Rebecca, quand je mourrai, je veux qu'on la passe pour mon enterrement. »

Aux premières notes, il lève les poings. Peter monte le son. Sem se met à pleurer. Rebecca sort le bébé de sa poussette, le serre contre elle et couvre sa petite tête de baisers. Je prends trois bières glacées dans le frigidaire.

Dans le reflet de la fenêtre de la cuisine, je m'adresse un sourire. Un sourire qui ne disparaîtra pas de la soirée. J'applique les bouteilles contre mon cou brûlant et frissonne. Les hommes se livrent ensemble à une danse macho en fermant les yeux, tandis que Rebecca les observe d'un air serein. Je crois à présent qu'il est possible d'aimer plusieurs personnes à la fois. Je pourrais les aimer. Ils nous procurent de la joie. Ils sont francs, ne portent pas de jugements *a priori*. Rebecca est la première personne avec qui je n'ai pas à relativiser ma peine, la première qui ne cherche pas à m'éviter. Nous avons perdu tant d'amis qui ne supportaient pas de nous voir souffrir et ces gens-là, que nous connaissons à peine, nous ouvrent les bras.

Nous finissons le reste de pâtes de la veille. Sem est sur les genoux de Peter, je n'en ressens pas de douleur. Je caresse la tête douce et duvetée du petit et je leur dis qu'ils ont un bel enfant. Si sage, innocent, heureux de vivre. Rebecca répond qu'elle souhaite de tout cœur que je connaisse un tel bonheur. J'en ai les larmes aux yeux. Tout va s'arranger, dit Peter, nous allons faire une demande d'adoption. Je tais mon rêve à moi : mon propre enfant, qui grandirait dans mon ventre, auquel je donnerais naissance. L'adoption, certes, c'est la solution la plus juste !

Steef nous appelle « mon grand, ma grande », il s'excuse encore une fois pour vendredi soir. Peter répond que ça va, qu'il ne faut plus en parler. Il n'a pas encore compris que nous sommes déjà contaminés par une curiosité insatiable, par un désir dévastateur.

Les autres voisins sont couchés depuis longtemps, nous sommes dans la rue et repoussons le moment de nous séparer. Nous chuchotons et laissons échapper de petits rires étouffés. Nous nous sentons supérieurs, bien au-delà des habitants de notre quartier, de ceux qui viennent de passer ce dimanche soir si particulier devant la télé. Peter et moi, nous avons vécu comme des taupes pendant des années, avançant à tâtons dans un froid glacial, nous voilà à présent en pleine lumière; nos yeux n'ont pas encore eu le temps de s'y accoutumer.

PETER

10

Hetty est ravie de nous voir en pleine forme. On le lit dans ses yeux. Ils brillent de nouveau. C'est pour cette raison qu'elle fait ce travail. Ce n'est pas pour l'argent, c'est pour voir des couples retrouver leur joie de vivre. Pour démontrer, encore et encore, combien la parole est bénéfique, ne serait-ce que pour traverser des moments difficiles comme la séparation et le deuil.

Je me moque complètement de ce que pense Hetty et la façon qu'elle a de s'envoyer des fleurs m'exaspère. Mais Eva est tout ouïe, elle boit ses paroles, s'en imprègne comme une éponge et affiche une mine réjouie, comme si elle venait d'avoir dix sur dix. Tout cela parce qu'elle veut bien faire. En imposer. Être la meilleure. Jusque dans le deuil. Les termes qu'elle emploie tout à coup! C'est à te « foutre la chiasse », comme dirait Steef. Elle a « donné une place » à la mort de Lieve. « Mis un terme » à la période de deuil. Elle a « accepté » le fait que nous n'aurons jamais d'enfant ensemble. Elle est à présent « ouverte » à d'autres possibilités. L'adoption par exemple.

Elle va même jusqu'à me prendre la main, elle dit qu'elle comprend très bien combien pour moi il a dû être difficile de ne pas être le père biologique de Lieve, elle comprend aussi pourquoi je voulais abandonner les IAD. Elle m'a empoisonné la vie, elle s'en rend compte à présent, elle se trouvait dans un tunnel, son désir d'avoir un bébé à elle dominait tout, mais avec le temps, grâce à Hetty et à nos nouveaux voisins, Steef et Rebecca, elle a appris à voir les choses sous un autre angle. Il n'y a pas que la maternité dans la vie, cela semble un cliché, c'en est un d'ailleurs, mais à présent elle comprend le sens de ces mots. Elle se met à pleurer et avoue qu'à un moment donné elle a voulu mourir, elle a sérieusement envisagé de mettre fin à ses jours ; elle ressentait une telle colère, elle était si malheureuse qu'elle aurait voulu tout détruire sur son passage. Elle s'est trouvée au bord de l'abîme, le vide l'attirait. Elle ne s'y est pas précipitée, elle en sait gré à Hetty à présent.

Celle-ci s'adresse à moi. Elle m'observe de son fameux regard qui exprime la douceur et la compréhension, mais dans lequel je lis autre chose, quelque chose qui ne s'adresse qu'à moi. Du mépris.

« Et toi, Peter ? Tu vas bien toi aussi ? »

Je me contente de répondre oui. Le reste, je le garde pour moi.

Je ne dis pas que, ces derniers temps, je me sens tellement bien que ça m'inquiète. J'ai en permanence le sentiment d'oublier quelque chose. J'ai du mal à dormir tant je suis excité par tout ce qui se passe.

« Nous nous sommes rapprochés. »

Je m'entends le dire. Moi aussi, je veux avoir dix sur dix. C'est pourtant loin d'être vrai. Nous sommes plus éloignés l'un de l'autre que jamais. Nous avons passé cinq ans à tourner en rond. Il n'était question que de sperme, d'ovules, de température, d'hormones, d'espoir, de peine et de douleur. Notre petit îlot se rétrécissait de jour en jour, nous avons failli étouffer. Mais, tout à coup, nous retrouvons un peu de notre liberté, ce qui nous permet de nous évader. J'ai Steef, Eva a Rebecca. Je me suis racheté une moto et, presque tous les dimanches, je sors avec Steef. Eva sort de nouveau elle aussi. Steef et moi, nous allons bientôt aller à un concert de U2, il y a un enfant dans notre vie dont nous nous occupons de temps en temps et nous faisons de nouveau l'amour. Ce n'est pas souvent, pas très excitant, mais qu'importe. Un zeste d'Eva me suffit. C'est arrivé la nuit qui a suivi la réconciliation avec Steef. C'est elle qui a pris l'initiative d'ailleurs. J'étais toujours en colère et je lui ai demandé ce qu'elle me trouvait. Pourquoi elle restait avec moi. Elle m'a couvert le visage de baisers, comme une enfant qui demanderait pardon à son vieux père, j'ai empoigné sa tête et fourré brutalement ma langue dans sa bouche. J'aurais voulu la battre. C'était ce dont j'avais envie : lui faire mal.

« Quelle question ! Repartons de zéro. Je suis désolée de t'avoir blessé…

— Je t'aime, je te le répète tous les jours, mais toi tu ne me le dis jamais. »

Je la tenais fermement et je plantais mes dents dans ma lèvre inférieure pour ne pas pleurer. Pleurer, oui. Un homme peut-il tomber plus bas ?

En reniflant, elle a enfoui son nez dans mes cheveux.

« J'ai peur que tout mon amour ne soit enterré avec Lieve. »

Ma joue a glissé plus bas, le long de ses seins doux et chauds, puis j'ai posé ma tête sur son ventre.

« Comment font les autres ? Comment ils font, pour remonter la pente après une telle épreuve ? Je le veux, vraiment. Il m'arrive d'être gaie, parfois. Vendredi soir et ce soir, par moments, je me suis sentie heureuse. Mais juste après je me sens coupable. Comme si j'abandonnais Lieve. Tu ne ressens pas la même chose ? »

Non, ce n'est pas ce que je ressens. Je suis triste parce que Eva est triste. Je n'ai pas porté cet enfant. Je ne l'ai même pas conçu. Je ressens un grand vide parce que Eva s'éloigne de moi.

Et, pour être franc, c'est surtout de la colère que j'éprouve. Pour tout.

« Oui, chérie, bien sûr que je ressens la même chose que toi. » J'ai pincé doucement ses adorables fesses rondes et j'ai caressé l'intérieur de ses cuisses. Elle a tressailli et s'est dégagée.

« Avec Steef et Rebecca… Vendredi soir. C'était un de ces moments de bonheur ?

— Je t'en prie, Peter. »

Elle a roulé sur elle-même pour se libérer de mon poids. Il ne fallait pas que je la chasse. Ne pas tout gâcher encore une fois. Mais je tenais à savoir.

« Avoue. Ça ne fait rien. Je ne suis plus en colère. »

Je lui caressais le dos, entre-temps elle s'était retournée.

« Je t'ai déjà tout expliqué. J'étais en colère après toi. Et j'avais trop bu. Je ne sais pas ce qui m'a pris.

— Ce ne sont que des excuses. Je veux savoir ce que tu as ressenti. »

Doucement ma main s'est avancée vers ses seins, mes doigts ont dessiné des petits cercles autour de son téton qui a immédiatement durci. Elle a poussé un gémissement.

« C'était bon. Doux.

— Qu'est-ce qui était doux ?

— La bouche de Rebecca. Ses mains, ses seins.

— Oui, les seins de Rebecca. Je t'envie. Moi

aussi j'aimerais bien les prendre dans mes mains. »

J'ai pressé mon sexe contre ses fesses. Eva a soulevé la jambe, signe qu'elle ne me repoussait pas. Mon cœur s'est mis à battre comme un fou.

« Et Steef ? » ai-je poursuivi, tandis que ma main glissait vers les poils frisés entre ses cuisses.

« D'après moi, tu as joui, ai-je murmuré à son oreille. Je t'ai vue. Moi, je ne t'ai jamais fait jouir aussi vite… »

Elle a écarté les jambes et a laissé mes doigts s'aventurer. Il y avait longtemps que je ne l'avais pas sentie aussi mouillée.

« Ça n'a pas d'importance…, souffla-t-elle en haletant.

— Si. Ça en a. Dis-le. Je peux peut-être apprendre quelque chose. »

J'ai de nouveau senti la colère monter en moi. Quelle conne ! Pendant des années, je me suis donné toutes les peines du monde. Et le premier type qui la touche la fait jouir en un clin d'œil. Sous mes yeux.

« C'était l'idée…

— Quelle idée ? »

Je l'ai retournée sur le dos.

« Alors ?

— D'un homme et d'une femme… Sa main à lui, sa bouche à elle…

— Oui, et alors ? Qu'est-ce qu'elle faisait sa bouche ?

— Lécher, sucer. Sans brusquerie. Patiemment. »

J'imaginais cette bouche sur mon sexe. Ses yeux bleus étranges qui me lançaient des regards implorants. D'autres, des gens qui baisaient autour de nous. Eva était allongée sous moi, les yeux fermés, la bouche entrouverte. Je ne sais pas à quoi elle pensait, sans doute à la même chose, car elle était plus chaude, plus mouillée, plus ouverte, mais en même temps plus inaccessible que jamais.

Je me suis dit : c'est ça. Ça l'excite. Elle veut qu'on la baise.

Je l'ai pénétrée brutalement, avec plus de force et de vigueur que jamais. Elle ne m'a pas repoussé. Elle s'est laissé prendre comme une chienne, je ne voyais pas si elle éprouvait du plaisir, mais à ce moment-là je m'en moquais. J'avais une revanche à prendre.

Après l'amour, ses joues étaient mouillées de larmes. Je me suis excusé, j'avais été un peu trop brusque. Elle a souri et m'a répondu que c'était sans importance.

Nous prenons congé d'Hetty. Nous n'avons pas fixé d'autre rendez-vous. Mais si l'un de nous en éprouve le besoin, il suffit de téléphoner et elle sera tout de suite à notre disposition. Eva et Hetty s'embrassent. Préférant éviter ce genre de familiarités, je lui tends la main.

« Adieu, Hetty. Merci. Ce n'est pas méchant,

mais je ne te dis pas " au revoir ", si tu n'y vois pas d'inconvénient.

— Peter, j'espère sincèrement ne plus vous revoir. »

Elle me serre la main en me regardant d'un air grave.

« Et toi, s'il te plaît, prends le temps de t'écouter.

— Ça va aller. »

Nous descendons l'escalier et faisons un dernier signe de la main à Hetty la Sorcière. Un vent humide et chaud traverse nos vêtements. Je passe un bras autour des épaules d'Eva et embrasse ses boucles.

« Où allons-nous pour fêter cette "Libération"?

— Je voudrais aller sur la tombe de Lieve », répond Eva.

11

Eva retire les fleurs fanées du parterre. Je remplis un arrosoir et j'arrose les myosotis. Elle ne dit rien, comme si elle craignait de laisser échapper un cri en ouvrant la bouche. Elle serre les mâchoires et évite même de croiser mon regard de peur d'être submergée par la douleur. Je lui caresse le dos et lui tiens la main. Il n'est pas d'autre endroit où je me sente aussi minable qu'ici, près du corps de ce qui fut le plus grand amour d'Eva. Je suis jaloux d'un bébé mort, bon sang, jaloux face à la douleur qu'elle ressent, si intense et totalement justifiée pourtant.

Eva s'agenouille et pose sa main sur la pierre. Elle murmure :

« Eh, ma petite Lieve. Bonjour ma chérie. Papa et maman sont là. »

Je me racle la gorge et dis d'une voix râpeuse : « Bonjour, petite fille. »

Juste pour la forme. J'ai le sentiment que ma présence est purement formelle.

« Je suis là, Lieve chérie, pour te dire que je

vais me détacher de toi, il y a un an exactement, tu as fait le choix de devenir un petit ange… »

La voix d'Eva se brise.

Le sang me monte à la tête. Je n'y pensais plus, mais tout à coup il est là, clair comme de l'eau de source, le souvenir de ce vingt-deux juillet, lorsque Eva m'a réveillé tôt le matin, prise de panique, les mains entre ses cuisses couvertes de sang.

« Nous sommes en train de perdre le bébé ! Il faut aller à l'hôpital immédiatement ! » a-t-elle hurlé. Elle était livide. Je voulais d'abord appeler le médecin, la sage-femme, une ambulance. Je lui ai dit de se calmer, que tout allait s'arranger, mais j'avais entièrement conscience de la gravité de la situation. J'ai attrapé le sac que nous avions préparé au cas où. Je ne trouvais pas les clés de la voiture. Justement ce jour-là, je ne les avais pas suspendues au crochet comme d'habitude. Je courais dans la maison comme un fou, elle hurlait que le sang coulait toujours. Entre ses cuisses, elle avait placé une grande serviette de bain, qui fut trempée en quelques secondes. Elle jurait. Elle suppliait. Elle priait. « Lieve, Lieve, reste avec nous, accroche-toi. Nous t'aimons. » Des heures semblèrent s'écouler avant que je ne retrouve les clés sur le petit lavabo des WC, avant que nous ne sautions dans la voiture, sous les yeux ébahis des voisins et des passants. Puis, en empruntant les voies cahoteuses qui longent les canaux, nous avons quitté la ville en grillant les feux rouges, en passant sur les trottoirs et sur les pistes cyclables pour sortir des embouteillages. Le sang giclait, il coulait du sac-poubelle sur mes housses beiges. Je jetais de temps en temps un coup d'œil sur le visage pétrifié d'Eva. Elle ne pleurait pas, elle regardait droit devant elle avec de grands yeux angoissés, les dents plantées dans sa lèvre inférieure. Elle tremblait de tout son corps.

Ensuite les urgences, qui ne ressemblaient en rien à ce qu'on voit d'habitude à la télévision, à savoir, une foule de médecins et d'infirmières qui vous attendent, vous installent en toute hâte sur un brancard et qui, le front trempé de sueur, finissent par vous sauver la vie, à vous et à votre enfant. Non, ici les infirmières, impassibles, vous demandent d'abord votre carte. Elles installent votre femme dans un fauteuil roulant et la prient de patienter tandis qu'elle hurle que l'enfant est en train de lutter contre la mort, qu'elle le sent. Une échographie ? Pas question ! Transportez-la aux urgences, sauvez notre fille. Elle a trente-six semaines, Lieve est viable. Chaque seconde compte. Eva sait mieux que personne ce qui se passe. Elle a consulté tous les sites qui font peur. Elle savait avant le gynécologue que le placenta s'était détaché. L'échographie l'a confirmé. Elle sait aussi que le petit cœur de notre Lieve chérie a cessé de battre. Le cri de détresse d'Eva. Les consolations toutes professionnelles. Les regards fuyants. En moins d'une heure tout est fini.

Dans une petite pièce blanche vétuste, qui sent le désinfectant et l'odeur métallique du sang, atterré, je me tiens aux côtés de ma femme allongée sur la table d'opération. Elle a les yeux fixés au plafond. Ses lèvres sont bleues. Elle semble ne pas se rendre compte de l'agitation qui règne autour de nous. Les infirmières la recouvrent d'un drap vert. Elles cachent son ventre. Elles posent précipitamment deux perfusions. Une poche de sang, une poche de liquide incolore. Notre gynécologue, le Dr Van Dam entre, caché derrière son masque. Je perçois l'odeur de caoutchouc de ses gants, la forte odeur de mercurochrome dont on badigeonne le ventre d'Eva. Il s'entretient avec l'anesthésiste. Eva ne veut pas d'anesthésie. Je tiens sa main froide, fragile, c'est tout ce que je peux faire ; j'espère que je ne vais pas m'évanouir. Ou vomir. Je lutte contre les étourdissements en me mordant très fort la langue. On nous parle, mais nous n'entendons pas.

Puis l'intervention commence. Nous ne voyons rien, mais nous entendons le cliquetis des instruments. Le patient bip-bip des appareils auxquels Eva est rattachée. Une larme coule de ses yeux. L'infirmière qui se trouve en face de moi lui caresse affectueusement la tête. Je fais presque dans mon froc, tellement j'ai peur. Je vais bientôt voir notre fille. Notre fille morte. Un petit être qui aurait dû vivre. Nous nous sommes battus pour cela pendant des années, bon sang. Tout, nous avons tout fait pour cela. Pourquoi nous ? La question est ridicule, je le sais, mais elle me martèle le crâne.

Et après. L'incommensurable tristesse d'Eva. Le regard de mes beaux-parents, de nos voisins, du boulanger du coin, de mes collègues, quand le moment sera venu de le leur annoncer. J'aurais dû appeler la mère d'Eva depuis longtemps. Je suis un con. Je ne pense qu'à moi alors que je compte pour du beurre. « Nous y sommes », dit Van Dam. Tout le monde se tait. Quelques secondes plus tard, il soulève Lieve au-dessus du rideau vert. Elle est si petite. Bleuâtre. Muette.

« Vous la voulez près de vous ? »

Eva hoche la tête. L'infirmière enveloppe Lieve dans un linge. Puis elle la pose sur la poitrine d'Eva qui pousse un gémissement. Elle caresse de son index le petit visage grimaçant.

« Elle est parfaite. Tout y est… Tout… Oh, mon Dieu ! » dit-elle dans un murmure.

Ce matin-là, ma famille est morte. En l'espace d'un soupir. Nos espoirs, notre amour, notre confiance dans l'avenir, tout a disparu avec l'enfant qui représentait notre futur. Nous avons revêtu Lieve de la grenouillère que nous avions choisie ensemble lors d'un week-end à Maastricht. Notre dernier week-end en tête à tête. Notre dernier week-end de répit. « Profitez-en bien ! » nous avait recommandé mon beau-frère.

Nous avions imaginé notre enfant en train de gigoter. Puis on l'a enveloppée dans une petite couverture que la mère d'Eva avait confectionnée pour elle avec des bouts de vêtements de bébé, de draps et de couverture qui dataient de la période où Eva était elle-même un nourrisson. On l'a posée dans un bac transparent que l'on a placé à côté du lit d'Eva. Nous la couvions des yeux, comme pour la ramener à la vie. Nous reconnaissions le nez d'Eva, sa bouche, le crâne plat de son père. Nous caressions, surpris et en pleurs, les petits doigts et les petits orteils. Nous cajolions et embrassions ce petit corps froid, sans vie, et nous ne cessions de renifler sa petite tête pour ne pas oublier son odeur.

Nous avons choisi de la ramener à la maison et de l'enterrer. Eva voulait lui donner une place, un endroit où elle pourrait se rendre aussi souvent qu'elle le désirerait. Pendant un an exactement, elle y est allée tous les jours, parfois même deux fois par jour. Une fois, on m'a appelé au journal. Une femme qui était très inquiète pour elle. Elle avait vu Eva allongée sur la tombe. En s'approchant pour s'assurer qu'elle était bien en vie, elle avait constaté qu'elle pleurait, les poings fermés, pressés contre son ventre. Elle m'a demandé de bien veiller sur elle.

« Lieve, papa et maman doivent continuer sans toi. Nous n'avons pas le choix. Mais nous ne t'abandonnons pas. Tu restes dans nos cœurs. Même si je ne viens plus tous les jours, je ne cesse de penser à toi. Je serai toujours ta maman. Tu seras toujours notre fille. Notre petit ange. »

Eva se penche en avant pour embrasser le granit, puis elle tire un objet de son sac. Un petit ange de pierre au visage pieux.

« Il veillera sur toi en mon absence. » Elle le pose entre les myosotis, se relève et me donne la main. Nous contemplons tous les deux la petite statue kitsch, les petites fleurs bleues qui dansent sur ce carré de terre où est enterré notre rêve. J'admire Eva qui parvient à croire qu'à présent Lieve est un ange qui virevolte quelque part autour de nous. Moi je ne peux pas.

« Je me détache », murmure-t-elle. Je passe la main dans ses cheveux bouclés, enfouis mon nez dans son cou et embrasse le lobe tendre de son oreille. Dans un soupir, nous disons adieu à Lieve, sans verser de larmes. Lorsque nous nous éloignons, main dans la main, je me sens soulagé d'un énorme poids. J'ai conscience du chant des oiseaux, du cri des mouettes, des rayons du soleil qui percent entre les arbres.

« Si on allait à la plage ? » demande Eva d'une voix fluette.

Pieds dans l'eau tiède, les jambes de mon pantalon retroussées, sa robe relevée, chaussures à la main, il me semble que nous parcourons des kilomètres sur le rivage. Il y a du monde, il fait chaud, encore plus chaud qu'au cimetière. Nous atteignons la plage réservée aux naturistes qui est beaucoup moins fréquentée. Eva propose que nous nous allongions sur le sable. Je ne me sens pas à l'aise parmi tous ces gens à poil, mais aujourd'hui je ne me plaindrai pas. Je m'assois sur ma chemise et m'efforce d'ignorer tous ces phallus et ces seins autour de nous. Eva retire sa jupe, son soutien-gorge, elle se laisse tomber près de moi et, maladroitement, elle fait glisser son petit slip rose. « Comme c'est agréable, s'exclame-t-elle. C'est ce à quoi j'aspire : la liberté ! »

Elle blottit son corps nu et blanc dans le sable chaud et écarte les bras.

12

Je ne peux pas. Je suis incapable de retirer mon maillot de bain. J'aimerais bien être comme les autres hommes qui se grattent tranquillement les couilles tout en bavardant et ne bandent pas en dépit de la chaleur et de ces hordes de femmes nues autour d'eux.

Eva me trouve ridicule. Quand je lui rappelle combien elle était pudique, à l'époque où il était hors de question qu'elle se promène sans le haut de son bikini, où elle portait un maillot qui lui couvrait le nombril et les hanches, elle me répond : « Oui, mais c'était avant. » À présent, elle refuse d'avoir honte de son propre corps.

« Je vais essayer », dit-elle en se hissant sur les coudes tandis que je ne peux détourner les yeux de ses petits tétons roses, « je vais m'efforcer de me libérer de tout. De la honte. De la culpabilité. De mes angoisses. » Elle me lance un regard de défi.

Cette absence de retenue lui va bien, mais elle

a aussi quelque chose d'inquiétant et je me demande si l'idée vient d'elle.

« Pourquoi ? » Et quelles en sont les conséquences ? La deuxième question, je la garde pour moi.

Eva se redresse et, l'air absent, frotte le sable de ses pieds. Je remarque qu'elle s'est passé du vernis sur les ongles des orteils. « Parce qu'il faut bien continuer, et ce n'est possible qu'en changeant de vie. Pas en retombant dans nos anciennes habitudes bourgeoises. Quel sens auraient toute la douleur, toutes les souffrances de ces dernières années, sinon ? Tout ce qui nous arrive a sa raison d'être. Il fallait que nous comprenions quelque chose. Comme nous ne voulions rien savoir, les leçons sont devenues de plus en plus dures. C'est ce qui explique pourquoi nous avons perdu Lieve, pourquoi Steef et Rebecca ont croisé notre route. »

Elle tripote les ongles rouge vif de ses orteils et détourne les yeux vers la mer. Une femme énorme court se jeter à l'eau en s'esclaffant. Elle est parvenue à se détacher de tout, elle !

Cynique, je lâche : « C'est du Hetty tout craché !

— Mon Dieu, Peter. Il n'y a pas de discussion possible avec toi. Je suis adulte. J'ai longuement réfléchi à ce que je dis. Je dois trouver une nouvelle raison de vivre. Pendant des années, j'ai pensé : bientôt, quand nous aurons un enfant, nous serons heureux. Ma vie prendra tout son sens. Peut-être avions-nous trop peur de vivre au présent. Nous nous sommes accrochés à notre désir d'enfant, c'était plus facile que de se regarder droit dans les yeux et de se demander : sommes-nous vraiment faits l'un pour l'autre ? Désirons-nous la même chose ? »

Elle détourne le regard. Elle a les yeux braqués sur la mer. Je laisse échapper un grognement, une sorte de petit rire nerveux. Nous nous sommes accrochés à un rêve. Nous avons peur de la vie. Nous ne désirons pas la même chose. Quelles conneries !

« Tu parles pour toi, Eva, pas pour moi. Si tu veux changer quelque chose, si tu te demandes si nous devons rester ensemble, d'accord... Enfin non, pas d'accord. Ça ne va pas ce que tu fais. Débiter ce genre de niaiseries alors que, merde, c'est la première fois, depuis des années, que nous sommes à la plage, tous les deux ! Tu doutes de mon amour pour toi ? »

Elle croise les bras sur sa poitrine et pose le front sur ses genoux. Elle secoue la tête en signe de négation.

« Ce n'est pas si simple.

— Si, c'est simple. Je t'aime. Nous faisons tout selon tes désirs. Je te fais construire la maison de tes rêves. Nous ne faisons presque plus l'amour parce que tu n'en as plus envie. Tu te fais tripoter par le voisin et je te pardonne. Tu tiens à suivre une thérapie chez une hystérique et je t'accompagne. Comment oses-tu te demander si nous désirons bien la même chose ? »

Je suis furieux. Je me lève et me dirige vers l'eau, poings serrés dans les poches. Peur d'affronter la vie. Quelle connerie ! Où va-t-elle chercher ça ? Encore un forum Internet ? Rebecca ? Quel genre de vie imagine-t-elle ? Une vie comme celle de Steef et Rebecca. Je ne veux même pas y penser !

J'enfonce mes orteils dans le sable compact et humide, le regard au-delà des flots qui scintillent. La clarté me fait mal aux yeux. Et brusquement je comprends. Je sais parfaitement où elle veut en venir, où ses propos vont nous conduire. Elle se libère de tout. Foutaise ! Elle se libère de moi. Je me retourne et la regarde, la distance qui nous sépare me semble infranchissable. Je vois une femme, ma femme, ses délicieuses rondeurs, son visage rouge de chaleur. Voilà qu'à présent elle se passe du vernis à ongles, qu'elle exhibe son corps pulpeux ; rien ne va plus, c'est certain, mais que puis-je faire ? Je voudrais me cramponner à elle, pour toujours. La perdre est inconcevable. Sans elle, je ne suis rien. Il ne me reste plus qu'à m'adapter. Tout ce qu'elle voudra, pourvu qu'elle ne me quitte pas.

Une main sur mon épaule. Je sursaute. La tronche de Steef, à poil, rayonnant, portant Sem dans ses bras. À ses côtés, Rebecca, lisse, intégralement bronzée, la peau luisante.

« Tu t'es perdu ? » me demandent-ils. J'émets un petit rire. Je ressens une pointe d'irritation. Ils sont si satisfaits d'eux-mêmes, obsédés par leur corps. La façon qu'a Steef de se tenir ! Jambes légèrement écartées, pointant fièrement son énorme sexe en avant. Pas de poils. Rebecca non plus. Elle exhibe impudiquement ses lèvres. Elle porte une petite chaîne en or autour de la cheville, ce qui m'excite.

« Pas vous, visiblement. » Nous rions en chœur. Rebecca passe sa main sur ses seins pour en retirer le sable imaginaire. Ses tétons se durcissent.

« Ça va, toi ? » demande-t-elle d'un air compatissant.

Je hausse les épaules. « Très bien.
— Eva est là ? »
— Bien sûr. » Je pointe le doigt dans sa direction. Elle leur fait signe avec enthousiasme. Rebecca s'empresse de la rejoindre, Steef et moi, nous restons au bord de l'eau.

« Ça y est mon pote. Ça fait un an. Et vous avez survécu », marmonne-t-il en tapotant les petites fesses de Sem. Je dissimule ma surprise et me contente de hocher la tête. Manifestement, ils sont au courant. Reste à savoir si cette rencontre est aussi fortuite qu'elle en a l'air.

Steef propose d'aller boire quelque chose. Il confie Sem à Rebecca et à Eva. Cette dernière s'empresse de tendre les bras au bambin grassouillet. Steef en tête, nous nous dirigeons vers le pavillon en avançant péniblement dans le sable brûlant. Les yeux fixés sur son derrière musclé et sur le gros tatouage noir dans son dos, je m'applique à le suivre. Il se laisse choir sur l'une des chaises longues bleu azur, tire deux Coronas de son sac réfrigérant et les décapsule à l'aide de son briquet. Ici, on vit la vie qui, à en croire Eva, nous fait peur. Les tatoués, les hommes et les femmes nus, transpercés de métal, les petits enfants, fesses à l'air, qui se fraient joyeusement un chemin dans la foule, les chiens poussifs qui creusent un trou dans le sable à la recherche d'un peu de fraîcheur, tout ce monde grouille autour de nous. Dans les baffles retentit *Coldplay*. L'odeur de marijuana me chatouille les narines.

« Un vrai paradis, n'est-ce pas ? C'est tout de même plus cool que là-bas, sur cette plage de bourges ?

— Bourges ?

— De bourgeois ? Le domaine des paravents. Ta plage, quoi ! » Il lâche un rire retentissant et me donne une tape sur le genou. « Je plaisante, mon vieux. »

J'avale une gorgée et je remarque que Rebecca a passé son bras autour des épaules d'Eva. Ma femme est en train de sangloter, je présume. Steef s'enfonce dans sa chaise, dispose au soleil son sexe rasé qui repose inerte et mou. Nous trinquons, portons un toast à l'été qui, officiellement, n'a pas encore commencé, mais dure déjà depuis plusieurs mois, ce qui d'après

Steef explique pourquoi tout le monde perd la tête. Les gens roulent trop vite, provoquent des accidents, boivent trop et se battent pour un rien. Ça le rend fou.

« C'est pour ça qu'on est si bien ici. Pas de stress. Tout est possible, tout est permis. Débarrasse-toi donc de ce pantalon ridicule, mon vieux, lâche-toi un peu !

— Si tout est permis, je peux le garder.

— T'as raison. »

Nous trinquons encore une fois et échangeons un sourire ironique. Je me lève, déboutonne mon pantalon et le fais glisser en même temps que mon slip. Steef siffle entre ses doigts, je me dépêche de me rasseoir. C'est comme ça qu'on lâche prise. Du jour au lendemain, on se jette à l'eau, et finalement elle est moins froide qu'on ne le craignait.

On s'habitue vite à se promener nu, à être entouré de personnes qui le sont aussi. Après trois Coronas, je ne remarque plus ni les seins, ni les fesses, ni les bites, ni les chattes, et je vais aux WC à poil avec la même décontraction que les autres. On se sent bien. Libre, effectivement, et un peu rebelle. Comme quand je suis à moto.

Eva et Rebecca nous rejoignent. Elles installent Sem dans sa poussette. Steef roule un joint. Je lui demande s'il peut se le permettre en tant que policier. Il me répond que je n'ai pas idée de ce qui se passe chez les flics.

Ce sont des gens comme tout le monde. D'ailleurs, fumer un peu de haschisch n'a rien d'illicite. C'est pour lui la seule façon de se détendre. Son médicament quotidien. La marijuana l'a aidé à se sortir de l'abîme. Mais pour s'éclater vraiment, c'est l'ecstasy. Dans une fête. Au club qu'ils fréquentent.

« Tu es chaud comme un lapin. Tu trouves tout le monde beau et gentil, y compris toi-même. La coke, de temps en temps seulement, et pas avec n'importe qui. Ça t'éclate vraiment le cerveau.

— Mais comment tu te procures ces trucs-là ? En tant que policier, tu ne peux tout de même pas t'adresser au premier dealer venu ? » demande Eva, qui est légèrement penchée contre moi, de sorte que je sens sa peau brûlante. Comme un adolescent, d'un geste hésitant, je lui caresse le dos. Elle se laisse faire.

« Non, mais tu peux lui filer une amende et confisquer le tout, répond Steef en ricanant.

— Tu plaisantes ! »

Steef aspire entre ses dents la fumée au goût douceâtre.

« Ça arrive. Les grandes quantités, évidemment, on ne peut pas les garder, mais le dealer a toujours un petit quelque chose dans la poche, pour son usage personnel. Ce serait dommage de laisser perdre la marchandise.

— C'est sûr », approuve Rebecca d'une voix grave tandis qu'elle tend les doigts vers le joint de Steef. Son corps divin, d'un brun couleur miel, collé contre lui, elle pousse son petit rire rocailleux. Ses seins se soulèvent doucement.

« Ça t'est déjà arrivé ? » Eva, penchée en avant, observe Steef d'un air intrigué. Je profite de l'occasion pour laisser glisser ma main avide vers ses fesses devenues rose clair au soleil.

« Aux stups, oui. C'est arrivé, pendant une fouille, qu'un grand Black pris de panique glisse une boulette dans ma poche, sans que je lui aie rien demandé. Maintenant, ce n'est plus possible, malheureusement, mais quand les collègues trouvent quelque chose, la plupart du temps ils sont sympas, ils partagent. »

Nous restons bouche bée. Rebecca me tend le joint. J'aspire la fumée tiède, puis je le passe à Eva qui, à ma grande surprise, l'accepte et se met à tirer dessus comme si elle ne faisait que ça à longueur de journée. Pour ce qui est de lâcher prise, elle progresse à grands pas !

« J'aimerais bien, une fois, essayer l'ecstasy, déclare-t-elle.

— Ça peut se faire, répond Steef. Dis-moi quand, je m'occupe de tout.

— Si tu en prends, c'est important d'être en bonne compagnie. » Rebecca s'est redressée comme si le mot ecstasy l'avait ramenée à la vie.

« Vous viendrez chez nous. Juste nous quatre. De la bonne musique, de quoi grignoter, de quoi boire. Tout ira bien. Il ne faut jamais s'en procurer dans une discothèque, c'est de la merde. Je sais où en trouver de la bonne et j'ai l'habitude, alors, si tu veux, le mieux c'est de le faire chez nous. »

Les trois regards se tournent vers moi.

Je ris, je tire une bouffée pour gagner du temps.

« Steef, tu m'as plus l'air d'un dealer que d'un flic. »

Il arbore un grand sourire.

« Fais pas ton bourge. Tout le monde a son petit remontant. Passer une soirée à boire de la tequila ou avaler quelques cachetons, il n'y a aucune différence. S'ils sont interdits, c'est parce que nous sommes gouvernés par des bourges. Moi, c'est ce que j'en dis. Au travail, je ne fais qu'appliquer leurs lois. C'est mon boulot. Je ne sais rien faire d'autre. Mais sinon, je dépasse la vitesse autorisée à moto. Je télécharge de la musique plutôt que d'acheter gentiment un CD. Je paye mon jardinier au black. Comme tout le monde, quoi ! »

Je sens le soleil qui me brûle le dos. Trois visages rouges de chaleur m'observent. Je suis un bourge, mais ça ne me gêne pas. Je n'ai jamais aspiré à autre chose, à une vie plus excitante. J'aimerais faire l'amour plus souvent, que ma femme soit plus amoureuse de moi, c'est tout. Je ne suis pas compliqué. Je me contente de peu. Une bière avec Steef de temps en temps. En semaine, je bosse à la rédaction. Pendant le week-end, je fais de la moto avec Steef, j'écoute ses histoires sensationnelles et ses blagues croustillantes. Je n'en demande pas plus.

« Et si nous prenons tous les quatre un cachet et que nous soyons chauds comme des lapins, comme tu dis ? »

J'ose poser la question, ce n'est pas difficile, entre les corps nus, tandis que je plane. Rebecca, le sourire aux lèvres, me regarde d'un air endormi. Je pense : « allumeuse », un terme de mon adolescence qui tout à coup me traverse l'esprit. « Tu tiens vraiment à parler de tout ça à l'avance ? me demande-t-elle.

— Oui, je préfère. » Je sens que je bande.

« Personne ne t'obligera à faire ce que tu ne veux pas.

— Mais peut-être que je voudrai », dis-je pour devancer Eva, pour montrer que moi aussi je peux « lâcher prise », que je n'ai pas peur et parce que je désire Rebecca avec ses seins qui balancent, ses lèvres nues et lisses, son cul ferme et bronzé.

« Je boirais bien une bière, je crois, dit Eva en détournant les yeux.

— Eh bien, mon petit Peter ! » lance Steef d'un rire moqueur.

Je me hisse dans mon pantalon et pousse vers le bas mon sexe en érection. Nous échangeons un regard de connivence, je m'excuse et traverse la terrasse pour aller aux toilettes où je me branle vigoureusement. On va le faire, c'est sûr !

Pour rentrer à la maison, nous roulons au pas. Ma tête résonne, j'ai attrapé des coups de soleil. J'écoute David Bowie à la radio. Eva monte le son.

We can be heroes just for one day

Nous chantons à tue-tête et nous sentons des héros, les héros dont parle David Bowie.

I, I will be king

Les pleurs des guitares comme de mauvais augures.

And you, you will be queen

Nous allons changer radicalement. Pour Steef, la jalousie est une émotion qui nous a été inculquée. Comme la honte. Or, ce que l'on a appris, on peut le désapprendre. D'après lui, tout le mal vient de la jalousie. Il a un peu raison. C'est vrai, mince. La jalousie est inspirée par la peur. La peur de la perte. Le drame c'est qu'en étant jaloux on perd l'autre. Maintenant que j'y pense : je suis jaloux de tous ceux pour qui ma femme éprouve de l'affection. Ses amis, sa famille, les enfants de sa classe, notre enfant mort, Steef et Rebecca, Hetty. Par conséquent, je la perds. C'est un cercle vicieux. Je suis décidé à le rompre.

We can be us
Just for one day

J'essaie de formuler ma pensée, mais Eva me regarde d'un air d'incompréhension. « Oui, chéri, dit-elle. Nous en reparlerons demain. Quand nous aurons les idées plus claires. »

EVA

13

« Je ne suis pas sûr, Eva. »

Je me réveille en sursaut. Le drap est moite de sueur, le lit plein de sable. Peter est allongé sur le dos, les mains croisées sous la tête, les yeux fixés au plafond. Il a les aisselles couvertes de traces rouges. Il se les est rasées alors qu'il était encore complètement stone. Je jette un coup d'œil sur le réveil. Deux heures et demie du matin.

« De quoi tu parles ? » Je lui pose la question alors que je connais pertinemment la réponse. Mais je veux le lui entendre dire encore une fois.

« Du fait que tu veuilles prendre de l'ecstasy.

— Noùs, Peter. Tu le voulais aussi. Tu as même dit que tu aimerais que la situation dégénère. »

Je lui fais mal. Je ne sais pas pourquoi, mais j'aime bien le voir se torturer l'esprit.

« Je crains que nous nous emballions. Je ne suis pas sûr de le vouloir vraiment. »

Je lui tourne le dos et rejette le drap. Je ressens une douleur sourde au fond des orbites. Si j'en ai envie, c'est peut-être uniquement pour retrouver des sensations. Ou bien pour le punir. Depuis la disparition de Lieve, j'en éprouve le besoin. L'envie de l'humilier. Pourtant, parfois, j'ai pitié de lui, je le trouve même adorable, surtout hier après-midi.

« Personne ne t'obligera à faire ce que tu ne veux pas. » Je répète les paroles de Rebecca. Il me désire, je le sens, je sais aussi qu'il n'ose pas me toucher.

« Ce sera comme à la plage. Ils nous provoquent, à jouer la désinvolture. Alors moi, je veux montrer que je suis à la hauteur. Je me laisse entraîner. Toi aussi d'ailleurs.

— Chéri », dis-je en me retournant et en plongeant mon regard dans ses yeux angoissés, « imagine que ce que tu redoutes se produise. Ce pourrait être très beau aussi ? Sexuellement, tu aurais enfin ce dont tu rêves... Quant à moi, j'espère simplement qu'il se passera quelque chose. Que le désir reviendra. »

Il pousse un soupir. « Voyons, Eva... »

Il parle d'une voix étouffée. Je passe mon bras autour de son corps en sueur, ses mains se raccrochent à moi.

« Qu'est-ce qui t'arrive ? Qu'est-ce qui nous arrive ? dit-il en reniflant contre mon épaule.

— Nous nous engageons dans une nouvelle voie. C'est dans cette perspective qu'il faut le voir. Comme une nouvelle chance. » Je passe mes doigts dans ses mèches rebelles.

« L'idée que je vais peut-être faire l'amour avec Rebecca ne te fait donc rien ?

— Je ne sais pas », dis-je. C'est la vérité. « Je les aime bien. Je me sens tellement bien en leur compagnie. J'ai suffisamment confiance en eux pour tenter l'expérience. Et si ça ne nous plaît pas, nous pouvons toujours arrêter. »

Peter respire profondément, par à-coups.

« Mon Dieu, combien de fois ai-je entendu ça ? » dit-il en soupirant.

Nous restons allongés l'un contre l'autre, moites, immobiles. Nous commençons à nous assoupir lorsque, brusquement, un bruit retentissant suivi de cris furieux nous tire du sommeil.

« … Stefan Blok, connard ! »

Des bruits de verre brisé. Puis un silence menaçant. Dressés sur le lit, pétrifiés, nous espérons que le silence va se poursuivre, que nous avons mal entendu. Un coup sourd et de nouveau des éclats de verre nous confrontent à la réalité.

« Je t'ai retrouvé, salaud, assassin ! »

Peter allume la lampe de chevet. « Qu'est-ce que c'est ? »

Nous nous approchons de la fenêtre, tirons le rideau. Nous apercevons un jeune homme à casquette qui, armé d'une batte de base-ball, s'apprête à taper sur la Fiat Panda de Rebecca.

« Il faut appeler la police… », dit Peter en chuchotant comme si le garçon pouvait nous entendre.

« Steef est de la police, il va bien les appeler, tout de même ? »

Peter enfile son jean et son tee-shirt en toute hâte et se précipite en bas. Je lui emboîte le pas tout en me glissant dans ma robe. Par la porte d'entrée, il scrute la rue.

« N'allume pas », me chuchote-t-il.

Le garçon crie le nom de Steef de plus en plus fort, puis il fait voler en éclats le pare-brise de la voiture. Dans la rue, les lumières s'allument ici et là. Tout le quartier retient son souffle. Personne ne bouge.

« Mince ! Qu'est-ce qu'on fait ? »

J'attrape le téléphone et compose le numéro de Steef et Rebecca. Elle décroche, haletante.

« Ça va ? » C'est stupide comme question, mais c'est la seule qui me vienne à l'esprit ; elle pousse des sanglots angoissés.

« Non... Steef pète les plombs... Je ne sais pas ce qu'il va faire...

— Où tu es ?

— Je suis au grenier... avec Sem... Il sort, Eva ! Je l'entends...

— Il faut appeler la police ?

— Non ! Steef dit qu'il va se débrouiller seul. Il ne veut pas d'ennuis au boulot ! » Elle raccroche.

« Montre-toi, espèce de lâche ! Que je fasse la même chose avec ta sale gueule ! » Le garçon brise le rétroviseur extérieur à l'aide de sa batte et la brandit de nouveau au-dessus de sa tête. En voyant s'ouvrir la porte d'entrée, il s'immobilise.

Steef apparaît dans l'encadrement de la porte vêtu d'un simple jean effiloché. Il semble dire quelque chose au gars qui recommence à agiter dangereusement son bâton.

« Je te fais la peau, mec ! »

Peter me demande en murmurant : « Mais qu'est-ce qu'il fait ? Qu'est-ce qu'il fait ? » Steef se dirige lentement vers le garçon qui semble reculer à petits pas peureux. Steef avance toujours, les mains sur les hanches, le menton en avant, l'air de dire : « Alors, viens, vas-y, frappe ! » mais quelque chose semble retenir le jeune homme. Nous restons interdits derrière la vitre de la porte d'entrée, incapables de trouver quelque chose à faire pour venir en aide à Steef.

« Pourquoi ne prévenons-nous pas la police ? me demande Peter en chuchotant.

— Rebecca a dit que Steef allait se débrouiller seul. Il ne veut pas d'ennuis au boulot.

— Ce type va le tuer... »

J'observe Steef, son corps bronzé, musclé, intimidant, face au garçon squelettique, armé de sa batte de base-ball. Il sourit, sûr de lui, et avance lentement vers son adversaire, bien campé sur ses jambes, comme un footballeur. Puis tout à coup j'aperçois ce qui impressionne tant son adversaire. Sous sa main, pendue à la ceinture de son jean, je devine quelque chose de noir. On le distingue à peine, Peter ne l'a pas remarqué, mais je sais qu'il a la main posée dessus et je comprends pourquoi le garçon recule. C'est un pistolet, j'en suis certaine.

Quand le garçon se met à courir, serrant la batte contre lui, et que Steef part comme un fou à sa poursuite, nous osons enfin parler à haute voix.

« Il est fou…

— Il doit savoir ce qu'il fait. C'est son métier. » Pour ce qui est de l'arme je me tais. Je veux oublier cette image le plus vite possible. Peter allume la lumière et me demande si je veux boire quelque chose. De toute façon, pour le moment, pas question d'essayer de se rendormir. Il remplit nos verres de vin lorsque la sonnette retentit.

Rebecca tremble comme un petit chevreuil apeuré. Je lui enlève Sem des bras, il pleure et serre contre moi son petit corps angoissé. Je tourne en rond dans la pièce tout en le berçant pour le calmer. Je sens qu'il se détend aussitôt.

Je suis une bonne mère, l'idée me traverse l'esprit. Je suis bien meilleure que toutes les autres, bon sang. Meilleure aussi que Rebecca, à vrai dire. Si Sem était mon fils, il n'y aurait pas de criminel hystérique devant ma porte. Je ne fréquenterais pas de club échangiste. Je ne passerais pas la nuit à faire la fête et à boire. L'amour que je prodiguerais à mon enfant me suffirait.

Peter est assis à côté de Rebecca et lui caresse le dos pour la consoler.

« Pourquoi faut-il qu'il le poursuive ? Pourquoi tient-il à régler seul cette histoire ? Pourquoi ? »

Elle cache son visage dans ses mains. « Je lui ai dit, appelle le commissariat, appelle tes collègues, qu'ils arrêtent ce type, que cette famille cesse enfin de nous terroriser...

— Ça va s'arranger, dit Peter pour la consoler. Steef sait ce qu'il fait. » Il n'ose pas demander d'explications, alors c'est moi qui pose les questions.

« Ce garçon est un frère ou un cousin de ce camé. Tu sais bien, Steef t'en a parlé il y a quelques semaines. Celui qu'il a tué accidentellement. À Utrecht déjà, toute la famille était sur le dos de Steef. Des cas sociaux. Ils ne s'arrêteront pas avant de s'être vengés. »

Je caresse la petite tête douce de Sem qui s'est endormi dans mes bras tout en notant l'air inquiet de Peter. Nous pensons tous les deux la même chose. Où avons-nous mis les pieds ?

Rebecca tire de la poche de sa robe de chambre un paquet de cigarettes, elle en sort une et l'allume nerveusement.

« Je ne comprends pas pourquoi Steef refuse d'appeler la police. C'est sérieux... Vous êtes tous les trois en danger.

— Steef dit que ce sera encore pire si nous prévenons ses collègues. Si le gars est arrêté, sa famille aura encore plus de raisons de nous haïr. Ou bien Steef perdra son boulot. Nous n'avons pas besoin de ça. D'après lui, la seule langue que ces gens-là comprennent, c'est celle de la rue. »

Je suis parcourue de frissons.

Tout à coup, Steef se trouve au milieu de la pièce, la poitrine trempée de sueur, le regard partout à la fois. « Qu'est-ce que tu fais là ? » demande-t-il avec colère à Rebecca. Je note que son arme a disparu.

Rebecca éclate en sanglots, de concert avec Sem.

« Allons, du calme, s'il vous plaît ! »

Il passe une main tremblante dans ses cheveux.

« Steef, bon Dieu, pourquoi tu cours après ce malade ! Tu es fou, ou quoi ?

— Il a menacé ma famille. Je ne me laisserai pas faire. Par ce sale petit con tout juste sorti des jupes de sa mère ? Il ne me fait pas peur, Rebecca. Je n'en fais qu'une bouchée.

— Où est-il passé ?

— Retourné chez maman.

— Je ne plaisante pas, Steef, qu'est-ce que tu en as fait ?

— Je lui ai fait comprendre qu'il n'avait pas intérêt à chercher la bagarre. Que ce serait lui le perdant. Qu'il ne me fait pas peur. Personne d'ailleurs. Et maintenant on rentre, je ne voudrais pas embêter nos chers voisins plus longtemps. »

Il tend la main à Peter.

« Tout le quartier a entendu ce raffut. Des voisins auront peut-être appelé la police, dit Peter.

— Mais non. Ils ont la trouille. Je les connais mieux que toi, dans ce genre de quartier. Ils se fichent pas mal de ce qui se passe chez les autres. Mais ne t'en fais pas, je crois que le gosse a compris le message. Enfin ! »

Il me retire Sem des bras. Je remarque le battement d'une veine sur son front.

« Tu ne nous embêtes pas, Steef. »

Il rit et m'embrasse tendrement sur la bouche. « C'est bon, mon cœur. »

Nous échangeons un regard. Ses yeux gris-bleu me transpercent. Je me sens envahie d'une douce chaleur qui remonte jusqu'au nombril. J'ai conscience de son côté imprévisible, de son côté sombre, mais je préfère ignorer le signal d'alarme qui retentit dans ma tête. La curiosité l'emporte, je suis allée trop loin pour, à présent, choisir la voie de la raison.

14

À l'époque où je souhaitais avoir un enfant, je ne voyais plus que des femmes enceintes autour de moi. Dans la cour de l'école, chez le marchand de légumes, à la caisse du supermarché, à la télévision, dans les magazines, aux anniversaires, dans la salle des professeurs. J'en devenais paranoïaque. J'avais beau faire tout mon possible pour ne pas y penser, il n'y avait pas moyen d'y échapper. C'était comme si les gros ventres me poursuivaient, comme s'ils essayaient de me faire comprendre quelque chose, comme s'ils se moquaient de moi en disant : « Tu n'es pas des nôtres ! »

Parfois, je recherchais leur présence. Une mortification délibérée. Je rentrais dans un magasin Prénatal en m'imaginant que j'étais enceinte. Je voulais tout savoir sur les tire-lait et les soutiens-gorge pour l'allaitement, j'achetais des sucettes et des petites brassières avec en imprimé I ♥ MAMA. J'aimais être considérée comme l'une d'entre elles, je voulais croire qu'un bébé grandissait en moi, jusqu'au moment où je repartais avec un sac plein, et le cœur vide.

Lorsque je fus réellement enceinte, les boutiques pour nouveau-nés devinrent pour moi une véritable obsession. Je m'y rendais chaque jour après le travail, le ventre pointé en avant. Chaque jour j'avais besoin de me voir confortée dans mon rôle de future maman. Je me délectais avec la volupté d'une chatte de l'intérêt sincère que l'on me portait et je dépensais un capital pour le trousseau de mon bébé. Après le dîner, je consultais le Net, toujours en quête d'informations concernant mon état, je recherchais des forums pour chatter avec d'autres femmes enceintes comme moi et je travaillais à la création du blog de mon enfant. Au lit, je lisais *La Grossesse partagée*, *La Grossesse en toute sécurité*, *Vivre pleinement sa grossesse*, puis, Peter et moi, nous « jouions » avec Lieve en pratiquant l'haptonomie. Je faisais tout selon les règles. J'avais banni de mon alimentation le steak tartare et le brie crémeux, je ne buvais plus une goutte d'alcool, j'évitais les lieux enfumés, je me suis débarrassée de mon chat, je prenais sagement ma dose quotidienne d'acide folique, je me passais les seins sous l'eau froide et les essuyais avec un torchon rêche afin de prévenir les crevasses. J'accoucherais à la maison, à la lueur des bougies. J'allaiterais pendant neuf mois. Je porterais toujours bébé avec moi dans un foulard mexicain tissé à la main, je lui préparerais moi-même purées et compotes.

Je suis ainsi faite. Quand j'entreprends quelque chose, je vais jusqu'au bout. C'est pourquoi je ne comprends pas ce qui s'est passé. Pourquoi des camées séropositives accouchent-elles de bébés en bonne santé et moi pas ? Manifestement, cela ne sert à rien de faire de son mieux. Parfois on a de la chance, parfois on n'en a pas, on n'y peut rien. Certains n'ont que de la chance, d'autres que de la malchance.

Nous nous sommes peut-être trop obstinés à vouloir réaliser le rêve de la petite famille idéale, Peter et moi. Serait-ce la cause de notre échec ? C'est le genre de raisonnements que tient Rebecca. Les épreuves de la vie nous enseignent le renoncement. Elle m'a raconté sa jeunesse à Ibiza, l'île de l'ultime liberté comme elle dit, où sa mère s'intéressait plus aux fêtes de la pleine lune qu'à son éducation. Elle a appris à ne rien attendre de la vie, car on est toujours déçu, à ne pas avoir peur de perdre ce à quoi on tient, car c'est la meilleure façon de le perdre effectivement. Et puis, dans ce monde, on n'a pas de temps à perdre à vivre dans l'angoisse et l'insatisfaction. Rebecca dit qu'à Ibiza on ne connaît ni les clans ni les étiquettes. Chacun est libre d'être soi-même. Hédoniste superficielle aujourd'hui, demain hippie mystique. Mère dans l'âme ou déesse du sexe. Nous avons tout cela en nous. La seule chose qu'il faut pour pouvoir exprimer les différents aspects de notre personnalité, c'est de l'audace.

Rebecca et moi, nous nous voyons presque tous les jours. Elle vient souvent vers onze heures, elle s'invite à prendre le café et nous bavardons. Puis, du café, nous passons au lunch et ensuite au digestif. Parfois nous emmenons Sem au square, ou à la mare aux canards, nous faisons les courses ensemble, ou nous allons faire du shopping en ville et pendant ce temps-là nous passons en revue nos préoccupations du moment. Cela m'aide davantage que ma thérapie avec Hetty, plus que de chatter avec des femmes qui, comme moi, ont perdu leur enfant. Après une journée en sa compagnie, je déborde d'énergie, j'ai la tête pleine d'idées nouvelles. Pour la première fois de ma vie, j'ai une amie qui ne passe pas son temps à se plaindre de son mari, de son travail et de son corps. Rebecca est satisfaite de ce qu'elle a, de Steef en particulier qui, comme elle le dit, l'a aidée à sortir de sa « vie de chat de gouttière ». Avant lui, elle prenait la même voie que sa mère, toujours à la recherche de sensations fortes, toujours en vadrouille, en quête d'hommes et de drogue. Pour le sexe, elle était plutôt du genre facile. C'était une monnaie d'échange qui lui permettait de se procurer un toit pour la nuit, de boire et manger, de payer ses entrées dans des clubs chic et la drogue dont elle avait besoin pour se sentir bien. Elle affirme qu'elle ne s'est jamais prostituée. Elle a toujours éprouvé du plaisir. Le sexe, c'est l'énergie, le moteur de la vie, seuls les gens qui sont totalement libérés sexuellement connaissent le vrai bonheur, selon elle. Malheureusement, ceux-là, elle ne les rencontrait guère. La plupart des hommes avec qui elle couchait étaient profondément misogynes. Agressifs au lit. C'est pourquoi elle préférait les femmes à vrai dire, elles étaient beaucoup plus gentilles, plus douces et plus habiles, mais hélas, la plupart d'entre elles n'avaient ni argent, ni pouvoir, ni coke, ni ecstasy.

Elle a connu Steef au Liberty. Elle était de retour à Amsterdam. L'homme qu'elle fréquentait à ce moment-là l'avait emmenée dans ce club, où Steef se trouvait aussi avec sa femme. Son ex qu'il ne voit plus. Qui apparaît encore dans ses cauchemars, comme il dit en plaisantant. Ce soir-là, c'était la première fois qu'ils se rendaient au Liberty dans une ultime tentative pour sauver leur couple.

« Si tu tiens absolument à me tromper, avait déclaré sa femme, fais-le au moins en ma présence. » Sitôt dit, sitôt fait. Rebecca se souvient encore de sa façon hautaine de hocher la tête quand Steef lui a demandé s'il pouvait danser avec Rebecca. Ils ne se sont plus quittés depuis. L'ex de Steef avait passé toute la soirée à l'attendre au bar en porte-jarretelles. Trois mois plus tard, ils divorçaient.

Rebecca satisfaisait entièrement Steef et réciproquement. Elle répondait à ses attentes sur le plan sexuel et il lui procurait l'amour auquel elle aspirait tant. Tout était si parfait qu'elle a commencé à désirer un enfant, un enfant qui les unirait pour la vie. Mais Steef ne voulait pas en entendre parler. Ce fut un choc pour elle. Un enfant n'avait pas sa place dans sa nouvelle vie. Il était quotidiennement en contact avec un monde pourri, à aucun prix il n'aurait voulu l'imposer à sa progéniture. Et puis il se trouvait trop instable pour être père. Il était loin d'avoir résolu ses problèmes personnels. Elle eut beau supplier, faire la moue, argumenter, lui promettre qu'elle s'occuperait de l'enfant, qu'il ne serait pas un fardeau pour lui, qu'il ne s'engageait à rien, il restait inflexible. Un enfant avait besoin d'un père et il ne pouvait assumer ce rôle. Il avait déjà assez à faire.

« Et pourtant, Sem est là », dit Rebecca avec son fameux sourire énigmatique, pendant qu'elle coupe des morceaux de pain qu'elle jette aux canards. Sem les poursuit à quatre pattes en poussant des cris de joie. Les canards courent se réfugier dans l'étang.

« Comment tu t'es débrouillée ? »

Elle hausse les épaules et arbore un sourire satisfait.

« Ce n'est pas compliqué, dit-elle. Tout le monde peut oublier sa pilule.

— Ça alors. Je trouve que ça ne te correspond pas du tout. Tu l'as eu par la ruse ? »

Elle rit en me regardant d'un air moqueur.

« Disons que j'ai donné le petit coup de pouce. Les hommes comme Steef en ont besoin. La contrainte par la douceur. Mais peu importe dans quelles circonstances a été conçu notre enfant. L'important c'est qu'à présent Steef l'adore. Et la paternité a fait de lui un autre homme, meilleur.

— Il n'était pas furieux quand tu lui as annoncé que tu étais enceinte ?

— Si, bien sûr. Ça a duré quelques semaines. Il m'a même quittée. Mais il est vite revenu. Penaud, il s'est agenouillé devant moi et il a embrassé mon ventre. Il a dit qu'il assumerait ses responsabilités. Il ne pouvait pas se passer de moi. Pas un jour de plus. »

Il y a des moments où je ne peux plus la supporter, comme maintenant. Elle est si satisfaite d'elle-même, elle sait tout. Sa façon de s'asseoir, de marcher, de rire et d'agiter ses cheveux. Elle m'agace.

« Et tu es sûre que Sem est bien de Steef ? Je veux dire, avec votre façon de vivre… »

Pas moyen de la déstabiliser. Elle sourit ou pouffe de rire, toujours parée contre une attaque.

« Évidemment que j'en suis sûre. Dans un club ou pendant une soirée, on utilise toujours des préservatifs, et d'ailleurs je ne fais pas souvent l'amour avec un autre homme. La plupart des couples choisissent de ne pas aller jusqu'à la pénétration, alors la baise, c'est assez rare !

— Tu as fait un test ADN ?

— Je sais compter. Sem est bien de Steef. Ça se voit tout de suite d'ailleurs. » Elle me demande si je suis fâchée. « On dirait que tu es en colère. »

Elle me tapote gentiment la jambe. Elle dit qu'elle comprend, que c'est vache pour moi qu'elle tombe enceinte aussi facilement. Elle aimerait sincèrement que ça m'arrive aussi. Et si elle portait notre enfant ? Elle le ferait volontiers pour nous.

« Le problème, ce n'est pas moi. Tu le sais, non ? Je veux sentir l'enfant en moi, le mettre au monde, qu'il soit fait de ma propre chair. Que ses pleurs fassent gonfler mes seins. »

Elle allume une cigarette, je me dis : voilà déjà une raison pour laquelle tu ne porteras pas mon enfant. En même temps, j'admire la façon qu'elle a de braver allégrement tous les interdits.

« Si c'est réellement ce que tu souhaites, l'adoption n'est pas une solution. Il faut que tu tombes enceinte.

— Peter ne veut pas remettre les pieds à l'hôpital. Finis les IAD, les FIV, les ICSI. Le meilleur compromis, c'est l'adoption. Aucun de nous deux n'aura de liens sanguins avec l'enfant. C'est la solution la plus juste.

— Pour lui, oui. Mais qui s'occupera de

l'enfant la plupart du temps? Ce sera toi? D'ailleurs, les enfants adoptés posent toujours des problèmes. Ce n'est pas juste du tout. L'amour inconditionnel de l'enfant pour sa mère, ce sentiment ancestral, reste le privilège de la vraie mère, quoi qu'elle lui fasse subir. C'est comme ça! »

Nous gardons le silence. J'observe le sourire radieux de Sem. Je lui tends la main. Je sens ses petits doigts moites et doux se refermer sur les miens. Il est là, tout simplement. Les disputes autour de sa conception appartiennent au passé. Avec l'enfant vient la réconciliation.

Sem se soulève en s'agrippant aux jambes de sa mère. Il lui tend les mains, elle se penche vers lui et l'enlace. Je les observe, elle qui plonge son nez dans son cou, lui qui glousse quand, pour rire, elle émet des petits grognements contre sa joue.

« Pourquoi n'aurais-tu pas un enfant de Steef? » demande-t-elle à brûle-pourpoint. Je tressaille et laisse échapper un petit rire embarrassé, comme si elle me prenait sur le fait en lisant dans mes pensées.

« Tu es folle.

— Non, je le pense vraiment. Je n'y verrais pas d'inconvénient. Qu'est-ce que c'est? Un dé à coudre de sperme qui pourrait vous combler de bonheur. Rien de plus. » Elle laisse tomber son mégot dans l'herbe sèche, l'écrase sous ses sandales dorées et finit de recracher la fumée.

« Steef ne voulait pas d'un enfant de toi, alors de moi !

— C'est différent. Ce ne serait pas son enfant, ce serait le vôtre. Nous ne ferions que vous aider un peu. Nous serons heureux de vous savoir heureux également. Et puis d'ailleurs, Steef n'a pas besoin de le savoir. »

Nous nous regardons longuement en silence.

« Mais il y a Peter aussi…

— C'est pourquoi nous n'allons même pas leur en parler. Ça compliquerait tout. Nous laisserons faire les choses et tu verras que Peter et Steef seront ravis de te savoir enceinte. D'ailleurs, pourquoi ne s'agirait-il pas d'un miracle ? C'est possible, non, un seul petit spermatozoïde bien vivant, venant de Peter ?

— Et comment on fait pour "laisser faire les choses" ? » Je pose la question alors que je connais pertinemment la réponse. Cent fois j'ai imaginé ce scénario, puis, honteuse, je l'ai vite chassé de mon esprit.

« La contrainte par la douceur. Nous allons échanger nos partenaires. Tu calcules le jour de ta prochaine ovulation et nous fixons une date. Si ça ne marche pas, on recommence.

— Et le préservatif ?

— Il peut se déchirer.

— C'est un coup monté ?

— Mais non, c'est ridicule. Si nos chemins se sont croisés, c'est qu'il y a une raison. Si Steef devient le père de ton enfant, c'est que les choses doivent en être ainsi. Si ça ne marche pas, tant pis. »

Elle me saisit le menton et, du pouce, elle essuie une larme sur ma joue.

« Allons, nous ne ferons rien de mal. Cet enfant sera conçu et accueilli avec amour. C'est tout de même mieux que dans un laboratoire », poursuit-elle gentiment.

Je la serre dans mes bras. Par-dessus son épaule, j'observe notre quartier baigné de soleil, la mare aux canards un peu plus loin, et tout à coup ce complexe de pierres froides se transforme en un paradis riche de promesses. Un jour, je m'y promènerai en poussant un landau. Au supermarché, je me pavanerai derrière mon caddie rempli de Pampers. Je serai aussi unique que toutes les autres.

15

Aujourd'hui, il fait trente-cinq degrés. L'alerte pollution a été lancée. Il est conseillé aux enfants, aux personnes âgées et aux asthmatiques de rester chez eux. Tout le monde a installé un Barnum dans son jardin. Le soir, on passe au jet les caravanes. Dans la journée, la chaleur est insoutenable. Il faut attendre que le soleil se couche pour que les enfants se remettent à piailler, les pères à arroser et les mères à s'affairer. Plus qu'une semaine et tout le quartier part en vacances excepté nous, Steef et Rebecca. Ils ne quittent plus le pays à cause des « petits soucis » de Steef, comme dit Rebecca. Une fois, ils sont allés chez sa mère. Il était littéralement fou de panique. Il ne dormait plus, se retournait sans arrêt comme un animal traqué. Il s'imaginait qu'on parlait de lui dans son dos. Il avait des flash-back de l'époque où il était à Srebrenica comme casque bleu. Il ne souhaite pas renouveler l'expérience. Rebecca aimerait bien partir de temps en temps pour une semaine aux Caraïbes ou à Ibiza, mais elle ne peut pas le laisser seul. « S'il a une de ses crises de stress post-traumatique pendant mon absence, je ne réponds de rien », dit-elle. Je lui ai proposé de veiller sur lui, elle peut nous faire confiance, mais elle n'ose pas. Quand on demande à Steef quels sont ses projets de vacances, il répond qu'il passera ses jours de congés dans le plus beau pays du monde, à savoir les Pays-Bas, sur les plus belles plages, les plages néerlandaises. « Cette tolérance, cette liberté, où les trouve-t-on de nos jours ? » ajoute-t-il.

À ma grande satisfaction, il a convaincu Peter de passer lui aussi l'été dans le plus beau pays du monde et l'a dissuadé de partir à moto dans le sud de la France. « Avec deux millions de Néerlandais à la queue leu leu en direction du sud, chez ces maudits Français qui préfèrent nous voir partir plutôt que nous voir arriver. Tu es fou ! »

Grâce à Steef, nous réchappons au camping peuplé de familles heureuses. Nous resterons près d'eux, j'en suis ravie. Deux semaines sous une tente en compagnie de Peter, je préfère ne pas y penser.

Allongée sur notre canapé de coton frais, je suis en bikini, les jambes en l'air contre le mur, à écouter voler une mouche. Les hommes sont partis au concert de U2. Depuis des semaines, ils trépignaient d'impatience. Après avoir entendu

Bono brailler sans interruption pendant des jours, j'apprécie le silence et la solitude de la maison. Je n'aime pas beaucoup ce frimeur aux allures pathétiques, mais Steef l'idolâtre et par conséquent Peter en fait autant. Ils partagent deux grandes passions : la musique et la moto. Peter envisage même de reprendre des cours de guitare. Steef l'encourage en disant que la musique est le plus beau des arts et qu'il est à la portée de tous.

Ma peau est brûlante. Je ne sais pas comment Rebecca fait pour rester allongée en plein soleil pendant des après-midi entiers. La chaleur me paralyse. Le gant rempli de glaçons que je me passe sur la figure ne m'est pas d'un grand secours. Elle va venir dîner, mais je n'ai pas le courage de me lever, de ranger, de préparer le repas. Je préfère m'abandonner aux fantasmes qui s'imposent à moi, attisés par la chaleur et la perspective du week-end prochain qui correspond à ma période d'ovulation. Rebecca et moi, nous avons concocté un plan judicieux. Je ne pense plus qu'à ça, je compte les jours, les heures, les secondes.

Je me caresse les jambes, collantes de crème solaire, je remonte le long de mes cuisses brûlantes et d'un geste hésitant je m'aventure sur la peau douce près des lèvres. Depuis peu, je me rase comme me l'a conseillé Rebecca. C'est en effet plus net, plus lisse, plus excitant.

« Quand tu te rases, ils adorent te lécher. »

Peter voudrait bien le faire, mais je préfère pas. J'ai honte, et puis j'ai peur qu'il ne me demande d'en faire autant. D'ailleurs, je ne jouirais pas pour autant. Pas avec lui. Avec Steef, peut-être. Oui, avec Steef sûrement. À en croire Rebecca, il adore ça. J'introduis mes doigts à l'intérieur et l'imagine entre mes jambes. Sa langue me pénètre. Lente, chaude, elle va de haut en bas. Je n'en ressens aucune gêne, je sais qu'il aime ça. Ses grosses mains enserrent mes fesses, il me dévore comme une pêche. Mon doigt, sa langue, accélèrent leur mouvement. Je ressens une délicieuse sensation de douleur dans les membres, des frémissements au creux du ventre, mais ça ne va pas plus loin. J'imagine la bouche de Rebecca sur mes tétons que je masse de l'autre main, l'effet est passager. Je sens l'excitation qui monte. Je ferme les yeux et tente de garder cette image, de maintenir la bonne pression à l'endroit exact — Steef entre mes jambes, la langue tendue, qui m'embrasse bruyamment en poussant de petits râles. Rebecca contre mes seins. Mais en vain ! Ma fièvre se dissipe, fait place à la honte. Je me trouve ridicule dans cette position. Je ne suis même pas capable de me donner du plaisir. J'aimerais être un homme. Une petite branlette et l'affaire est jouée ! Me voilà frustrée à présent, dégoûtée de moi-même.

Rebecca arrive, plus tôt que prévu. Je n'ai pas encore pris ma douche et la maison est en désordre. Les courses traînent encore sur l'évier. Je n'aime pas que les gens arrivent en retard, mais c'est encore pire quand ils sont en avance et qu'ils perturbent mon planning.

Je m'agite, je range le contenu du sac à provisions et m'excuse pour la pagaille. À ma grande surprise, Rebecca fond en larmes.

« Excuse-moi, je suis désolée, mais je ne sais plus quoi faire... »

C'est la chaleur, nous la supportons mal. Je m'empresse de sortir un verre du placard, je le remplis d'eau au robinet et je le lui tends. Elle le boit à petites gorgées, puis en sanglotant elle tire de son sac un paquet de feuilles froissées, de format A4, qu'elle pose sur la table.

« J'ai trouvé ça dans la boîte aux lettres cet après-midi. Je suis morte de peur. Et si Steef les voit, il va devenir fou. J'en suis certaine. »

Je déplie les feuilles et découvre Rebecca allongée, nue, sur un couvre-lit d'un rose brillant. Elle fait la moue et plisse les yeux en fixant l'objectif. Elle soulève ses seins d'une main, de l'autre elle se caresse entre les cuisses. Mes joues sont en feu. Je ne supporte pas la vue de cette image. Je me concentre sur la machine à café Senseo qui bizarrement se trouve sur la table de nuit comme si, leur partie de jambes en l'air terminée, ils passaient directement au café. Sur la photo, quelqu'un a écrit en lettres rouges agressives : YOU DIE.

« Qu'est-ce que c'est que ça ?

— Et regarde celle-ci. »

Elle me montre une photo d'elle et de Steef dans l'escalier. La lumière du flash se reflète dans le verre d'un tableau accroché dans l'entrée. Steef, le jean sur les chevilles, Rebecca dans un body rouge en dentelles. La tête penchée en arrière, en extase. De lui, je ne vois que son large dos et ses fesses bronzés.

Je lis : KILL AND BE KILLT.

Je reste bouche bée. Je ressens une envie irrésistible de froisser les photos et de les jeter. Je repousse le tout vers Rebecca en détournant les yeux. Comment peut-elle faire des choses pareilles ?

« Désolée, mais je trouve ça vraiment dégoûtant…, dis-je d'une voix sourde.

— Ce sont des photos de notre site », marmonne Rebecca. D'une main tremblante, elle allume une cigarette.

« Vous êtes sur Internet dans ces positions ? »

Elle hoche la tête en aspirant profondément la fumée. Je ne comprends pas. Elle qui semble parfois si douce et si raisonnable !

« Qu'est-ce que je dois faire, Eva ? Ils nous menacent. Ils savent tout. La prochaine fois, ils vont envoyer ces photos à son travail, s'ils ne l'ont pas déjà fait.

— Tu devrais aller au commissariat.

— Je m'en garderai bien. »

Les yeux braqués sur le verre posé devant elle,

elle évite mon regard, comme une enfant qui boude.

« Je suppose que tu as déjà supprimé ce site ?

— Je ne sais pas comment faire. C'est Steef qui s'en occupe d'habitude, murmure-t-elle d'une petite voix.

— Mon Dieu, Rebecca, comment peux-tu t'exhiber sur le Net ? »

Elle hausse les épaules. « C'est une façon de rencontrer d'autres couples. Mais c'est anonyme, nos noms et adresses ne figurent pas sur le site. Je ne comprends pas comment on a pu nous trouver.

— Ce n'est pas bien difficile. S'ils savent que vous êtes des adeptes de l'échangisme, ils n'ont plus qu'à chercher sur ce genre de sites. Qui sait, tu as peut-être fait l'amour avec celui qui te menace ? Je ne comprends pas que vous... » J'ai du mal à trouver mes mots. « Que... Que tu t'abaisses à ce genre de pratiques. »

Elle me lance un regard furieux. « Voilà que tu te permets de me juger maintenant ? Je te rappelle que tu meurs d'envie d'en faire autant samedi prochain.

— Je ne juge pas... Je trouve que ce n'est pas très malin. Que tu t'offres comme ça en pâture... »

Elle cache son visage dans ses mains. « Ça ne s'arrêtera jamais, murmure-t-elle. Ces imbéciles vont nous poursuivre le restant de nos jours...

— C'est pourquoi il faut porter plainte.

Résoudre ce problème une bonne fois pour toutes, faire table rase.

— Écoute, il n'en est pas question. Tu me vois chez les collègues de Steef avec ces photos ? Et je ne veux pas que Steef replonge. Qu'il flippe de nouveau comme l'an dernier. Il a failli perdre son boulot. Et me perdre aussi. Tout allait si bien entre nous, bon sang. »

Je saisis sa main, froide et moite malgré la chaleur, et cherche son regard.

« Je pense qu'ils ne cherchent qu'à nous faire peur. Ils ne vont pas nous tuer, murmure-t-elle. Mais quand même ?

— Tu dis toujours que ce qui nous arrive a un sens. Qu'il faut en tirer les leçons. »

Rebecca écrase brusquement son mégot dans la soucoupe réservée à cet usage.

« Eh bien, explique-moi, toi.

— Je crois que tu devrais essayer de résoudre le problème une bonne fois pour toutes. Ces types continueront à vous harceler. Ce doit être horrible de vivre constamment dans la peur ? »

Je l'observe longuement, avec gravité, comme si je comprenais ses pensées, ses motivations, mais en réalité je n'y comprends absolument rien. Rebecca secoue la tête et se redresse. Son regard redevient clair, ses yeux bleus plus perçants que jamais. Rebecca l'intrépide ! Rien ne l'arrête.

« Non, ce serait trop simple. Ce n'est pas ça. La leçon que nous devons en tirer, c'est : ne pas céder à la peur. Pour rien, ni pour personne. Pas même pour des maîtres chanteurs, ni face à de lâches menaces. Ce jeu s'adresse aux initiés. Par conséquent, je ne ferai rien. Je ne me laisserai pas intimider. Il ne s'est rien passé. »

Elle actionne son briquet, puis maintient la flamme sous les photos.

« Promets-moi que tu ne diras rien de tout cela à Peter. »

Je me lève, je me dirige vers l'évier et ouvre la bouteille de rosé. Je prends des glaçons et en remplis les verres. Mon cœur bat fort. J'ai peur et, en même temps, je suis excitée. J'ai peur de ce que je sais par intuition : je suis l'amie d'une femme qui ne connaît pas de limites, qui fait des choses qui me dégoûtent, qui m'entraîne dans une aventure pouvant me coûter tout ce à quoi je tiens. Mais en même temps, il se passe enfin quelque chose dans ma vie.

« Mais non, je ne dirai rien, je te le promets. »

PETER

16

La dernière fois que j'ai assisté à un concert pop, c'était celui de Pink Floyd, dans une petite boîte, De Kuip. The Division Bell, tournée 1994. J'avais été si enthousiasmé par ce spectacle que je n'avais plus eu envie d'aller voir aucun autre groupe. La chair de poule pendant deux heures. L'ultime perfection. On a beau encenser U2, pour moi, Pink Floyd reste le meilleur groupe au monde et « Wish You Were Here » la plus belle chanson de tous les temps.

Steef n'est pas de mon avis. Pour lui, David Gilmour et Roger Waters ne sont qu'« une bande de vieux rockers symphos qui se la pètent et chantent pour des autistes ». Toutes les semaines, dans son atelier, nous parlons musique. Nous comparons son groupe favori, U2, et les miens, Led Zeppelin et Deep Purple, « des vieux branleurs », comme dit Steef. Moi, j'affirme que The Edge est un empoté, qui ne sort de sa guitare que des sons hypernerveux, rien à voir avec Ritchie Blackmore de Deep

Purple avec son solo virtuose et envoûtant et encore moins avec Jimi Hendrix, le plus grand de tous. D'après Steef, je ne suis qu'un nostalgique pas encore sorti de l'adolescence. U2 est actuel, et cela depuis vingt-cinq ans. Et puis Bono ne chante pas que pour se faire plaisir comme la plupart des artistes pop, il chante pour la bonne cause. Un battant, ce qui n'est pas fait pour déplaire à Steef. Pour le provoquer, je dis que Bono n'est qu'un moraliste mégalomane plutôt pathétique qui s'est autodéclaré nouveau prophète.

Pour me prouver que Bono est réellement le plus grand des musiciens pop, Steef m'invite à ce qui, selon lui, va être le concert du siècle : U2 dans la salle de l'ArenA. Il a trouvé des billets au black à cent vingt-cinq euros et il n'est pas question que je le rembourse, mais à une condition : que je sois ouvert au message de Bono. Je le lui promets.

Je connais l'ArenA comme ma poche. Il y a deux ans, j'y étais comme chez moi et, en apercevant la gigantesque soucoupe volante, je ressens un petit pincement au cœur. L'attente fébrile qui règne autour du stade. Depuis quand n'ai-je plus éprouvé cette sensation ? La dernière année, quand j'étais commentateur, ce n'était déjà plus pareil. La foule, les hot-dogs, les déchets, cette façon infantile d'agiter des petits drapeaux et l'agressivité palpable, j'en avais ma claque. Tout cela n'avait plus rien à voir avec un bon match de foot. C'était devenu de la frime. L'important était d'être vu, le sport était passé au second plan. C'était peut-être aussi le cas pour Pink Floyd, mais à ce moment-là j'étais un autre homme. À l'époque, j'étais encore capable de m'émouvoir, je faisais partie d'un tout, je pouvais encore me perdre dans la musique. À présent, même si je le voulais, je ne le pourrais plus. Désormais, je ne supporte plus de faire la queue. Pour le parking, pour l'entrée, pour les distributeurs, pour la bière, pour les toilettes, faire la queue pour le mercantilisme. Steef, lui, il s'en moque. Il était prêt à venir se coucher devant l'entrée dès cinq heures du matin, non seulement pour trouver une place de choix, mais surtout pour partager l'ambiance avec les fans de U2. L'idée m'a semblé puérile.

Nous faisons un tour, pataugeant dans des gobelets en plastique et des déchets de fast-food, puis nous décidons d'aller manger un hamburger. Steef en commande quatre, et deux bouteilles d'eau minérale. Assis sur le trottoir, nous engloutissons nos hamburgers que nous faisons passer à grandes gorgées d'eau. Nous parlons peu. Nous observons le flot ininterrompu des spectateurs. Puis Steef se met à fouiller dans sa poche, il en tire une petite boule de papier qu'il déplie avec délicatesse. Deux petits cachets roses.

« Tiens, prends-en un. Je ne peux pas entrer avec ça. »

Je suis pris d'un rire nerveux.

« Qu'est-ce que c'est ?

— De l'ecstasy. De la bonne. Fais-moi confiance. Avec ça, tu vas t'éclater. »

Mon regard va du cachet à Steef. Il m'adresse un clin d'œil.

« Tu te sens bien, non ? »

Je hoche la tête.

« Bon, alors si tu te sens bien, avec ça tu te sentiras encore mieux. Je suis avec toi, tu n'as rien à craindre. Quand on est déprimé, ou un peu paranoïaque, il vaut mieux s'abstenir. Tu ne vas pas flipper, au contraire tu vas te sentir très gai. Sinon, tu n'en prends qu'une moitié pour commencer. »

Il saisit l'un des cachets et le brise en deux. Je l'accepte. Je ne sais pas pourquoi. Faut-il toujours une bonne raison pour faire une connerie ? Je ne veux pas jouer les trouble-fête, faire le bourge. J'avale le demi-cachet, Steef, lui, en prend un entier. Nous nous partageons la dernière gorgée d'eau minérale.

« L'effet ne se fera sentir que dans une petite heure. Et puis un demi-cachet peut être plus ou moins fort. Il arrive que toute la substance active coule du même côté. Ne t'inquiète pas. Je suis là. »

Il me tend la main et me serre contre lui. Nous restons quelques instants côte à côte, dans une position inconfortable. Puis nous nous levons et rejoignons la file d'attente.

Chez Steef, le cachet commence à agir au bout de vingt minutes. À peine arrivé dans l'enceinte de l'ArenA, il commence à sautiller. Nous buvons des Bacardi Breezer, car selon lui la bière est imbuvable en combinaison avec l'ecstasy. Je suis sans cesse à l'écoute de mon corps, à l'affût du moindre picotement, mais il ne se passe rien. J'ai continuellement envie de pisser, c'est tout. Steef dit que c'est normal. Lui, il est très excité. Il tangue avec les autres, siffle, s'agite et tape des mains, plaisante et parle avec tout le monde. Je sais que l'ecstasy ne produira aucun effet sur moi. Je suis trop tendu. J'essaie de ne plus y penser. Ni à ma vessie d'ailleurs. Je ne veux pas aller seul aux toilettes, je ne veux pas perdre Steef de vue.

Steef s'approche de la scène. Le groupe va faire son entrée d'un moment à l'autre, je le sens. On hurle, on s'agite. Les lumières s'allument. Nous nous frayons un chemin parmi les spectateurs, je m'abrite derrière les larges épaules de Steef et avance en m'excusant. Avec lui, ils n'osent protester, avec moi, si. Il faut absolument que je reste près de lui. C'est la bousculade, la foule s'agglutine, tout le monde crie, se presse contre moi. Je suis obligé de sauter avec les autres. Je vois Steef lever les bras.

« Unos, dos, tres, catorce ! »

Je ne peux pas sauter la vessie pleine. Mon corps me joue des tours. Quelle idée d'avoir envie de pisser dans un moment pareil ?

Tout le monde danse, saute, braille, se bouscule.

Je me décide à aller aux toilettes sinon je vais faire dans mon froc. Je pars seul, pourtant après avoir pris de l'ecstasy je ne devrais pas m'isoler. Un demi-cachet. Qui ne me fait aucun effet. Je ne suis ni gai ni excité. J'ai seulement besoin d'aller aux toilettes en permanence.

Heureusement, il n'y a pas la queue devant les WC. Personne ne va aux toilettes pendant que Bono est sur scène. Tout le monde chante ; la paix est donc possible.

Les toilettes sont sales. Mes baskets trempent dans la pisse. Mais ça ne fait rien. Je suis ici. Pour U2. Le concert du siècle. Je me soulage, prends plaisir à entendre gicler le jet puissant. Je ris car tout à coup, ça y est, je ressens tout, la musique, l'amour de tous ces gens, je ressors, retourne dans l'enceinte, je ne veux pas perdre une seule seconde du concert. Au son de la basse qui résonne au creux de mon ventre, je me mets à bander, je cours, en réalité je plane, léger, trépidant. C'est moi, mes mains se lèvent. *I will follow*, en effet. Le stade tangue. Dans un même mouvement. J'en fais partie. Enfin. C'est vrai, The Edge est fantastique. Il faut que je le dise à Steef. Je dois le rejoindre. Avancer. Je souris aux gens, je ris, je les touche, ils ne m'en veulent pas. Nous secouons la tête en chantant. Rayonnants. Nous rayonnons !

J'aperçois Steef. C'est un miracle et, en même

temps, tout à fait logique. Nous allons bien ensemble. Steef est mon pote. Mon ami. Ce n'est pas un hasard si nous habitons l'un en face de l'autre. Un lien magique nous unit. La soul. Nous nous soulevons en chœur. Nous sautons. À nouveau, ma vessie se rappelle à moi, mais je m'en moque. Il y a deux filles. Elles sont du Brabant. Peau blanche diaphane. Des seins, putain, quels seins ! Minijupe en jean toutes les deux. Jambes blanches dans des bottes de motard. L'une d'elles grimpe sur les épaules de Steef. J'aperçois son string rose. Des fesses adipeuses, mais qu'importe. L'autre a l'air un peu renfrogné. Un duvet sombre près des oreilles. Je les caresse. Elle ne se dégage pas, elle garde les yeux fixés sur Bono. Steef se retourne vers moi et m'adresse un clin d'œil insistant. Il passe ses mains sur les jambes nues qui encerclent son cou et caresse les cuisses grasses. Steef est le seul homme avec qui je pourrais faire l'amour. Je l'aime. Qu'y a-t-il de mal à cela ? Les premières notes de « Elevation ». La folie s'empare de nous. Je regarde toutes ces mains en l'air. Nous sommes comme une immense anémone de mer qui s'agite. Et à côté de moi, la fille. Ses aisselles lisses. Ses grands yeux dans lesquels je crois deviner une larme. Je passe mon bras autour de ses épaules. Elle chante. Ses seins se balancent au rythme de la musique.

> *I've got no self-control*
> *Been living like a mole now*

Going down excavation
Higher now, in the sky
You make me feel like I can fly
So high
Elevation

La fille se blottit dans mes bras. Ses fesses contre mon sexe. J'ignore son prénom. Son odeur me rappelle des souvenirs lointains, l'odeur des milieux alternatifs. Le musc ou quelque chose dans le genre. Je referme mes bras autour de sa taille, je sens des picotements dans le bout de mes doigts que ses seins attirent. Elle se retourne et me crie à l'oreille des paroles inaudibles. Le « g » qu'elle prononce avec l'accent du Sud se perd dans les hurlements de Bono. Elle prend ma tête entre ses mains et me sourit. Absolument adorable. Mon Dieu !

Être en manque, ces mots résonnent dans ma tête. Je suis en manque. D'amour. Quelqu'un qui prend ma tête entre ses mains et m'embrasse. C'est ce qu'elle fait. Elle passe sa langue chaude sur mes lèvres. *It's a beautiful day.*

Nous entrouvrons la bouche, j'introduis ma langue dans la sienne. Je n'ai jamais été aussi excité. C'est le cachet, j'en veux tous les jours. Je caresse ses hanches, de bas en haut, passe mon doigt sur *the Giants*, je ris en moi-même et, du pouce et de l'index, je caresse à travers son tee-shirt la pointe dure de ses seins. C'est la première fois depuis quinze ans que je touche d'autres seins que ceux d'Eva. De toute ma vie, c'est la quatrième paire, la plus généreuse. Sa jupe est courte. Je pourrais la baiser sur place. Je glisse ma main entre ses cuisses moites, mais elle la repousse en riant. Elle se retourne vers Bono, hurle en tapant des mains, je crie moi aussi. Je ne reconnais pas ma propre voix. La chanson, si : *But I still haven't found what I'm looking for.*

Steef s'approche, une bouteille de Smirnoff Ice à la main, il la glisse en riant dans mon jean. Je l'empoigne par les épaules et le serre contre moi. Je lui dis combien tout cela est formidable, combien je l'aime, que moi si, j'ai trouvé ce que je cherchais, un ami, lui. J'ignore s'il comprend ce que je dis. Nous recommençons à sauter, ensemble, le plus haut possible. Je me sens si léger, si excité, si heureux.

Wouah! s'exclame Steef d'une voix enrouée. Tandis que l'ArenA nous recrache, il tient les filles de Budel par la main. Nous prenons congé en échangeant de longs baisers humides, mais déjà ce n'est plus pareil. À présent, j'ai envie qu'elles disparaissent, mais elles continuent à virevolter autour de nous comme des moustiques. Elles nous demandent de les accompagner à l'After party. Ou d'aller boire un verre. La mienne plaque sa main entre mes jambes et susurre que si je veux, cette nuit, elle pourra venir chez moi. Je lâche un petit rire gêné. Ce serait le comble. « Hé, Eva, pousse-toi un peu, fais une place à Daphné. »

Je n'ai plus envie d'elle. L'euphorie s'est dissipée et à présent je souhaite être seul avec Steef. Elle griffonne son numéro de portable sur une serviette en papier qu'elle glisse dans ma poche.

« Appelle-moi, si tu veux… », dit-elle en me faisant un signe de la main, l'œil aguicheur. En partant, elles soulèvent toutes les deux leur jupe par-derrière en pouffant de rire.

« C'est flasque, marmonne Steef. Viens, on va retrouver de vraies beautés. »

Je crois d'abord qu'il parle de nos femmes, mais une fois sur la moto il prend une autre direction. Peu importe, je suis partant.

À l'entrée du Club Panama à Amsterdam, nous devons faire la queue encore une fois et nous prêter à une fouille. Je demande à Steef ce qu'il a fait de l'autre moitié du cachet. Il fouille dans son pantalon en souriant et en tire une petite boule.

« Tu le veux ? »

Je hoche la tête.

« Tu aimes bien les cachetons, hein ? »

Il me tend le demi-cachet et se penche en avant. Il fouille dans ses bottes à mi-mollet.

« Ha, ha, il faut toujours être prévoyant… »

Il tient une petite pilule rose.

Aux toilettes, j'ai les yeux fixés sur le demi-cachet posé dans le creux de ma main. Une bouteille d'eau à proximité. La musique cogne sur la porte. Je ne devrais pas le prendre, mais je le fais quand même. Je veux aller jusqu'au bout. Je m'efforce de retrouver des idées claires, au-delà de l'ivresse, du *what the fuck*, mais je n'y parviens pas. Je me suis peut-être complètement égaré sous l'influence des substances chimiques. Ou, au contraire, je me suis trouvé. Je jette un coup d'œil sur ma montre. Il est minuit et demi. Eva ignore où je suis. Va-t-elle s'inquiéter ? Je ne pense pas. J'éteins mon portable et je retire mon alliance. Et puis je m'en fiche... Qu'elle s'inquiète ! Qu'elle ait peur !

Steef m'attend au bar. Il secoue la tête au rythme de la musique. Je lui crie que c'est tout de même autre chose que U2.

« Pas mal non plus », hurle-t-il. Nous n'en disons pas plus. Debout, nous observons les belles créatures qui défilent sous nos yeux. La femme d'aujourd'hui n'a pas peur de montrer ses atouts. On dirait un *Battle of Tits*. Gros, petits, pendants, blancs, noirs, tous les seins imaginables offerts à nos regards comme sur un plateau.

Steef s'approche et me crie à l'oreille :

« Allez, viens, on va danser. »

Il passe devant, poings serrés, esquisse des mouvements de boxe rythmés par la musique, son torse musclé serré dans son tee-shirt U2. Les poings levés, nous nous balançons au rythme saccadé de la house et, des hanches, nous esquissons des mouvements équivoques. L'ecstasy commence à agir. Mon sang bouillonne, je ressens des picotements au bout des doigts et des tétons. La house semble reprendre le rythme des battements de mon cœur. Je ressens le besoin impérieux de danser. Je lève les mains au ciel et ferme les yeux. Je suis submergé. Cette sensation. C'est moi. Non, je ne suis pas un mort vivant. Je suis jeune, merde ! Je bande, merde ! Et j'ai le droit de m'amuser, nom de Dieu ! Sur la piste, je me sens à l'aise, je me plante devant une blonde aux cheveux longs qui s'agite, en transe. Elle bouge lentement, gracieusement, ondule des hanches, sexy. Elle porte une petite jupe noire moulante et des bottes pointues qui montent jusqu'aux genoux. Ses tétons sont durs malgré la chaleur. Tu es ce que tu penses être, dit Hetty. Eh bien ce soir, je suis le roi. Une autre femme secoue les fesses et les tourne vers moi. Je la prends par les hanches. *Dirty dancing*. Elle se laisse faire. Ce n'est pas compliqué.

Voilà Steef, il transpire à grosses gouttes. J'agite les bras. Il m'entraîne avec lui. Je proteste :

« Mais arrête ! »

Les gens autour de nous s'écartent. Ils nous regardent.

« Oh, du calme ! On vient juste de commencer ! Qu'est-ce qui te prend ? »

Il me montre deux grands costauds qui nous lancent des regards mauvais.

« Qu'est-ce qu'ils veulent ?

— Les Yougoslaves sont à mes trousses. Partons. Tout de suite. »

Il me pousse devant lui. Ses mains dans mon dos ne me laissent pas le choix. Par-dessus la musique, il me semble entendre son souffle haletant. Je me retourne. Les Yougoslaves ont disparu. Mes mains se mettent à trembler. Tout à coup, j'ai peur, très peur.

Mon cœur bat à tout rompre. Dans les couloirs sombres où les gens s'agglutinent, nous nous faufilons, frôlant au passage des seins, des fesses. On nous regarde. Partout, je devine des gueules de Yougoslaves. Ils nous attendent probablement dehors.

Il faut se dépêcher. Où est la sortie ?

« Qu'est-ce qui se passe, Steef, merde ? »

Il me crie dans l'oreille : « On n'est pas en sécurité ici. Ils sont là. » Je sens sa joue rugueuse et humide contre la mienne.

« Qu'est-ce qu'ils ont ces Yougoslaves ? Tu crois qu'on fait bien de sortir ? Peut-être qu'ils nous attendent... »

Je l'interroge du regard. Les muscles de son cou sont tendus.

Voilà la sortie. Nous y sommes. Allons-nous pouvoir sortir ? Il y a encore plus de monde. Steef renifle bruyamment.

« Il faudrait peut-être avertir le portier...

— Non ! s'écrie Steef. T'es dingue ! On ne peut faire confiance à personne ici. Foutons le camp, il faut sortir. Fuir. Dans la brousse. Ils ne nous trouveront pas. »

Le portier nous arrête.

« Messieurs. Du calme. Laissez d'abord passer ceux qui veulent entrer. »

Steef le bouscule.

« Oh, oh. Ça ne se passe pas comme ça ici. Un problème ?

— Il est malade.

— Oui, oui. Trop de cachetons, bien sûr ?

— Non. » Je secoue la tête. « Pas du tout. » Steef pousse plus fort.

« Connard ! Tu vas me laisser passer, oui ?

— Je ne crois pas. On va plutôt appeler la police. »

Il saisit son téléphone.

« Écoutez. » J'agrippe le bras musclé du videur. Je le regarde droit dans les yeux. Maintenant, c'est à moi de jouer. « Excusez-le, mais il est vraiment malade. Ses médicaments sont restés dans la voiture. Laissez-nous passer, je vous en prie. Il les lui faut absolument. »

Je passe mon bras autour des épaules de Steef. Il tressaille de tout son corps. Le portier m'observe, impassible. Je plonge mon regard dans le sien. J'ai complètement retrouvé mes esprits.

Il lâche Steef. Il ouvre la porte.

« Fichez-moi le camp ! Et ne remettez pas les pieds ici. Compris ? »

Steef sort en trombe.

« Désolé », dis-je en bégayant et je m'empresse de le rattraper.

17

Nous traversons un parking en courant, nous nous dirigeons vers l'eau. J'ai du mal à suivre Steef. Derrière des buissons, il se laisse tomber et se couche à plat ventre. Je reste debout, je ressens le besoin de remuer.

« *Get down !* » me lance-t-il en chuchotant.

Une forte odeur d'urine se dégage de cet endroit. Il est hors de question que je m'y allonge.

« Désolé, Steef. Mais est-ce que tu vas me dire ce qui se passe, à la fin ?

— Ces cons de Yougoslaves sont partout. Je les ai entendus parler. Ils sont toujours à mes trousses. Même ici. Partout. »

Je me balance d'un pied sur l'autre, je commence à comprendre. J'aspire profondément l'air frais. Il faut absolument que je retrouve mes esprits.

« D'ici, je vois la porte. Personne n'est sorti. Personne n'est à tes trousses.

— Ils sont armés, merde. Ils le sont, eux. »

Je m'agenouille près de lui et lui tapote doucement l'épaule. J'ai envie de le prendre dans mes bras et de l'embrasser. Ça suffit, c'est le moment de se ressaisir !

J'avance jusqu'au bord de l'eau, j'y trempe les mains et m'asperge plusieurs fois la figure. Je pose ensuite une main froide et mouillée sur la nuque de Steef. Il sursaute. Il relève la tête, je constate qu'il pleure. Il a la joue couverte de sable.

« J'ai la trouille, Peter. Qu'est-ce que je dois faire ? Comment sortir de là ? Je veux que ça s'arrête. » Je reconnais à peine sa voix. Elle semble ténue, faible.

« Eh, Steef, allons, assieds-toi. C'est l'ecstasy. Tu devrais peut-être boire de l'eau et manger un peu. On n'a pas assez mangé. Tu veux que j'appelle Rebecca ? Ou Eva ? Qu'elles viennent nous chercher ? »

Il fait non de tout son corps.

« T'es dingue ou quoi ? Bien sûr que non.

— C'est bon, c'est bon. Tu devrais me donner les clés de la moto, je vais aller la chercher et je te ramènerai chez toi.

— Non. Pas encore. Restons ici un moment. »

Il se redresse, se blottit contre les buissons dégoûtants. Il passe ses bras autour de ses genoux et me regarde, il a les traits tirés.

Je lui répète qu'ici, il n'y a pas de Yougoslaves.

Je ne supporte pas de le voir dans cet état. Je me sens très gêné. Je n'ose même plus le regarder dans les yeux. J'enfonce mes talons dans le sable meuble à l'odeur repoussante et je regarde mes chaussures.

« Si, ils sont là. Je les ai entendus. Ils étaient juste derrière moi. Ils se criaient quelque chose. Je ne peux plus entendre cette langue. Je n'en comprends pas un mot, mais je suis certain que ce sont des Yougoslaves. Ça me fait flipper. Je ne sais pas ce qui se passe, mais ça déclenche quelque chose en moi et tout à coup je me retrouve dans une foutue tranchée pleine de boue. Je t'assure, Peter, je sens l'odeur de la sueur, de la merde.

— Moi aussi. Mais on se trouve en plein dans des chiottes publiques. C'est pas étonnant. »

Il rit. Ça va mieux. J'ose laisser échapper un petit rire moi aussi.

« Je suis fichu. Ma tête. Foutue. Ça ne passera jamais. Regarde-moi, j'ai l'air de quoi dans ces buissons de branleurs. J'ai vraiment la trouille, Peter. Cette sensation d'oppression… Je sais que ce n'est pas vrai. Je suis à Amsterdam, avec toi, je n'ai rien à craindre. Je suis costaud. Je m'entraîne comme un dingue. Mais j'ai la peur au ventre, une peur bleue. Jamais je ne m'en débarrasserai complètement. Parfois, elle me fiche la paix, mais elle est toujours là, présente. Prête à me tomber dessus. »

Je propose de marcher un peu. « Ça fait du bien de bouger », dis-je en commençant à secouer les jambes. Steef se relève, il secoue le sable de ses vêtements tout en jetant des coups d'œil autour de lui. Je me rends compte tout à coup que c'est une manie chez lui. Surveiller les alentours. Regarder par-dessus l'épaule de son interlocuteur, comme s'il attendait quelqu'un.

Il me demande de lui rouler une cigarette. Il tremble trop. Il me tend son paquet de tabac. Je roule, lèche le papier et l'allume. Nous regagnons la rue en silence, nous marchons sur le trottoir, au hasard. Steef propose de fumer un joint pour se calmer un peu.

« À mon avis, nous avons eu notre dose pour ce soir. » Je constate avec soulagement que l'effet de l'ecstasy se dissipe enfin.

« C'est le seul remède, dit Steef en marmonnant. Le sexe, la drogue et le rock'n'roll. C'est un cliché, pourtant c'est vrai.

— Dans ton cas, je ne sais pas. Ce soir en tout cas, ça ne t'a pas été d'un grand secours.

— Mais à toi, si, mon petit Peter! Ah, tu t'es bien éclaté avec la minette du Brabant! »

Il passe un bras autour de mon cou et me serre vigoureusement contre lui.

Nous marchons côte à côte, en silence. Nous traversons le pont, longeons des bureaux vides, des rues désertes. Il me semble que nous errons ainsi pendant des heures. Quand le ciel commence à s'éclaircir, je propose que nous rentrions.

« Oui, répond Steef, bien sûr. »

Il s'arrête et m'empoigne par les épaules. J'ose de nouveau le regarder. La fatigue se lit dans ses yeux. « Merci, dit-il, d'être mon ami. Tu es vraiment quelqu'un de bien, Peter. »

Ses paroles me touchent.

« Pas de quoi. C'est à moi de te remercier. À part ce qui t'est arrivé à la fin, j'ai passé une soirée exceptionnelle. »

Il m'adresse un clin d'œil et retrouve son sourire habituel.

« J'ai des raisons de te remercier. Tu m'as aidé en la bouclant. En m'épargnant les conseils à la noix. D'ailleurs c'est ce que nous allons faire à la maison : la fermer. Les nanas du Brabant, mon petit coup de blues, pas un mot de tout ça. »

Ça me fait du bien de savoir qu'il tient à moi. Qu'il prend mes silences pour de la sagesse, comme Eva naguère.

« Bien sûr que je vais la boucler. Je serai la discrétion même », dis-je avec un sourire.

Une fois rentré chez moi, je me glisse doucement tout contre Eva. Sa chaleur déclenche chez moi une érection. Plus question de dormir, je suis trop excité. Je sursaute quand elle me demande comment s'est passée la soirée.

« C'était extraordinaire,

— Je suis contente pour toi.

— J'ai dansé. » Je me mets à caresser tendrement son dos nu.

« Non !

— Si. Je t'assure !

— Ça fait au moins dix ans que je ne t'ai pas vu danser… »

— J'ai aussi embrassé une fille. Et j'ai caressé de gros seins brabançons. Nous ne nous embrassons presque plus, Eva, pourquoi ? Avant, nous le faisions pendant des heures, avec fougue. Des baisers lents, humides. Nous ne nous en lassions pas. Pourquoi détournes-tu la tête quand je pose mes lèvres sur les tiennes ? »

Elle repousse ma main.

Je glisse mon autre main entre ses cuisses et, de mon pouce, je sens qu'elle est mouillée.

« Eva, je t'en prie… » À genoux, s'il le faut : « Je t'aime tant. Tu es tellement belle, tellement douce. J'en ai mal… »

Elle se retourne vers moi et me lance un regard glacial.

« Tu rentres à cinq heures et demie du matin, tu me réveilles et en plus tu voudrais faire l'amour ? »

Je ferme les yeux en pensant : quel triste con je fais !

« Excuse-moi, dis-je en marmonnant. Dors bien. »

Eva me tourne le dos, je sais dès lors que je ne réussirai pas à trouver le sommeil. J'écoute sa respiration qui se fait de plus en plus calme, puis se transforme en un léger ronflement. La musique de U2 résonne encore dans ma tête, relayée par les sons saccadés et sourds de la house qui cognent dans mon cœur. Mes mâchoires semblent coincées, mes paupières tremblantes luttent pour ne pas se fermer. Tout en moi vibre d'excitation.

Je ne contrôle rien. Les plus belles pensées fusent dans ma tête comme un feu d'artifice, j'ai du mal à suivre. Je cherche en moi un sentiment négatif, une façon de relativiser, mais en vain. Je crois en notre amitié avec nos nouveaux voisins, même à des séances d'échangisme, la seule façon peut-être de donner une nouvelle impulsion à notre vie sexuelle en plein crash, et cela en toute franchise, en toute confiance. On peut se mettre d'accord. Cela nous épargnerait les problèmes de divorce ou d'aventures secrètes. Je préfère encore la savoir avec Steef plutôt qu'avec n'importe quel type dont elle risquerait de tomber amoureuse. Lui, il sait ce qu'il fait, il connaît les limites à ne pas dépasser et puis, elle en a bien le droit. Nous étions si jeunes quand nous avons commencé à nous fréquenter. C'est logique qu'elle ait envie de connaître quelqu'un d'autre. Moi aussi, j'en ai envie. J'ai droit à un peu de plaisir, à la passion, au sexe. Steef et Rebecca vont nous aider à sortir de cette impasse, j'en suis sûr.

Je ferais mieux de me lever. J'ai trop d'énergie pour rester couché. D'ailleurs, il fait déjà jour. Je vais aller faire un jogging. Mes chaussures de course sont rangées dans le placard, je les avais achetées dans un de ces moments où on prend de bonnes résolutions, je ne les ai jamais mises. Ça va changer. Il faut que je prenne soin de mon corps. J'enfile un vieux pantalon de jogging et un tee-shirt, des socquettes de tennis et des baskets et je dévale l'escalier. Sur le paillasson, je trouve un CD avec une photo de Bono les yeux bandés. Au dos, un petit mot de Steef.

> *Yes, I sometimes fail, but at least I'm willing to experiment.*
> Bono
>
> Salut Peter, voici pour toi ma chanson préférée de U2.
> Soirée extraordinaire !
> Merci,
> Steef

Lui non plus, il n'a pas dormi, semble-t-il.

Je ne fais pas d'échauffement. Je me mets tout de suite à courir sur la chaussée récemment goudronnée et, pour la première fois, je ne vois pas que les façades de pierre sans âme, je vois la vie qui se cache derrière. De nouvelles vies dans un nouveau quartier. Nous nous tournons vers le futur. Pour la plupart des gens qui habitent ici, l'avenir ce sont les enfants et les petits-enfants. En ce qui nous concerne, il faudra apprendre à vivre sans progéniture. Ce n'est peut-être pas plus mal.

Je me sens léger comme une plume. Encore l'effet de l'ecstasy ? J'accélère le pas et remplis mes poumons d'oxygène en brandissant les poings. Comme Rocky Balboa.

« Eye of the Tiger. » Le rythme saccadé des guitares.

Risin'up, back on the street
Took my time, took my chances

18

Le week-end que nous avons fixé tous les quatre, notre *swing week-end,* commence. Eva et moi avons à peine abordé la question au cours de la semaine. D'un commun accord, nous avons choisi la maison de Steef et de Rebecca, bien que, maintenant que le moment approche, je me demande si nous avons fait le bon choix. Mais Eva prétend que je remets toujours en cause mes propres décisions. Par conséquent, pour elle, il est hors de question de changer quoi que ce soit. Chez eux, l'ambiance sera plus intime. Pas de curieux, pas de risque d'être confrontés à des inconnus. D'après Rebecca, se rendre dans un club échangiste, c'est *heavy*. Il est préférable d'avoir un peu d'expérience avant de se lancer.

Cette nuit-là, je ne parviens pas à trouver le sommeil. Depuis le concert, j'ai des problèmes d'insomnie. Dès que je m'allonge, mon cœur s'emballe, je me sens agité. C'est tout juste si j'arrive à supporter près de moi le corps tiède d'Eva, plongé dans un profond sommeil. J'ai envie d'être seul, dans une pièce fraîche, sombre, seul avec les pensées qui reviennent sans cesse. Des pensées absurdes, qui ne me laissent aucun répit. Dès que je ferme les yeux, le doute s'empare de moi. Je me demande si j'ai bien agi avec Steef, si nous devons adopter un enfant, si je serai capable de faire jouir Rebecca, si je vais supporter de voir Eva faire l'amour avec Steef. Je me dis que je devrais redonner un sens à ma vie, trouver une idée qui me donnerait la force de prendre du recul par rapport à Eva et me libérerait de mes angoisses quant à mes propres limites. Entre-temps, j'écris en pensée des articles, des chroniques pour le journal sur des sujets divers. Jusqu'au moment où mes pensées deviennent pesantes, écrasantes, il faut alors que je me lève. Vers quatre heures du matin, généralement, je descends sans bruit au rez-de-chaussée, me verse un verre de vin, puis je m'installe dans mon bureau devant l'ordinateur. Je surfe sur les sites de stations de sports d'hiver, sur ebay pour les Harley Davidson, sur Google pour des informations sur l'ecstasy. J'apprends qu'elle peut provoquer des insomnies, ainsi que des dépressions et une hyperactivité, car elle épuise d'un coup les réserves d'endorphine. Puis, fiévreux, en proie à la curiosité, je finis systématiquement par consulter www.echangistes.nl. Il existe des milliers de liens vers des sites de couples qui se proposent. On a l'impression que le monde entier ne pense qu'à ça. Pour les échangistes, baiser c'est manifestement comme jardiner ou faire du ski, ils ont leur propre jargon et leur équipement. En considérant la question sous cet angle, je me sens réconforté. Pratiquer l'échangisme, c'est une simple distraction, un passe-temps agréable. Pourquoi ferait-on toujours l'amour avec la même personne ? Quand on fait du ski, on n'emprunte pas toujours la même piste ? Dans son jardin, on met toutes sortes de plantes ? Alors ! L'échangisme permet aux couples d'échapper à la routine. L'échangisme les inspire. L'échangisme les libère. Les personnes qui parviennent à accorder une entière liberté à leur partenaire comptent parmi les esprits les plus éclairés qui soient.

Je surfe sur les pages d'accueil des couples qui se proposent, ils ne sont pas tous moches, quoique…, beaucoup le sont. Je fais défiler les photos de couples en train de baiser dans l'escalier, d'hommes en pantalon de cuir, braguette ouverte, photographiés par leur compagne près du canapé en similicuir. Des femmes en sous-vêtements synthétiques qui se masturbent dans des salles de bains misérables me font bander. Des grosses, des rasées, des laides comme la nuit, peu m'importe, je bande. C'est rance, du sexe jetable. L'idée qu'en ce moment même des millions d'hommes se branlent comme moi devant autant de photos de femmes en tous genres me dégoûte. Le Net est une immense orgie permanente.

Quand le jour J arrive, nous déjeunons en silence. Nous buvons notre jus d'orange, mangeons notre œuf, lisons le journal. Par moments, j'observe Eva du coin de l'œil. Ma femme ! Ce matin, je la trouve plus belle et plus attirante que jamais. D'une beauté classique. Soignée, ronde, douce. Je sais que tout à l'heure elle va faire l'amour avec un autre. Pour Rebecca, c'est là la plus grande preuve d'amour : laisser à l'autre toute sa liberté. Jouir de son plaisir.

Je note également une certaine crispation sur son visage. Elle se mordille l'intérieur des joues. Je la connais. Elle est nerveuse. Et déterminée, même si elle a peur. Elle ira jusqu'au bout, comme elle l'a fait pour la ponction d'ovaires. Eva ne connaît pas le doute. Je sais qu'elle serait furieuse si j'exprimais mes hésitations quant à ce que nous nous apprêtons à faire. Quoi, c'est maintenant que tu le dis !

Pendant qu'elle débarrasse la table, je lui prends la main. Elle me sourit, j'embrasse ses doigts. Elle s'est teint les ongles en rouge vif.
« Je t'aime.

— Je sais, Peter, moi aussi je t'aime », me répond-elle en passant sa main dans mes cheveux. Je la saisis par le poignet et l'attire sur mes genoux.

Je murmure en plongeant le nez entre ses

seins : « Chérie, le sexe, on peut le partager avec d'autres, l'amour non. Notre amour est unique. Nous avons traversé tant d'épreuves… » Je la regarde et j'ai l'impression d'être comme un chien qui mendie.

Elle me tapote le dos comme elle ferait avec l'un de ses élèves. Je veux me réfugier en elle, disparaître à jamais dans sa douceur.

« Sur mon lit de mort, je ne veux pas me dire : si seulement j'avais osé ! dit-elle.

— Sur ton lit de mort, tu te diras peut-être : si seulement je m'étais abstenue… »

Il est huit heures, quand, dans un état de grande nervosité, nous entrons dans le séjour de Steef et Rebecca. Dehors, il fait encore jour. Rebecca ferme les rideaux d'un geste serein. Elle porte une tunique bleue transparente, ornée de paillettes, et dessous, un soutien-gorge et un string de la même couleur. Sa tenue s'accorde parfaitement avec l'ambiance du séjour transformé en tente berbère. Des coussins moelleux aux couleurs vives jonchent le sol, le canapé est recouvert d'une fourrure et la pièce éclairée par de grosses bougies colorées. Il y règne une odeur d'encens et de cigarette. Une douce musique d'ambiance emplit la pièce.

« Si j'avais su que c'était une fête à thème, j'aurais enfilé ma djellaba », dis-je à Steef qui entre pieds nus, vêtu de son pantalon de lin blanc et d'une chemise. Il rit, un rire forcé, me semble-t-il, qui a pour but de m'aider à me détendre, mais il produit l'effet inverse.

« C'est pas formidable ? » s'écrie-t-il en écartant les bras. Nous acquiesçons. Si, c'est formidable. Un vrai conte de fées. Un conte de fées au fin fond du polder Soleil.

« Nous adorons ça. Créer l'illusion. Donner forme à notre imagination. C'est notre échappatoire, notre thérapie. Un sport, disons. Après une soirée comme celle-ci, nous pouvons de nouveau faire face pendant des semaines. »

Il embrasse Eva sur la bouche, puis moi, en me serrant la tête de ses mains. Tout mon corps est parcouru d'un frisson.

« Ce sont des affaires que ma mère m'a données, explique Rebecca. Chaque année, elle m'envoie quelque chose de Bali ou du Maroc. D'habitude, tout cela se trouve dans notre chambre. Mais quand Sem ne dort pas à la maison j'aime bien en décorer le séjour. Surtout pour une soirée comme celle-ci. »

Elle pose doucement sa main sur mes reins.

Steef s'installe confortablement dans les coussins et nous demande de nous approcher. Eva retire ses talons et se laisse choir près de lui. J'ai besoin de pisser, mais je reste là. Je garde mes chaussures. Rebecca va dans la cuisine chercher les boissons et les amuse-gueules. Je lui propose de l'aider.

« Tu es fou ! Vous êtes nos invités. Ce soir, nous allons vous choyer.

— Vous êtes nerveux? » demande Steef d'un sourire ironique, en tirant son tabac de sa poche pour se rouler une cigarette.

« Bien sûr, répond Eva. Je n'ai rien pu avaler de la journée. »

Steef se tourne vers moi.

« Je ne m'adonne pas tous les jours à ce genre de pratiques, donc oui, j'avoue que je suis nerveux..., dis-je en me grattant la tête.

— Est-ce que vous en avez parlé? Il est important que vous soyez bien d'accord, que vous sachiez jusqu'où vous voulez aller.

— Oui, répond Eva, et du regard elle m'impose le silence. C'est une expérience pour nous. Avec vous, nous osons la tenter. De là à savoir si nous deviendrons de vrais adeptes de l'échangisme? Il est encore trop tôt pour le dire. »

Steef allume sa cigarette et aspire profondément la fumée. « Est-ce que vous vous rendez bien compte qu'après ce soir votre vie sexuelle ne sera plus jamais comme avant? Même si vous ne renouvelez pas l'expérience, quelque chose aura définitivement changé. Tout va être chamboulé. Il faudra savoir le gérer. »

Rebecca entre en tenant un grand plateau d'argent rempli de petits bols. « J'ai préparé des tapas. C'est plus convivial.

— *Finger food*, ironise Steef, c'est tout à fait approprié. »

Rebecca pose les petits bols et les serviettes sur la table du séjour, se précipite de nouveau dans la cuisine et revient en tenant deux grands pichets remplis de « sangria au blanc », comme elle dit. Une mine de vitamines selon Steef qui, de ses gros doigts, pêche un morceau d'ananas dégoulinant de vin pour le porter à sa bouche. « Ce truc, mon vieux, ça te tuerait un éléphant. »

Rebecca remplit les verres en fredonnant sur l'air mélancolique de la musique arabe qui sort des baffles. Puis elle s'assoit avec souplesse, replie ses jambes sous elle et vient se nicher tout contre moi. Nous trinquons. « À la vôtre ! À nous tous ! À cette soirée ! »

Mon cœur bat à tout rompre, j'espère que personne ne remarque que mon verre tremble dans ma main. Je cherche le regard d'Eva, je le croise furtivement : elle affiche le même sourire que sur la table de torture du gynécologue. Réconfortant et déterminé.

« Pour compléter les réjouissances, j'ai une petite surprise », annonce Steef. Il tire un petit mouchoir blanc de sa poche, le déplie sur la table et nous montre quatre petits cachets d'un rose tendre.

Rebecca pousse des petits cris d'excitation, Eva est prise d'un rire nerveux. « Oh, mon Dieu », s'écrie-t-elle en portant les mains à ses joues. Je regarde Steef qui pose l'un des cachets sur sa langue et l'avale avec une gorgée de sangria. Manifestement, il ne craint pas de perdre encore une fois tout contrôle de lui-même.

« Ne vous bousculez pas, mesdames, il y en a un chacun, ou un demi si vous préférez. »

De ses ongles nacrés, Rebecca saisit un petit cachet.

Eva hésite et son regard effarouché va de Steef à moi. Je suis content d'avoir une longueur d'avance sur elle. En me servant, je lui dis qu'elle ne risque rien.

« Mon Dieu... Je ne sais pas..., bredouille-t-elle.

— Prends-en un demi, dit Steef, fais-nous confiance. Tu ne risques rien. Ça va simplement te rendre gaie et t'exciter. Tu ne vas pas faire n'importe quoi et demain tu te souviendras de tout. »

J'ajoute que ce n'est pas dangereux, son regard étonné me ravit. « J'en ai pris pendant le concert de U2 et j'ai adoré. Tu es moins inhibé. Tu trouves tout le monde beau et gentil. C'est formidable !

— Et d'ailleurs tu voulais essayer? C'est ce que tu as dit dernièrement, quand nous étions à la plage naturiste... Avec Steef, inutile de le répéter deux fois, dit Rebecca en minaudant.

— D'accord, dit Eva les joues en feu. Allons-y pour un demi. »

Steef coupe le cachet en deux et en tend une moitié à Eva. Nous levons nos verres encore une fois, nous posons l'ecstasy sur notre langue et avalons une gorgée de sangria.

Tandis que nous dégustons des gambas huileuses et des boulettes de viande épicées, Steef et Rebecca nous font part des dernières règles et nous recommandent d'en parler avant que l'ecstasy ne produise son effet. Certains couples préfèrent le *soft swap* : on se caresse, on se cajole, mais on ne va pas jusqu'à la pénétration. On termine avec son propre partenaire. Steef et Rebecca eux, pratiquent le *full swap*. Ils font tout à quatre, sans restrictions. Rebecca aime bien les attouchements bisexuels, Steef pas. Il a ses limites. Certains couples préfèrent l'intimité, d'autres tiennent au contraire à voir leur partenaire faire l'amour. On peut aussi refuser d'embrasser sur la bouche.

« Bien sûr, en cas de *full swap*, il faut se couvrir, dit Steef, le sourire aux lèvres. Si quelque chose ne te plaît pas, tu n'as pas à donner d'explications, repousser une main suffit. Et tu peux t'arrêter à tout moment. Une tape sur l'épaule de ton partenaire signifie que le jeu est terminé. Ou un petit coup sur la porte s'il s'agit d'un échange où les couples s'isolent.

— Eh bien, dit Rebecca en se léchant les doigts, c'est vous qui choisissez. C'est votre soirée. Nous sommes vos esclaves soumis... » Elle pousse un petit rire et me pince doucement la nuque. Dès que Steef a prononcé le mot *swap*, je me suis mis à bander. C'est à la fois gênant et excitant de les entendre parler de sexe comme s'il s'agissait d'une partie de cartes. En ce qui me concerne, je suis incapable de prononcer ce mot.

Je demande : « Si on laissait les choses se faire spontanément ? Qu'on attende de voir ce qui se passe ? » Eva, soulagée, m'approuve.

« On peut, dit Rebecca, mais c'est bien de savoir ce que vous ne voulez pas. » Elle lève la main et tend un doigt au fur et à mesure qu'elle énumère : « Pas de baise, pas de baiser sur la bouche, pas de cunnilingus, pas de pipe, pas d'attouchement anal. Vous pouvez dire aussi que vous aimeriez qu'on vous fasse certaines choses, mais que vous ne souhaitez pas les faire. Ou le contraire évidemment. »

Eva se tripote la lèvre.

« Oh là là, dit-elle, vous êtes experts… Je crois que c'est dans l'action que je découvrirai où sont mes limites…

— Je n'ai pas vraiment envie de voir Eva faire l'amour avec un autre. Je croyais que ça aurait lieu dans des pièces séparées, dis-je dans un souffle.

— C'est possible, dit Steef. Personnellement, je préfère quand on reste ensemble, je ne suis pas jaloux. J'adore voir Rebecca jouir. Mais commençons par un simple massage. Ces dames vont masser Peter et se cajoler un peu. Après on verra. Je ne toucherai pas ta femme, Peter, je me contente de regarder.

— Oui, Peter. Si tu commençais par te déshabiller… », suggère Rebecca en souriant.

Je bredouille que j'ai envie de pisser et me lève en titubant.

« On pourrait aussi commencer par Steef…, dit Eva à voix basse.

— Non, Peter en premier. Moi j'ai tout mon temps. Et j'aime bien regarder. »

Une forte odeur de cannelle règne dans les toilettes. Je sors ma queue qui est trop raide pour pisser. La situation me fait sourire, ainsi que la délicieuse sensation qui, lentement, s'empare de moi. Je parle tout seul, ou peut-être que je me l'imagine, je ne sais pas. Je me regarde dans la glace, je crois que je les aime vraiment tous les trois. J'enlève mes chaussures et ris de mes chaussettes. Des chaussettes. Qui a bien pu inventer un truc pareil ? Je les retire, en fais une boule que je fourre dans la poubelle sous le lavabo. Je finis de me déshabiller. Jusqu'au slip. J'enlève tout. Je passe mon sexe sous l'eau froide pour me débarrasser de mon érection. Ça marche. Je peux enfin pisser.

J'entre en dansant. Je sais que j'ai l'air ridicule, mais je m'en moque. Je ris, je me balance au rythme des notes éparses du piano qu'accompagnent les sons plaintifs d'un didgeridoo et la voix langoureuse d'une chanteuse orientale. Je n'ai jamais rien entendu d'aussi excitant, d'aussi relaxant, une musique qui semble agrandir l'espace à l'infini. Rebecca est assise près des coussins et ne porte plus qu'un petit string bleu. Un petit nœud au-dessus de la raie des fesses. De l'autre côté, ma femme. Topless, elle aussi. Des seins beaucoup plus menus. Un slip de dentelle noire que je ne connais pas. À la lueur des bougies, je distingue un nuage de fumée et d'encens qui flotte dans la pièce. Je m'allonge, frotte sur le large futon mon corps parcouru de picotements, une déesse de chaque côté. L'une vaporise une huile chaude dans mon dos. L'autre l'étale d'un geste lent. Des doigts qui s'agitent. Des petits rires. Impossible de rester immobile. Des mains s'affairent sous mes aisselles, sur mes fesses, des ongles remontent à l'intérieur de mes cuisses. Un téton me frôle l'épaule. Les filles parlent à voix basse, je ne saisis pas le sens de leurs paroles. L'une d'elles s'assoit sur mon dos, je ne peux pas garder les yeux fermés. Eva masse mes épaules tandis que Rebecca se caresse les seins. Au loin, j'aperçois Steef, renversé sur le canapé, qui nous observe. Je regrette pour lui qu'il ne participe pas. Il pourrait, ça m'est égal à présent. Je lui fais signe, il lève le pouce. « Profites-en », dit-il, ou c'est du moins ce que je crois comprendre. Je me retourne. Je veux les voir. Ma femme avec une autre femme. Combien de fois ne me suis-je pas branlé en fantasmant sur cette scène ?

Elles s'embrassent sur la bouche. Rebecca, en experte, joue avec les mamelons d'Eva qui, d'une main hésitante, caresse ses énormes calebasses, puis elles se séparent. Rebecca s'assoit sur moi. Je n'en peux plus. Je sens ma langue, épaisse et douce, je frémis de désir. Mais Rebecca ne m'embrasse pas. Elle tiraille la peau de mon torse, la malaxe entre ses doigts; de sa poitrine, elle effleure malicieusement mon visage. Je pointe les lèvres mais ne parvient pas à saisir le bout de son sein. Je pose prudemment ma main sur ses fesses. Mes doigts suivent l'élastique de son string. La fine bande de tissu qui sépare mon sexe de sa chatte. Je n'ose pas aller plus loin. Je dois tenir compte d'Eva. Je ne sais pas ce qu'elle peut supporter et je ne veux pas tout gâcher. Rebecca se baisse. De ses seins de velours, elle me caresse le visage, puis elle descend jusqu'à mon sexe en pointant les fesses. Le petit nœud au milieu. Quelle petite vicieuse! Comment Steef peut-il résister à ce spectacle? Rebecca fait signe à Eva qui me caresse les mollets. Elles changent à nouveau de position, Eva s'installe sur moi. Je n'ai pas peur de la toucher, elle. Je prends ses seins dans mes mains et souris. Elle détourne les yeux. Les mains de Rebecca remplacent les miennes. Les petits tétons durs d'Eva pointent entre ses longs ongles brillants. Je veux participer. Elles risqueraient de me mettre à l'écart. Je ne me contenterai pas d'être spectateur cette fois. Je me redresse et pose mes mains sur leurs fesses. Trois langues qui se cherchent furtivement. Deux filles sur mes genoux. Deux paires de seins, deux paires de fesses, deux chattes. Et je ne sais pas quoi faire. Je ne veux froisser personne.

Heureusement, Rebecca prend l'initiative. Elle s'empare de mon sexe et me branle comme une pro. Eva ne semble pas s'en offusquer. Mais je ne peux pas me laisser aller sous ses yeux. Je glisse mon doigt entre ses fesses et de l'autre main je palpe les seins de Rebecca. Leur plénitude. « Tu veux jouir ? » demande-t-elle de sa voix grave. Je hoche la tête. Dans sa bouche chaude et humide de préférence.

« C'est à ta femme de le faire », murmure-t-elle en effleurant mon oreille du bout de la langue. Elles changent de place encore une fois. Eva saisit mon sexe, Rebecca vient s'asseoir à côté de moi. La main d'Eva est moins assurée, plus lente. Elle est moite. Rebecca se penche sur moi et, enfin, elle m'embrasse. J'ai l'impression que ma tête explose. Sa langue au léger goût d'alcool et de nicotine, ses lèvres douces, ses joues de velours qui sentent la pêche. Son baiser semble un baiser d'amour, j'en suis ému. Je lâche Eva et caresse le dos mince de Rebecca. Mes mains glissent jusqu'à ses fesses. Je baisse son string et passe un doigt sur ses lèvres douces comme une peau de bébé. Je ne sais pas si je suis capable de la faire jouir. Avec Eva, j'y parviens rarement et Rebecca a tant d'expérience. Tant de bites, de doigts, de langues l'ont pénétrée.

« Ouvre les yeux », ordonne-t-elle haletante, mais je n'ose pas. Je préfère ne pas regarder, ni elle, ni autour de moi, ni Steef qui est allongé sur le canapé. Si j'ouvre les yeux, je risque de tout gâcher. Je le fais pourtant. J'observe ses yeux mi-clos, sa bouche pulpeuse, ses seins qui se balancent, ma main sous son string. Elle introduit son doigt dans ma bouche, le ressort, un fil de salive nous relie, puis elle se met à se caresser. Je retire ma main, elle est plus habile que moi. Je continue à regarder le spectacle qu'elle m'offre. Le doigt qui tourne à toute vitesse, l'autre main avec laquelle elle pousse son sein vers sa bouche, sa langue qui atteint juste la pointe. C'est excitant, mais l'intimité a disparu sur-le-champ. Eva me branle de plus en plus fort jusqu'à ce qu'elle se fatigue. Sa bouche prend la relève. Pas besoin de se couvrir avec elle. Je me détends, me concentre sur les mouvements de sa bouche et lui donne ce qu'elle réclame : mon orgasme.

Après, j'ai l'impression que toutes les lumières s'allument en même temps, pourtant il n'en est rien. Eva se relève avec maladresse, elle ne sait pas quelle contenance adopter, comme si, tout à coup, elle prenait conscience de sa nudité. Rebecca me cajole en me disant : « T'es bon, mon trésor ! » J'ignore si elle a joui. « Pause ! » déclare Steef en dansant nu dans la pièce.

« Une cigarette ! » s'exclame Rebecca, puis elle nous propose à boire.

« Nous avons du pétillant, lance Steef. Nous allons lécher les bulles dans nos nombrils. »

Eva va aux toilettes. Rebecca revient avec un gant humide et deux bouteilles de Cava. Steef en ouvre une tandis que Rebecca essuie mon ventre poisseux.

« Tu as froid ? » me demande-t-elle. Je secoue la tête et affiche un sourire.

« Tu trembles…

— Il frémit encore de plaisir, Rebecca. Bon sang, mon petit Peter, tu as été gâté, non ? »

Steef me prend dans ses bras et je sens sa queue molle contre mon ventre. Elle est brûlante.

Je recherche l'état d'euphorie dans lequel je me trouvais encore à l'instant, l'absence de gêne et l'amour que je ressentais, mais c'est comme si, brusquement, tout avait changé. Je suis seul, nu de surcroît, en compagnie de personnes qui me sont totalement étrangères.

Nous nous affalons sur le canapé, je tire sur moi la couverture imitation fourrure. Rebecca nous tend les verres de champagne. Eva vient se blottir contre nous.

« Alors, nous demande Rebecca. C'était comment ? » Elle tire une cigarette rose de son paquet et l'allume.

« C'était vraiment fantastique », dis-je, et je suis sincère.

« Parfois, je ne savais pas très bien quoi faire, dit Eva. J'ai du mal à prendre l'initiative.

— Ah bon. Je ne m'en suis pas rendu compte, dit Steef en riant. Vu du canapé, ça m'avait l'air très bien.

— Nous ne sommes pas allés jusqu'au bout.

Pour le prochain round, vous voulez que ça reste aussi soft ou vous souhaitez aller plus loin ? poursuit Rebecca.

— Euh, tu sais, inutile de perdre notre temps à bavarder, continuons… » Steef avale une gorgée de champagne et se penche sur Rebecca. Il fait couler le breuvage de sa bouche sur la sienne, le long de son cou, sur ses seins, puis le lèche en poussant de petits râles.

« Vas-y, mon petit Peter, vas-y, je veux que tu prennes ma femme… »

Rebecca me regarde tandis qu'elle recrache la fumée. La tête de Steef disparaît entre ses jambes. Eva se trouve à côté de lui, son visage brille d'excitation. Hésitante, elle pose sa main sur ses fesses. Steef se redresse en mordillant doucement les tétons de Rebecca. Elle pousse un petit cri.

« Allons, je bande comme un pendu. Qu'est-ce qu'on fait ?

— Je voudrais être avec toi, chuchote Eva en baissant les yeux.

— Bien sûr, chérie, nous sommes là pour ça », lui répond Steef et, de son grand corps, il se penche sur ma femme.

« Oh, oh, s'écrie Rebecca en me prenant par la main. Désolée, mais d'après moi Peter a son mot à dire. »

Trois paires d'yeux sont fixées sur moi. Je peux sauver la soirée ou la gâcher.

« Si je te faisais une petite gâterie. Et qu'après tu me prennes par-derrière… »

Rebecca soulève une jambe et se trouve brusquement assise sur moi. Ses seins se balancent sous mes yeux. « *Full swap...* », dis-je en ricanant, sans être bien sûr d'avoir envie de rire.

J'entends la voix de Steef au loin : « Bravo, mon petit gars », et je bredouille : « Allons-y... »

Je dois me laisser aller. Me détacher. Je ne veux pas voir Steef et Eva. Je veux me concentrer sur le corps divin de Rebecca qui m'offre ses seins. Entre mes cils, j'aperçois Eva et Steef qui se dirigent vers les coussins. Main dans la main. Je ferme les yeux et approche ma langue de celle de Rebecca. Elle passe ses bras autour de ma tête pour me réconforter et me serre contre son corps chaud.

EVA

19

Je n'avale pas le cachet d'ecstasy, je le recrache et l'enfouis dans le pot de fleurs près du canapé. C'est peut-être ma seule chance, je ne veux pas prendre le risque de la laisser passer. Ce soir, je dois rester lucide, c'est primordial. Depuis deux semaines, dès que Peter quitte le lit pour la salle de bains, je prends ma température. J'ai dissimulé la courbe sous le matelas. Un homme qui ne s'occupe jamais du ménage présente cet avantage, on peut cacher tout ce qu'on veut.

Toute la journée, j'ai la nausée tant je me sens nerveuse. J'ai les mains et les pieds glacés malgré la chaleur qui règne dans la pièce. Je frotte mes pieds contre mes mollets, glisse mes mains entre mes cuisses serrées, mais rien n'y fait, ils restent glacés alors que ma tête est brûlante comme si j'avais de la fièvre.

Ce matin, je me suis rasé tout le corps avec les rasoirs jetables de Peter. Des orteils jusqu'aux aisselles. Entre les jambes, même entre les fesses, ce que je n'aurais peut-être pas dû faire. Je ressens des démangeaisons comme si un million de fourmis grouillaient à cet endroit. Comparée à Rebecca, bronzée, lisse, et si gracieuse, je me sens gourde malgré tout. L'aisance avec laquelle elle se promène en sous-vêtements ! Je ne décèle pas la moindre imperfection chez elle. Je vais laisser Peter profiter de tout cela, il devrait m'en savoir gré.

Rebecca prétend que je suis une femme forte, remarquable. Dans ma façon d'assumer ma douleur, de me battre pour reprendre ma vie en main, de faire preuve d'ouverture d'esprit envers eux. Elle dit que toutes les femmes ne sont pas comme moi, que c'est agréable d'avoir une amie aussi positive, qui l'inspire. Rebecca dit aussi qu'elle me trouve belle. Elle envie mes rondeurs. Elle-même se considère comme un « sac à os ».

En prévision de la soirée, nous nous sommes rendues ensemble dans un sex-shop pour femmes dans le but d'acheter de la lingerie de luxe. Sem nous accompagnait, il dormait dans sa poussette. La vendeuse m'a proposé un ensemble de dentelle noire avec fermeture éclair sur le haut et sur le bas. « Super-sexy, a-t-elle dit. Elle m'a recommandé de bien me raser, à cause de la fermeture éclair. » Je l'ai pris, ainsi que trois autres ensembles et une lotion pour le corps qui facilite l'orgasme. Quand je me suis regardée dans le miroir, je ne pensais pas à

Peter, mais à Steef. Je l'imaginais admirant mon corps, faisant glisser lentement les fermetures éclair, j'entendais déjà son rire approbateur.

À présent, je suis morte de peur. J'ingurgite deux verres de sangria que je tiens d'une main tremblante en espérant que la boisson me calmera, je grignote une olive, mais je suis incapable de prononcer une parole. Steef s'éternise au sujet du *full swap* et du *soft swap* et ce qu'il faut et ne faut pas faire, moi je me dis : ne perdons pas de temps, par pitié, dépêchons-nous de faire ce pour quoi nous sommes ici.

La lotion corporelle ne me fait aucun effet. Je ne suis absolument pas excitée. J'ai l'impression de me trouver en dehors de mon corps. Je me vois assise, hochant la tête, sourire crispé, les bras croisés autour de la taille. J'aimerais m'échapper de ce vaudeville à deux sous. Mais je me rappelle dans quel but je le fais. La fin justifie les moyens. Plus tard, en serrant notre enfant dans nos bras, nous en rirons peut-être. Nous nous dirons que nous sommes heureux que les choses se soient passées ainsi. Le jeu en valait la chandelle. Il fallait qu'il en soit ainsi.

Steef prend les choses en main, il nous demande de commencer par Peter. Je suis un peu perturbée. C'est le sperme de Steef qu'il me faut, le plus vite possible, je n'ai pas de temps à perdre. Mais il ne veut rien savoir. Visiblement,

Steef tient à mettre Peter à l'aise. Nous nous déshabillons. Rebecca était déjà presque nue, je retire ma robe et m'installe sur les coussins, feignant d'être à l'aise. Rebecca dégrafe son soutien-gorge, j'en fais autant. Steef s'exclame : « Bon sang, les filles, qu'est-ce que vous êtes belles ! », ce qui me donne du courage. Je lève les yeux et observe Rebecca, son visage serein et impénétrable. Elle m'adresse un petit signe d'encouragement, « Si tu sens que ça ne va pas, une petite tape sur l'épaule et je disparais », chuchote-t-elle. Mais ça va aller. Je ne ressens pas la moindre pointe de jalousie. Malheureusement.

Ce que je retiens de ce trio, le premier et sans doute le dernier de ma vie, c'est que, dans une telle situation, il faut réfléchir. Ce n'est pas comme à deux, rien ne va de soi. Il faut tenir compte de deux personnes et en même temps veiller à ne pas être exclue. Je ne peux pas m'abandonner. J'ai conscience de chacun de mes gestes, de mon manque d'expérience. Je laisse Rebecca prendre l'initiative. Elle palpe mes seins, suce mes tétons, me caresse les fesses, s'affaire sur la quéquette de Peter, me prend la main et la pose sur ses seins. Elle fait tout cela avec le plus grand naturel et beaucoup de dévotion. Je suis à l'affût du moindre signe d'excitation, mais tout est beaucoup trop mécanique pour moi. J'observe la main de Peter sur le sexe de Rebecca, cela ne me fait aucun effet. De son doigt elle me pénètre. J'en ai rêvé, mais à présent j'ai l'impression d'être chez le gynécologue. Que m'arrive-t-il ? Je ne nous considère que comme des paquets de chair. Que Peter se dépêche de jouir car j'en ai assez. Je veux faire l'amour avec Steef, je veux qu'il me caresse, qu'il prenne mes tétons entre ses lèvres. Je respire profondément et me penche sur Peter, offrant ainsi mes fesses au regard de Steef. Peu importe à présent. Je prends la relève de Rebecca et referme mes lèvres sur le sexe de Peter comme une actrice porno expérimentée. La nausée a disparu, l'angoisse aussi. Nous sommes à mi-chemin.

Peter a joui, Steef réclame une pause. Rebecca veut une cigarette, Peter quelque chose à boire. Je m'enroule dans un tissu en batik. Rebecca me glisse un préservatif dans la main. Elle m'adresse un clin d'œil. « C'était bien, chérie », dit-elle d'une voix douce, en posant sa main sur ma joue. « Tu ne trouves pas ? »

Je hoche la tête.

« Tu veux continuer ?

— Oui, pourquoi pas ? dis-je d'une voix étouffée.

— Je le demande, au cas où. C'est important de communiquer dans ce genre de situation. N'oublie pas que tu as le droit de te retirer à tout moment. Ne va pas au-delà de tes propres limites... »

Steef nous demande si nous sommes partants

pour *la prochaine phase, la phase ultime*, comme il dit. Il se penche sur moi, sourit et m'embrasse. Je me souviens de ma promesse à Peter. On n'embrasse pas. Mais j'en ai envie. Il a bien embrassé Rebecca, lui. Je voudrais me coller à Steef et ne plus le lâcher. Par-dessus son épaule, je vois Rebecca qui grimpe sur les genoux de Peter. Il a les yeux fermés, il sourit pendant que Rebecca lui chuchote ses spécialités à l'oreille. Je peux me consacrer entièrement à Steef.

Nos mains se trouvent. Steef m'entraîne vers les coussins, je m'étends sur le matelas et déploie mon corps sous ses yeux.

« Tourne-toi », dit-il d'une voix étranglée. Je m'exécute et lui présente mes petits seins. Il se contente d'observer, je sens ses yeux glisser le long de mes jambes, sur mon ventre, sur ma poitrine. Je me sens toute petite, craintive. Il pose une main chaude sur le bas de mon ventre. « Calme-toi, murmure-t-il. Respire profondément. »

Son autre main glisse sur ma jambe, remonte le long du genou à l'intérieur de la cuisse. « Concentre-toi. Détends-toi. En expirant, tu relâches tout, les tensions, les angoisses, les doutes. Abandonne-toi. »

J'expire et je suis à lui, comme de la cire chaude entre ses mains. Il peut me guider, je veux qu'il le fasse, un homme qui dirige, qui sait où il va. Ses doigts virevoltent, de l'aine vers le bas, ils me chatouillent, j'ai la chair de poule. Ils descendent jusqu'à mes pieds, mes orteils qu'il serre dans ses mains et frotte tendrement pour les réchauffer.

« Comme ta peau est douce et lisse ! » murmure-t-il. Il se frotte à moi, joue avec mes seins en prenant tout son temps. De ses doigts, il dessine de petits cercles autour des mamelons, les pince doucement, puis il penche la tête, porte mon sein à sa bouche et le suce bruyamment. Je pousse un soupir. Devrais-je faire quelque chose moi aussi ? Je n'ai pas envie de bouger. Je n'aspire qu'à rester allongée, à soupirer. Je passe la main dans ses cheveux en brosse, il se redresse, passe sa langue sur mes seins, mes aisselles, mon cou, mon oreille.

« Eva, me souffle-t-il, Eva, je ferai tout ce que tu voudras. Mais je veux te l'entendre dire. Dis-moi ce que je dois faire. » Il palpe mon ventre et mes seins, mon sang commence à bouillir. Je pense en moi-même : fais-moi un enfant. Et puis, si tu faisais glisser ta main vers le bas, si tu retirais mon slip, si tu réchauffais mes os et si tu me faisais l'amour, ce serait bien. « Fais-moi jouir comme tu as fait jouir Rebecca. »

Il approche ma main de ses lèvres et lèche mes doigts, un par un, il les porte à sa bouche gourmande, il fait claquer sa langue. Il ne ressent aucune gêne. Puis il dirige ma main vers le bas, vers son sexe dur et tendu que je sens contre ma cuisse. Il est peut-être beaucoup trop gros pour moi. Je n'ai pas bien osé le regarder ; à présent, je le tiens entre mes doigts. J'ai du mal à croire que c'est bien moi qui me livre à ce jeu. J'entrouvre les yeux, je plonge mon regard dans celui de Steef. Il a toujours ce même sourire suffisant. Derrière lui, j'aperçois Peter et Rebecca qui quittent la pièce.

« Qu'est-ce qu'ils font ?

— Je pense qu'ils ont besoin de plus d'intimité. Tant mieux, non ? Maintenant, tu vas me dire ce que tu veux.

— Tu es d'accord pour qu'ils s'isolent ?

— Chérie, je suis d'accord pour tout. »

De son doigt, il glisse le long de la bordure de mon slip, tiraille malicieusement le tissu. Je suis incapable de prononcer une parole.

« Dis-le », murmure-t-il. Sa main disparaît sous mes fesses, son doigt caresse l'intérieur de mes cuisses. Je suis liquide comme le miel, mais j'en suis toujours incapable.

« Demande-le-moi... » Sa langue dans mon oreille, son souffle dans mon cou. Les mots refusent de sortir de ma bouche.

« Relâche tout, Eva, laisse-toi aller, prends du plaisir, allez », chuchote-t-il. Je referme mes mains sur son visage et l'embrasse. Je l'enlace, le serre contre moi et donne libre cours à mes larmes. Il caresse mes joues humides et me demande si je veux qu'il s'arrête. « Non, dis-je dans un sanglot, je veux que tu continues.

— À quoi faire ? »

Il remonte, se dresse au-dessus de moi, je suis allongée sous lui, en pleurs, livrée à lui, impuissante. Il retire mon slip et écarte mes jambes. De mon bras, je me cache les yeux.

« Tu as une très jolie chatte. Et un cul splendide. Tu es très belle, Eva. N'aie pas honte. Allons, montre-moi... »

J'écarte les jambes devant lui comme je ne l'ai jamais fait pour personne.

« Waouh ! » murmure-t-il en passant son doigt sur mes lèvres mouillées. Je tressaille. Il m'ouvre de son pouce et, brusquement, sa bouche chaude est là, je me recroqueville sous ses mains qui me soulèvent, sa langue experte qui s'agite. Il me maintient immobile, je ne peux plus bouger, je ne peux que m'abandonner à cette langue gourmande, expérimentée, ni trop ferme ni trop douce, qui n'hésite pas un instant ; il continue, prend mes fesses dans ses mains et me soulève, me porte à sa bouche comme un fruit mûr, juteux. Il me dévore goulûment, bruyamment. Je tressaille, je gémis, une vague chaude déferle de mon ventre à mes cuisses, une douleur exquise se répand en moi. Je ne veux pas qu'il s'arrête, pourtant il le fait. Il s'interrompt, me regarde, sourit, le menton humide. Et encore une fois, il me demande ce que je désire. Cette fois, j'ose. Je le dis. Continue. Lèche-moi. Je t'en prie.

Il soulève mes jambes. De sa langue, il caresse mon nombril, le bas de mon ventre, ma cicatrice, le petit coin de peau sensible à l'intérieur de la cuisse, juste avant les lèvres. Je suis prise de tremblements. Il me maintient avec force, puis il reprend, avec calme, avec délectation, il se fait plus insistant. J'ai l'impression que je vais exploser ; la délicieuse vague déferle. Ça y est, je jouis comme je n'ai jamais joui ; je suis perdue, dorénavant je serai son esclave, je ne pourrai plus me passer de sa bouche.

« Je peux te prendre ? » me demande-t-il en se redressant, tandis que je sens en moi les dernières contractions de l'orgasme. Il plonge sa tête entre mes seins en poussant de petits râles.

J'attire son visage vers moi et l'embrasse. « Oui, bien sûr.

— Tu es sûre que Peter est d'accord ? »

Je hoche la tête. Il se dégage, attrape le préservatif et de ses dents, il déchire le sachet. « Tu es bonne », bredouille-t-il tout en le tirant de la pochette et en l'enfilant d'un geste routinier. « Douce et pulpeuse. » Il s'allonge sur le dos et m'attire sur lui. « Assieds-toi sur moi que je puisse te regarder. »

Ce n'est pas la position que je préfère. Mon corps est trop mou, trop flasque. On voit ma cicatrice. Mais je suis prête à faire tout ce qu'il voudra.

Je m'empale sur lui, il me saisit par les hanches. Il pousse un gémissement. Nous nous balançons au même rythme. Je me force à plonger mon regard dans le sien, afin de rester à jamais gravée dans sa mémoire. Je souris, à la fois tendre et impatiente, mon bassin entreprend un mouvement de va-et-vient. Je ne lui laisserai aucun répit avant qu'il n'ait vidé en moi tout son sperme.

« Bon Dieu, Eva… », lâche-t-il dans un gémissement. Je le chevauche lentement. Mes jambes tremblent. Il palpe mes seins, avec plus de rudesse à présent, il a la bouche entrouverte. Je frôle son torse de mes seins, halète dans son cou, je l'entraîne de l'autre côté. Il vaudrait mieux que je sois allongée sur le dos pour que le sperme pénètre au plus profond de moi, nous roulons sur nous-mêmes, sans qu'il ne se détache de moi, je lève les jambes comme une danseuse, il continue à me besogner tandis que je saisis ses bourses. Nous y sommes. Je les caresse, il gémit : « Doucement… Attends… »

Mais je n'attends pas, je plonge mon regard dans le sien et continue à palper ses testicules, je les presse entre mes hanches impatientes. La démarche est perfide, mais la nature l'a voulu ainsi. De mes muscles pelviens, je masse fermement son pieu, le laissant sans défense ; il me regarde, surpris, son visage se crispe, il bredouille des excuses avant de s'abandonner, de lâcher sa précieuse semence. Je referme mes bras sur son corps encore agité de soubresauts et, immobiles, en sueur, nous restons ainsi quelques instants, comme si nous nous aimions. Je lui caresse le dos. Il m'embrasse avant de se retirer.

« Désolé, j'ai été un peu trop rapide »,

marmonne-t-il en retirant le préservatif de son sexe mou. Puis il la voit, la goutte de sperme qui perle.

« Nom de Dieu ! » lance-t-il entre ses dents, et il me jette un regard atterré.

20

Peter rit. Ses petits ricanements se transforment en un fou rire incontrôlé quand Steef explique que le préservatif était percé. Assis à côté de Rebecca, dont le regard est impénétrable, Peter porte un peignoir en batik et empeste l'encens. Steef roule cigarette sur cigarette et ne cesse de répéter que c'est sa faute, qu'il regrette profondément, que nous avons enfreint les règles. « Désolé, Peter désolé. On n'aurait jamais dû se lancer dans une histoire pareille. Surtout pas avec vous, bon sang ! »

Je lui ai suggéré de ne rien dire, mais il n'a rien voulu savoir. « C'est mon ami, Eva, et je n'en ai pas beaucoup. N'aggravons pas les choses en faisant des cachotteries. »

Nous voilà par conséquent tous assis sur le canapé, abattus, pendant que Steef nous explique à voix basse que le préservatif que nous avons utilisé était percé. Ça ne lui était jamais arrivé, un préservatif percé. D'ailleurs normalement, il ne prend pas de risque et se retire avant l'éjaculation.

« Ah, ah. En ce qui nous concerne, ce n'était pas la peine, n'est-ce pas, Rebecca? Non, parce que les spermatozoïdes de Peter sont paresseux. Ça présente certains avantages. Mon Dieu... » Peter secoue la tête. Ou il est complètement stone, ou il est fou de rage.

« Allons, dit Rebecca de sa voix apaisante, pas de panique. Ce n'est pas grave. On ne tombe pas enceinte comme ça.

— Toi, si, siffle Steef entre ses dents.

— Nous allons monter à l'étage, Eva va rincer tout ça. Je vous en prie, restons calmes. » Rebecca me prend par la main et m'entraîne dans l'étroit escalier.

Leur salle de bains est minuscule, encombrée de babioles, le turquoise domine : le rideau de la douche, le battant des toilettes, le carrelage. Rebecca ouvre les bras et m'enlace. Nous nous embrassons sur la bouche. « Bravo, ma grande. Et maintenant, croisons les doigts... »

Sa voix semble plus aiguë que d'habitude. Elle s'assoit sur la cuvette des WC. De la poche de son négligé, elle tire une cigarette de son paquet et l'allume d'un geste brusque.

« Là », dit-elle en me montrant un petit placard au-dessus du lavabo, le truc. « La douche vaginale.

— Mais je n'en veux pas..., dis-je en bredouillant.

— Non, je le sais bien. Mais tu fais semblant.

Ils risquent de venir contrôler. Tu as entendu ce qu'a dit Steef? Il est à cran. »

Je sors la boîte Lactacyd du placard et en retire le flacon.

« Un peu d'eau et après tu visses la canule. Il est propre, tu n'as rien à craindre. »

Mes mains tremblent.

« Ne t'en fais pas! C'est juste un mauvais moment à passer.

— C'était ma seule chance, dis-je à voix basse. Peter et Steef ne voudront pas recommencer. J'ai peur, Rebecca, j'ai tellement peur tout à coup. Le regard de Steef quand il s'est aperçu que le préservatif était percé...

— Il s'en remettra, Eva, je t'assure, je suis bien placée pour le savoir. Tu as peur à présent, tu ne sais pas où tu vas, mais ne perds pas de vue ton objectif. Le but final. »

Le but final. C'est que, dans neuf mois, je serai peut-être maman. Qu'un enfant naîtra et qu'il vivra. Que tous, nous l'aimerons.

« Pourquoi fais-tu ça?

— Ce n'est rien. Les gens en font toute une histoire, mais qu'est-ce que c'est au juste? Le fun, c'est tout. Un jeu. Ce n'est pas un crime! On ne se fait pas de mal.

— Je veux dire, m'aider à avoir un enfant de ton mari.

— Oh, ça! C'est beau, non? Vous serez heureux, comme nous. Vous aussi, bientôt, vous serez une vraie famille. Ce n'est que du sperme, tu sais. Les hommes en font toute une histoire, mais l'enfant, c'est dans notre ventre qu'il grandit, c'est nous qui le mettons au monde, qui l'allaitons, qui nous en occupons. Ça a toujours été comme ça.

— Je crois que Steef est vraiment furieux.

— Oui, c'est un peu facile ! Je te ferai remarquer, ma grande, que c'est tout de même lui le fautif dans l'histoire. Et heureusement d'ailleurs. Si les hommes ne se laissaient pas guider par leur queue, il y a belle lurette que l'humanité aurait disparu. »

Un silence s'installe. Je ne sais que répondre. J'aimerais rentrer chez moi, me mettre au lit, les jambes en l'air. Laisser le sperme remplir sa mission. Ou m'enfuir, partir, dans un hôtel quelconque, les quitter et ne plus jamais revenir. Seule avec mon enfant ! Ce serait merveilleux.

Rebecca se lève et me retire le flacon des mains. Après avoir dévissé la canule, elle le vide dans la douche. Elle m'enlace de nouveau. Une odeur de sexe et d'encens émane de son corps.

« Eva, tout va s'arranger. Quoi qu'il arrive. Mais cache bien ton jeu. Nous ne sommes au courant de rien. Nous sommes sous le choc, comme eux. Il faut absolument que tu continues à jouer le jeu, OK ? »

Je hoche la tête. Elle me saisit les bras et me repousse. Nous nous observons un moment avec gravité. « Alors, dis-moi, ça t'a plu ? On en oublierait presque que nous venons de passer un bon moment.

— C'était formidable…, dis-je.

— Bien, réplique-t-elle en laissant échapper un petit rire.

— Et vous ?

— Nous en parlerons plus tard. »

Au rez-de-chaussée, les lampes sont rallumées. Les hommes se sont rhabillés. L'air abattu, ils finissent leur bière. Je sens leurs regards peser sur moi. J'aimerais disparaître sous le canapé, comme une petite souris, car je ne sais pas mentir. Quand j'y suis obligée, je rougis, je bégaie. Ce n'est pas le moment !

Je m'écrie d'un ton un peu forcé : « C'est fait ! en affichant un sourire.

— À voir, dit Steef en marmonnant. Il suffit que je regarde une femme pour qu'elle tombe enceinte ! » Il porte sa bouteille de bière à sa bouche.

Peter se tait. Il tripote en silence l'étiquette de la sienne.

« Chéri », dit Rebecca d'un ton cajoleur, tout en passant sa main dans les cheveux de Steef. « Allons. Ne gâchons pas cette soirée. Je vais préparer quelque chose… Mets-nous donc de la musique…

— Non ! réplique Steef en repoussant sa main… Je me casse. » Il se lève et finit sa bière. « Tu viens, Peter ? »

Il secoue la tête. « Moi, je rentre. Je vais me coucher, avec ma femme, la mienne. »

Il laisse échapper un petit rire étrange qui ressemble plutôt à un râle.

Puis, sous une pluie fine et pénétrante, nous regagnons notre maison sans vie, la tête et les membres lourds de tensions. La peur m'habite encore. Je la sens qui cogne dans ma poitrine, dans ma tête. Je prends Peter par la main, piètre tentative pour lui demander pardon. Il se laisse faire mollement, toujours muré dans le silence.

Une fois rentrés, je lui demande : « Qu'est-ce que tu en as pensé ? Je veux dire, excepté la fin regrettable... De la soirée ? »

L'air sérieux, il soutient mon regard sans ciller.

« Rebecca et moi, c'était bien. Je sais maintenant ce dont j'ai été privé pendant toutes ces années. »

Je réplique d'un ton sarcastique : « C'est drôle. Moi aussi ! »

Puis, chacun de nous, furieux, se retranche de son côté sans desserrer les dents, lui sur le canapé, moi dans la chambre, les jambes en l'air, appuyées contre le mur. « Pourvu que ça marche ! » Dans l'obscurité, je croise les doigts.

21

En écoutant tomber doucement la pluie, les yeux fixés sur le rideau qui flotte, je calcule. J'ai une chance sur six d'être enceinte. Un sperme étranger augmente les chances, de même qu'un orgasme. Alors, une chance sur cinq, peut-être. Néanmoins, une grossesse sur dix se solde par une fausse couche. Je préfère ne pas y penser, mais je ne contrôle pas mes angoisses. Des préoccupations beaucoup plus sérieuses devraient m'empêcher de dormir, pourtant elles me laissent indifférente. Peter, en bas, qui est profondément malheureux. Steef qui, hors de lui, est parti en ville. Mon couple qui va droit dans le mur. Je m'en moque. Je ne réagis pas. Je laisse faire. Je vis dans une bulle.

Et puis lundi approche. Je vais reprendre mon travail après plus d'un an de deuil. Les vacances d'été sont terminées bien qu'il fasse encore très chaud, beaucoup trop pour rester enfermée dans une classe avec une trentaine d'enfants. L'année dernière, à cette époque, j'étais encore pleine d'espoir, aujourd'hui je m'apprête à me consacrer de nouveau aux enfants des autres, en espérant qu'ils auront oublié mon gros ventre, mais je ne m'en préoccupe pas vraiment, je ne me rends pas bien compte, je n'ai même pas préparé l'année scolaire.

Le jour commence tout juste à se lever quand la sonnette retentit. Je reste au lit comme paralysée car je n'ai aucune envie de croiser Peter. J'aimerais rester éternellement dans ma chambre, au chaud sous la couette, à attendre que mon corps prenne de l'ampleur, seule en compagnie de l'enfant qui grandit peut-être en moi. La sonnette retentit une deuxième fois, on cogne à la porte. Le chien des voisins se met à aboyer. Mais où est Peter, bon sang ?

Je m'approche de la fenêtre et j'aperçois Steef, les mains sur les hanches, les cheveux mouillés, collés au front. Mince ! J'enfile ma minijupe en jean, passe un tee-shirt et me précipite au rez-de-chaussée.

Des gouttes de pluie lui perlent au nez. Il renifle bruyamment et me dévisage d'un air grave. Je m'écarte pour le laisser entrer. Normalement, nous nous embrassons. Pas cette fois. Il demande Peter. Je lui dis qu'il n'est pas là et lui propose un café. « Avec plaisir », répond-il. Il retire son manteau, se déchausse et me suit dans la cuisine. Il se racle la gorge et dit qu'il regrette, sa réaction, cette nuit, le « coup du préservatif ». Il laisse échapper un petit rire. « C'est le terme qu'a employé la pharmacienne. »

Il serre dans sa main une petite boîte blanche.

« Tiens, dit-il. J'ai acheté ça à la pharmacie de garde. Pas besoin d'ordonnance. » Il fait glisser la boîte sur l'évier, de mon côté. Je l'examine. Je sais ce que c'est. Il poursuit : « Tu n'y es pour rien. Tout est de ma faute. Tu t'es montrée si tendre avec moi, si bonne. Avec les femmes qu'on ne connaît pas, c'est différent. On se contrôle mieux. Avec toi, je me sens lié d'une certaine manière. Ce n'est pas de l'amour, mais une sorte d'intimité. Tu es plus qu'un simple corps. »

J'acquiesce en saisissant les tasses. « Il est peu probable que je sois enceinte, Steef.

— Je ne veux prendre aucun risque. Je ne veux plus d'enfant. Je ne voulais pas de Sem. Je fais de mon mieux pour être un bon père, mais je ne le suis pas. Je suis trop instable, je tiens trop à ma liberté. »

Je pense en moi-même : tant pis pour toi. Pour qui te prends-tu pour décider de ce que je dois avaler ? C'est de mon corps qu'il s'agit, et si je suis enceinte, ce sera mon enfant. Personne ne me le prendra. Je lui tends son café, puis je saisis la petite boîte.

« Il y a deux pilules. Une à prendre tout de suite, l'autre dans douze heures. Tu auras peut-être un peu la nausée, mais ce n'est pas sûr.

— Je risque d'être encore enceinte après ce traitement ?

— Il y a quatre-vingt-quinze pour cent de chances pour que tu ne le sois plus. »

Chacun de nous avale une gorgée de café. Il boit bruyamment.

« Je comprends que c'est beaucoup demander, Eva. J'avalerais ce truc à ta place, si je pouvais. Mais, tu comprends bien qu'on ne peut pas donner la vie à un enfant dans une situation pareille.

— Bien sûr. » Je m'efforce de sourire. Comme il est injuste que je sois toujours celle qui doit se sacrifier ! Je ne demande pas grand-chose pourtant. Je ne désire que ce qu'ont les autres, ce qu'ils obtiennent naturellement. Je veux garder son sperme en moi, nourrir cette chance, si minime soit-elle. Je souhaite simplement être une mère qui aime son enfant. Rien de plus.

« Je la prendrai tout à l'heure, après le petit déjeuner. À jeun, je ne crois pas que ce soit une bonne idée.

— Comme tu voudras, chérie, dit-il en embrassant ma joue brûlante. Je retourne auprès de Rebecca. Elle va se demander… »

Nous entendons le portail du jardin qui s'ouvre. Peter apparaît, trempé, dans son ensemble de jogging. Steef se lève d'un bond. Heureux de cette diversion, il se précipite vers lui. Il enlace mon mari essoufflé avec un enthousiasme un peu forcé et le serre dans ses bras. J'observe Peter qui se dégage péniblement. Je m'empresse de glisser la petite boîte dans un tiroir de la cuisine.

Après le départ de Steef, nous nous trouvons face à face. Jamais la distance entre nous n'a été aussi grande. À ce moment précis, je pourrais lui dire : je ne veux pas continuer. Je n'en peux plus. Je t'aime, mais je suis obligée de faire mes propres choix. Je le regarde, je ne sais pas si ce que je ressens est de l'amour. C'est un mélange de pitié et de culpabilité. De la culpabilité, car je ne suis pas capable de partager le pire avec lui comme je m'y suis un jour engagée. Pourtant j'étais sincère. En théorie. Il s'approche de moi. J'ai envie de reculer, mais je ne peux pas lui faire ça. Je prends sa tête trempée entre mes mains et le caresse comme le ferait une grande sœur.

« Qu'est-ce qui nous arrive ? » dit-il en reniflant, puis il me prend par les hanches. Ses mains glissent sous ma jupe. Il palpe mes fesses. Puis il me repousse et me regarde avec effroi. « Tu ne portes pas de culotte ?

— Quand Steef a sonné, j'étais encore couchée. J'ai vite enfilé quelque chose… »

Je sais ce qu'il pense.

« Je vais prendre une douche », déclare-t-il sèchement avant de tourner les talons.

Je fais chauffer une casserole d'eau. J'y plonge deux œufs. Je presse des oranges, puis je remplis la théière d'eau bouillante. Je pose six tranches de pain blanc dans la panière et je mets deux croissants au four. La table du petit déjeuner est inondée de soleil. Pourquoi n'est-ce pas suffisant ? me dis-je en refoulant un sentiment de panique. Je suis brusquement devenue celle qui, malgré elle, détruit tout. Je ne peux plus me contenter de cette vie préprogrammée, de cette médiocrité. Même le chaos et le malheur que j'attire sur nous valent mieux que cela. Au moins, j'agis. Je me serai battue pour mon bonheur. C'est ce qu'on dira de moi, plus tard. Je jette la pilule du lendemain dans la poubelle grise, bien enfouie sous les déchets.

Peter et moi prenons notre petit déjeuner en silence, le journal du dimanche fait tampon entre nous.

PETER

22

Ils s'embrassent. Sur la joue évidemment, ils prennent leurs précautions. Le crétin va bientôt rentrer. N'empêche que le crétin en question comprend parfaitement ce qui se passe. La nuit dernière non plus, je n'étais pas dupe. Leur petit jeu. Pas bête! Tout étaler au grand jour, comme ça personne n'osera penser à mal. Baiser sous mes yeux, parce que soit disant il ne faut pas brimer l'autre. Nous sommes ouverts d'esprit, amis qui plus est, équilibrés, francs, tolérants, et puis oh… la jalousie, quel vilain défaut, berk! Rien de plus bourgeois! Mais nous, nous ne sommes pas comme ça, heureusement. Non.

Des vipères. Rebecca et elle. Me rendre fou. Profiter de mon point faible. Donne-lui ce qu'il désire, Eva, et tout sera possible, il ne pourra pas reculer. Et Steef aura ce qu'il voulait, puisque finalement, il est Dieu et qu'il veut deux femmes. Il veut Eva aussi, il lit la tristesse dans ses yeux et il pense pouvoir la guérir en la baisant, c'est ce qu'il voulait depuis le début.

Avant de partir, Steef m'embrasse, conscient de sa culpabilité, comme si nous étions encore les meilleurs amis du monde. Je me demande comment il ose me regarder dans les yeux, me serrer contre lui, me donner une tape sur l'épaule alors qu'il complote dans mon dos. Je suis bien obligé de jouer le jeu. C'est la seule façon de savoir ce qu'ils veulent réellement.

J'observe Eva, appuyée contre l'évier, l'affolement dans ses yeux, la main crispée sur sa tasse, l'égratignure sur son genou, rien ne m'échappe. Elle lui a peut-être offert son cul, il l'aura prise comme une chienne, elle se sera laissé faire tout en se mordant les lèvres, car Eva veut souffrir. Seules la douleur et l'humiliation l'atteignent désormais.

Je pose ma tête dans son cou. L'odeur de la trahison. Brusquement, tout est clair. Comment ne m'en suis-je pas aperçu plus tôt ? Où avais-je la tête ? C'est comme si j'avais vécu dans l'ombre jusqu'alors. Les bruits me semblent plus forts, la lumière plus vive, les contrastes plus nets. La situation m'apparaît claire comme de l'eau de source. Je sens l'odeur écœurante du sperme de Steef. Aigre. Elle n'a pas pris sa douche. Il aura éjaculé dans ses cheveux.

Elle pose la main sur ma tête, la passe dans mes cheveux et je sens tout le dégoût que traduit ce geste. Je la saisis par les hanches. J'aime ses hanches. Si rondes, si maternelles. Je veux comprendre notre échec. Savoir pourquoi elle s'est éloignée de moi à ce point. Pourquoi nous avons fait l'amour avec nos voisins, ce qui nous a pris de faire quelque chose d'aussi absurde ? Comment revenir en arrière ? Comment effacer ces images, leur côté rance ? Ce n'est pas nous, nous n'étions pas comme ça, nous avons été contaminés. Je caresse ses hanches rassurantes, ses bouées de sauvetage et son « cap Cul », comme je l'appelais. Elle me trouvait terriblement ringard, mais elle en riait tout de même. Au lit, je m'approchais d'elle, elle m'offrait son dos, j'attirais ses hanches vers moi, mon sexe contre ses fesses chaudes, mon bras sur son ventre et je disais : « Comme je suis bien tout contre mon "cap Cul". » Elle riait et me décochait un coup de coude. Toujours le même scénario, mais qu'importe. La routine ne me déplaît pas. J'ai toujours aimé la même femme.

Mes muscles tremblent de fatigue. Il faut absolument que je trouve une solution. Tout pour garder Eva. Pour la soustraire à l'emprise de Steef et de Rebecca. Si elle n'appartient qu'à moi, elle m'aimera de nouveau. Elle est si fragile et si influençable. Mais je suis plus fort qu'eux. Je saurai la garder, coûte que coûte.

Je descends l'escalier, entre dans la cuisine. Elle est là, assise à la table, baignant dans un halo de lumière. La table est mise comme tous les dimanches matin. La nappe, le journal, les croissants. À ma place, le supplément sportif. Eva est plongée dans les nouvelles. Elle me sourit. Comme pour s'excuser. Je souris moi aussi, me voulant rassurant. C'est bon, Eva, tout va s'arranger. Je ne t'en veux plus. Je vais te protéger de leur influence. Te reconquérir.

Elle tient à ce que nous parlions de la soirée d'hier. Moi pas. Je ne cesse de revoir les images, sa main qui se glissait dans celle de Steef, c'était le pire, leurs mains enlacées, l'empressement que trahissait ce geste. Rebecca qui est venue s'asseoir sur moi, me cachant ce spectacle. D'ailleurs je ne voulais pas voir, mais j'ai vu quand même comment Eva s'est offerte à ce connard, ses mains lubriques sur son corps, son cul. Ses couilles de taureau qui pendaient. Rebecca m'a entraîné dans leur chambre. Elle comprenait ce que je ressentais mais elle m'a empêché de faire ce que j'aurais dû faire : intervenir. « Laisse-les », m'a-t-elle dit avant de se précipiter sur moi telle une acrobate. Comment s'abandonner quand on sait que sa femme est en train de baiser à côté avec un autre ? Moi je ne peux pas. Je croyais que j'en serais capable, eh bien non. J'étais fou de jalousie. Et à présent je sais que ce qu'ils prétendent est faux. Un enrichissement pour le couple ! Pas pour moi en tout cas, pas pour nous ! Mais pour quelle sorte de couples alors ? Ceux qui se livrent à ce genre de pratiques ne sont pas de vrais couples, ils sont incapables d'aimer.

Je le dis à Eva. Ceux que l'échangisme excite sont des détraqués. Cela n'a rien d'enrichissant, au contraire. On ne se contente pas de cueillir une petite fleur, on arrache toute la plante, les racines avec. Et cela tous les week-ends, jusqu'à ce que toutes les plantes soient fichues.

Elle me lance un regard irrité. Ce n'est pas ce qu'elle a envie d'entendre.

« Tu as pourtant participé ! Et comment ! fait-elle d'un ton sec.

— Oui, et j'espère bien oublier tout cela le plus vite possible.

— Ça ne te déplaisait pas. Tu pourrais le reconnaître, au moins ? Cette nuit, tu as même dit que maintenant tu savais ce que tu avais raté pendant toutes ces années.

— Bien sûr que ça m'a plu. Je suis un homme, merde ! Ça me plairait aussi de lancer ma voiture contre un mur. Ou de tout casser à coups de masse. Mais je ne le fais pas. Tous les jours, je croise au moins une femme avec qui j'aimerais coucher. Mais je ne le fais pas ! Parfois, j'aimerais te forcer à faire l'amour, mais je ne le fais pas non plus. Parce que je sais que je le regretterais.

— Et maintenant tu regrettes la soirée d'hier ? »

Regretter, le mot est trop faible pour exprimer ce que je ressens.

« C'était une expérience, très bien pour une fois, mais à ne pas renouveler en ce qui me concerne.

— Et tu ne me demandes même pas ce que j'en ai pensé, moi ? » Ce ton ! Tranchant ! Et la tête qu'elle fait. Imbue d'elle-même. Je hausse les épaules.

« C'était clair, inutile d'insister.

— Je vais te le dire quand même. Ce n'est pas pour te blesser, mais parce que j'estime qu'il est important d'en parler le plus ouvertement possible. C'était une expérience extraordinaire. Magique presque. Pas immédiatement, au début je trouvais difficile de m'abandonner, mais quand j'y suis parvenue, ce n'était pas vulgaire, ni rance, mais très beau au contraire.

— Alors?

— Alors quoi?

— Alors tu veux recommencer le week-end prochain.

— Bien sûr que non. Si tu ne veux pas, on arrête. C'est ce qui était convenu.

— Steef veut bien, lui. Tu n'as pas besoin de Rebecca ni de moi pour ça.

— Il n'y a rien entre Steef et moi. Pas plus qu'entre Rebecca et toi. »

Elle soutient mon regard. Elle a fait beaucoup de progrès dans ce domaine.

You can't hide your lyin' eyes,
and your smile is a thin disguise

The Eagles, *One of These Nights*, 1975.
Un excellent album.

Les chansons, tout à coup, déferlent dans ma tête.

« D'accord chérie, restons-en là. » Je l'embrasse sur la bouche, puis je quitte la table, grimpe l'escalier quatre à quatre et me réfugie dans mon bureau, la laissant interloquée. Je comprends brusquement, j'en ai la chair de poule. Ça fait peur, et en même temps c'est logique. J'attrape au hasard un CD sur l'étagère et voilà que chaque album qui passe entre mes mains me dévoile quelque chose. Je n'avais jamais vraiment prêté attention aux textes. Seule la mélodie importait, les guitares. Mais à présent j'écoute et je comprends le message que renferme chacun d'eux. Tous parlent de moi, de nous. Comment se fait-il que je ne les aie pas écoutés plus tôt ? Je n'ai jamais cherché à échanger ces disques, je suis resté fidèle à mes idoles, j'ai bien fait manifestement. Un jour viendrait où je comprendrais leur message. Ce jour est arrivé.

« Wish You Were Here », Pink Floyd, la plus belle chanson de tous les temps.

> *How I wish, how I wish you were here*
> *We're just two lost souls*
> *Swimming in a fish bowl,*
> *Year after year,*
> *Running over the same old ground*
> *What have we found ?*
> *The same old fears,*
> *Wish you were here*

Deux âmes égarées. C'est nous. J'aimerais qu'elle soit là. Vraiment là. Près de moi. Comme avant. Qu'elle m'aime, inconditionnellement. Je suis seul, je suis orphelin, jamais je ne me reproduirai.

Eva le sait : elle ne peut pas m'abandonner. Si elle me quitte, elle m'anéantit.

> *Remember when you were young*
> *You shone like the sun*
> *Shine on, you crazy diamond*
> *Now there's a look in your eyes*
> *Like black holes in the sky*
> *Shine on, you crazy diamond*

J'éteins la musique et pose ma tête sur le formica froid de mon bureau. Mais dans ma tête ils continuent : Rupert Holmes, Paul Young, Robert Cray, ils s'adressent à moi, ensemble, toutes voix confondues.

> *Him, him, him, what's she gonna do about him ?*
> *I'm gonna tear your playhouse down, pretty soon*
> *She was right next door and I'm such a strong persuader*
> *Don't lose your grip on the dreams of the past*
> *You must fight just to keep them alive*

Survivor. « Eye of the Tiger. » *Fight just to keep them alive.* C'est ce que je vais faire. Je vais appeler Steef. Il ne faut pas que je m'éloigne de lui. Il faut que je le devance.

23

Steef se rend au champ de tir et il me propose de l'accompagner. Mais bien sûr ! On baise tous ensemble, après on tire. C'est fait pour ça les copains. Nous y allons à moto. Je monte derrière. Il porte un blouson de cuir malgré la chaleur. Sa cuirasse. Il se donne une contenance, je ne le comprends que maintenant. Eva nous fait signe de la main. Je sais qu'elle est préoccupée de nous voir sortir ensemble et tant mieux. C'est bien que, pour une fois, elle s'inquiète pour moi. Les regards qu'ils ont échangés ne m'ont pas échappé, j'ai perçu le champ magnétique qui vibre autour d'eux, mais cet après-midi Steef est à moi. Il va m'apprendre comment nous protéger.

Je ne passe pas mes bras autour de sa taille. Je me tiens à la selle et me penche dans les virages. Je pourrais nous faire perdre l'équilibre. Provoquer une chute. Je ne suis plus le couillon de service qui se laisse dépouiller avec le sourire. J'ai une longueur d'avance. Je sais où ils veulent en venir. Leur sort est entre mes mains.

Shine on you crazy diamond

Je contemple les vaches qui broutent dans les prés. L'herbe est jaune, brûlée par le soleil. Les arbres perdent leurs feuilles en raison de la sécheresse. Une année exceptionnelle. La chaleur torride persiste. La calotte glaciaire fond à toute vitesse. Plus que quelques années et ce polder sera inondé. Pourquoi s'en faire ? Nous allons tous y passer, nous n'y pouvons rien, nous ne sommes rien, pourtant nous continuons à nous préoccuper de nous-mêmes, de nos petites vies étriquées. Nous mettons des enfants au monde, coûte que coûte, nous sommes prêts à tout sacrifier pour cela, pour être encore plus nombreux, bientôt, à disparaître. Nous nous moquons que nos enfants meurent noyés, nous leur demandons de nous rendre heureux, de nous donner un sentiment de plénitude. Seul le présent importe. Quelle connerie ! Détériorer la planète et laisser ce merdier à ces chers petits mis au monde avec peine et après mûre réflexion.

Steef roule vite, j'ai les yeux qui pleurent. Comme c'est agréable de foncer à toute vitesse, même si ce n'est pas très bon pour l'environnement !

Ouh, ouh, les voilà qui déboulent à toute allure.

J'observe son dos courbé, le petit morceau de peau nue entre son blouson et son jean, cette petite partie vulnérable qui montre qu'il est un être humain comme les autres. Je l'ai haï cette nuit, mais à présent c'est fini. Je veux rester derrière lui, derrière son large dos, à serpenter sur les petites routes de campagne. Pour ma part, on pourrait aller jusqu'en France, en Espagne ou en Bulgarie.

Nous quittons la route et nous nous engageons dans une ruelle cahoteuse. De chaque côté, des bâtiments gris, des entrepôts, des petits bureaux miteux. Devant un grand hangar, des motos sont garées près de 4 × 4 américains. Steef se range à côté d'eux.

« Voilà, mon vieux. C'est ici que ça se passe. »

Ses yeux semblent d'un bleu plus vif que d'ordinaire.

« Tu es prêt ?
— Bien sûr, ça m'a l'air génial. »

Il me prend par l'épaule, je sens sa force.

« Avant d'entrer, je tiens à te dire une chose. »

Je hoche la tête, m'efforce de le regarder avec la même franchise et la même hardiesse que lui. Je m'appuie nonchalamment contre la moto.

« Je sais que c'était nul pour toi hier soir. Je suis désolé que les choses se soient passées comme ça. Ça ne se reproduira pas. On n'aurait peut-être pas dû se lancer dans cette histoire. Ce qui est fait est fait, mais j'espère que tu ne m'en veux pas. »

Forgive me, is all that you can't say

Tracy Chapman, *Baby Can I Hold You*, 1988

« C'est bon Steef. Mais à l'avenir tu n'as pas intérêt à toucher à ma femme… »

Une expression de stupéfaction passe furtivement sur sa face carrée, puis il éclate de rire.

Je me dis : vas-y, ris… et je lui adresse un sourire amical auquel il ne répond pas. « Viens, dit-il, entrons. Tu vas pouvoir te défouler. »

Nous nous dirigeons vers la grosse porte verte, Steef en tête. Dans ma tête grincent les sons stridents des harmonicas.

Une cantine comme toutes les autres. Le café Bravilor est prêt. Une vitrine encombrée de gobelets et de fanions. Steef verse le café dans les gobelets et m'en tend un, engage la conversation avec un gros type en pantalon de cuir qui lui répond en grommelant dans sa moustache. Nous échangeons une poignée de main, il se présente, son nom se perd dans son bougonnement. Ils discutent de l'arme que je vais utiliser. L'homme à la moustache fait une photocopie de mon passeport en secouant la tête. Puis il nous fait signe d'avancer, comme s'il chassait des mouches agaçantes.

« Cool », dit Steef, et il promet que nous remplirons le formulaire la prochaine fois, s'il y en a une. Il se porte garant pour moi.

« Ils m'emmerdent. De nos jours, quand on tire pour son plaisir, on est tout de suite considéré comme un tueur en série potentiel. Les seuls dans ce pays à avoir le droit de porter une arme, ce sont les types comme Samir A. * »

Nous jetons nos gobelets dans une grande poubelle et, après avoir passé des portes battantes, nous pénétrons dans un espace avec de nombreux casiers qui ferment à clé. Il y règne un silence paisible, des hommes sont en tain de bichonner leur arme en silence, ils nous saluent en bougonnant. Steef ouvre son casier. Trois petits coffrets. « Regarde, ce sont mes Trois Grâces », dit-il en les prenant. Il me tend le premier.

« Voilà ton arme. Un Sig-sauer P-226. Ce n'est pas une beauté, mais elle est très facile à manier. Légère, elle tient bien dans la main. Soupèse-moi ça. »

J'ouvre le coffret et en sors l'arme grise, de style allemand.

« Elle n'est pas belle. Un vrai boudin allemand. *Deutsche Gründlichkeit.* Mais douce au toucher, tu sens ? »

Je caresse la crosse. Nos mains se frôlent. Je tressaille.

---

* Samir A. est soupçonné d'appartenir à un groupe terroriste. *(N.d.T.)*

« Ne t'en fais pas, elle n'est pas chargée. On le fera tout à l'heure. »

Il ouvre le deuxième coffret.

« C'est mon préféré. Le Lara Croft. C'est avec ça qu'Angelina Jolie tire dans *Tomb Raider*. Mon Heckler & Koch USP 4-5 Elite. Un gros calibre, superbe. Tonalité agréable. Grande précision. Mais il faut avoir des bons biceps. »

Il tire avec précaution un lourd pistolet noir de son coffret, comme s'il s'agissait d'un nouveau-né.

« Mais celui-ci, s'écrie-t-il, comme s'il voulait attirer l'attention des autres, c'est le top. Avec ça, je ne tire que sur le stand extérieur. Avec ça, tu fais reculer un tank. C'est ma dernière acquisition. »

Le troisième coffret métallique renferme un pistolet argenté à la crosse de bois.

« Le Ruger Super Redhawk 4.5. »

Marmonnements admiratifs. Tous s'approchent pour voir.

« Oui, celui-là, de quoi bander, hein ? »

Les hommes ricanent. C'est sûr. C'est bandant.

Mon « boudin teuton » dans la main, je reste planté là sans prêter attention aux anecdotes qu'ils échangent sur leurs exploits ; je n'ai d'yeux que pour ma main qui, pour la première fois de ma vie, tient un pistolet.

« Hé ! s'écrie l'un des hommes, ne tiens jamais ton arme comme ça. Tu n'as le droit de viser que la cible et de tirer qu'à l'intérieur du stand.

Steef, tu devrais surveiller ton pote, il trépigne d'impatience, on dirait. »

Il a raison, je trépigne d'impatience. Toute mon énergie est absorbée par ma main droite, mon doigt a hâte de sentir la détente. Ma tête ne me tourmente plus, la musique s'est tue. J'ai recouvré le contrôle de moi-même.

Steef a acheté deux boîtes de munitions. En silence, il s'applique à remplir les chargeurs. Il me tend mon Sig après l'avoir refermé. À entendre les bruits qui nous entourent, on se croirait en guerre.

« Attention, il est à moitié chargé. Tu n'as pas encore le droit de tirer, tu le tiens prudemment, le canon toujours dirigé vers le bas. »

Il me remet des lunettes de protection et un casque, nous entrons dans une petite cabine qui donne sur une grande cible. Il me montre la position requise. Jambes écartées, bassin légèrement en avant. Dos droit, épaules détendues. Il faut lever la main armée à hauteur des épaules, viser le milieu de la cible. De la main gauche, soutenir le poignet. Se concentrer jusqu'à ce qu'on soit sûr de toucher l'endroit visé. Respirer profondément et se préparer au contrecoup. Prêt. Tu déclenches la sécurité. Et après paf. Tu lâches la balle avec précision. Mais attention au coup. Prépare-toi. Tu vas le ressentir dans tout le corps. C'est pour cette raison que c'est un sport. Tu as besoin de toutes tes forces.

Je me lève. Steef charge mon pistolet en tirant la culasse vers lui.

« Après le premier tir, tu peux continuer. Vide donc le chargeur en une fois. Mais si tu veux t'arrêter, ne repose pas ton arme. Tu dois d'abord enclencher la sécurité. »

Il me tient par les hanches, m'oblige à avancer le bassin. Puis ses mains remontent jusqu'à mes épaules.

« Relâche-moi tout ça. Détends-toi. »

Son souffle à l'odeur de nicotine dans mon cou. Il me regarde, suis mon bras. « Tends bien. C'est bon. »

Il a fait la même chose avec Eva. Je pourrais me retourner et lui éclater la cervelle.

« Il n'y a plus que deux personnes au monde : toi et ton ennemi. Regarde-le bien et tire entre les deux yeux. »

Je ne vois pas d'ennemi. Je ne vois qu'un point. Mon ennemi se tient derrière moi et je ne sais pas quoi faire de lui, ni même pourquoi je suis ici. Je me mets en position, serre fermement mon poignet de l'autre main, puis j'appuie sur la détente. Ma main reçoit une secousse vers le haut, je recule d'un pas. La balle s'est fichée bien au-dessus du point.

Sur douze coups, je réussis à en tirer deux près de ma cible. D'après Steef, c'est pas mal. Il vide d'un coup son Tomb Raider, son joujou, avec un visage de marbre, et chaque fois il tire dans le mille.

Je passe le prochain round en prétextant la fatigue.

« Ça t'étonne ? Tu as fait la fête et bu toute la nuit, un petit jogging pour compléter, et le tir aussi, ça demande de l'énergie. Si on allait boire une bière sur la plage ? »

Je secoue la tête.

« Je crois que je vais aller me coucher. »

J'ai un mal de tête lancinant et la sensation d'avoir la bouche pleine de sable.

« Tu as un *come-down*, m'explique Steef. Parfois ça arrive. C'est l'ecstasy. Ne t'en fais pas, ça va passer. Je te reconduis chez toi, je te donnerai quelques comprimés de vitamines, tu verras, ça te fera du bien. » Il n'arrête pas de parler. « Ton corps n'en peut plus. L'ecstasy propulse d'un coup l'endorphine dans le cerveau, ton corps doit reconstituer ses réserves. On s'habitue, mais il faut apprendre à reconnaître les symptômes. »

Steef me met dans les mains un café trop sucré.

« Avale-moi ça. Le sucre et la caféine vont te redonner de l'énergie. »

Je bois le café et me précipite aux WC.

Nous nous disons au revoir sur le pas de la porte. Il descend la marche en me lançant un regard d'encouragement. Il me pince la joue. « Va vite te coucher, mon vieux. Je t'apporte les vitamines... Ça va aller. Et je ne veux pas que cette histoire foute notre amitié en l'air. Ça n'en vaut pas la peine. Alors s'il y a quelque chose, tu me le dis...

— Il n'y a rien », dis-je en souriant. Je suis en train de me faire baiser. Pourquoi tient-il autant à notre amitié, bon Dieu? Je le vois à son air sournois, c'est évident. Il se paye ma tête. Moi, le loser. Le grand vainqueur dans l'histoire, c'est lui, c'est clair, il le sait depuis longtemps et il en redemande. Il cherche toujours à s'affirmer, en permanence. Et moi, merde, comment je fais pour dormir?

Je prends sa tête entre mes mains, serre un peu, assez pour le troubler, mais pas assez pour qu'il se fâche. Je l'embrasse sur la bouche, il chancelle, je me sens mieux. Steef qui perd contenance, qui ricane bêtement, oh, oh, je lui dis de donner le bonjour à sa divine épouse.

Je sens qu'il me suit du regard, que je lui fais un peu peur, puis j'aperçois une voisine qui, accroupie entre ses hortensias, nous observe.

In the jungle,
Welcome to the jungle
Watch it bring you to your knees, knees

hurle Axl Rose dans ma tête.

24

Eva s'est endormie dans un transat, à l'ombre du parasol. Jambes repliées, les mains autour du ventre, dans la position du fœtus. La bouche légèrement entrouverte. Je me faufile dans l'entrée à pas de loup, comme si je n'étais pas chez moi, comme si je pénétrais dans une maison étrangère.

> *You may find yourself in a beautiful house, with a beautiful wife*
> *And you may ask yourself — well... how did I get here ?*

J'ai toujours détesté les Talking Heads et ce petit con de David Byrne qu'Eva adorait dans le temps. Qu'est-ce que ce crétin fait dans ma tête. Qu'il fiche le camp !

Je monte à l'étage, constate que le lit est déjà fait, il est impeccable. Je sais d'avance que je ne pourrai pas dormir.

C'est notre maison. Quelque chose ne va pas.

Dès que je me trouve à l'intérieur, j'ai la sensation qu'un poids m'écrase peu à peu. Je n'ai pas encore osé me l'avouer, mais j'ai consacré toute mon énergie et placé tous mes espoirs dans une maison qui porte malheur, depuis le début. Avant même que les fondations ne soient posées. Un enfant mort-né et des voisins qui ont l'intention de nous détruire. Nous devons partir d'ici. Je peux travailler n'importe où et Eva aussi. On réclame des institutrices dans tout le pays. Il faut quitter la région du Randstad. Chercher un village calme avec de vraies maisons, des maisons anciennes, pourvues d'une âme. C'est ce qui manque ici. Nous nous trouvons dans un monde sans âme, sur du sable mouvant, personne n'a vécu entre ces murs avant nous. D'ailleurs cette terre-là n'est pas faite pour être habitée.

J'ai l'impression de tomber. Je suis pris de sueurs froides. Mon diaphragme se contracte, le café imbuvable du champ de tir remonte. Je pense à Lieve, à son petit corps sans vie. Sans vie comme cette maison, comme notre couple. Je serre les poings et réprime l'envie de hurler, d'aller chercher les valises au grenier, d'y fourrer nos affaires et d'entraîner Eva avec moi, à l'autre bout du monde.

Soyons raisonnable. Concentrons-nous. Ce qui me passe par la tête n'est pas réel. C'est le *comedown*. Je ne veux pas de ces pensées. Je sais que ce n'est pas vrai, que c'est impossible, pourtant, en même temps, au fond de moi, je sais qu'il en est ainsi. Lieve ne voulait pas naître ici. Ce n'était pas sa place. Son âme a passé notre porte. Pourquoi ? Qu'avons-nous fait de mal ? Je me précipite dehors, vers la lumière, j'enfourche ma moto et démarre à toute allure, je pars n'importe où, loin de ce quartier chichiteux, de ces maisons modèles, de ces caravanes soigneusement astiquées. Je vais trouver la seule personne, parmi les gens que je connais, qui soit disposée à m'écouter.

« Ah, Peter. »

Sur le pas de sa porte, vêtue d'un tee-shirt gris et d'un short jaune délavé, les cheveux attachés en queue-de-cheval, elle sourit comme si elle avait tout compris. Elle pose la main sur mon bras et s'exclame : « Mon Dieu Peter, tu es électrique ! »

Nous traversons le couloir étroit qui nous conduit au jardin, elle m'indique un fauteuil en rotin sous le parasol. Un gros chat tigré ronronne sur la table. Elle le chasse gentiment et me demande si je veux boire quelque chose.

« Je prendrais bien une bière. » À mon grand étonnement, elle répond qu'elle en boirait bien une elle aussi.

« C'est mon jour de congé après tout », dit-elle en riant. Elle disparaît et revient en tenant deux bouteilles de bière japonaise glacées. Elle m'en tend une.

« C'est une bière à base de thé vert. Rafraîchissante et très saine.

— Pourvu qu'elle contienne de l'alcool, dis-je en marmonnant.

— Tu m'as fait peur à débarquer à l'improviste. Tu m'as l'air un peu perturbé. Tout va bien chez vous ? »

Assise en face de moi, elle avale une gorgée à même le goulot, tout en m'observant.

« Tu nous as parlé une fois des âmes anciennes et des nouveaux enfants…

— Les enfants des temps nouveaux. Les enfants de la lumière. Des enfants qui naissent pour nous enseigner quelque chose sur le monde de demain, ils viennent de sphères de conscience supérieures auxquelles seuls quelques-uns d'entre nous ont accès.

— Oui, c'était quelque chose comme ça. De quoi s'agissait-il au juste ?

— Eh bien, c'est une très longue histoire. Pourquoi me poses-tu cette question tout à coup ? La première fois que je t'en ai parlé, j'ai eu l'impression de t'agacer.

— La première fois, il ne s'était encore rien passé.

— Mais si, il s'était passé quelque chose. Vous veniez de perdre votre petite fille.

— Lieve.

— Oui, Lieve. »

J'avale une gorgée. La bière est sucrée. Je me demande tout à coup pourquoi je viens voir cette femme, elle qui me donne l'impression d'être retombé en enfance. C'est à moi de lui poser des questions. Il faut que j'inverse les rôles.

« Tu as dit que Lieve était une enfant de la lumière. Je me souviens que je me suis mis en colère, mais je ne sais plus pourquoi.

— Cette histoire a pour but d'apporter un réconfort. Moi, j'y crois, mais ça ne veut pas dire que tu sois obligé d'en faire autant. Je n'impose rien à personne, mais j'ai remarqué que les couples qui me consultent y trouvent une raison d'espérer. Tu n'étais pas ouvert à mes paroles, c'est pourquoi je n'ai pas insisté. »

Elle triture une croûte sur son genou.

« Mais maintenant je le suis. » Je lui fais part des pensées que j'ai eues en venant. Une maison, un endroit, peuvent-ils porter malheur ? Lieve l'aurait-elle senti ? J'ai du mal à prononcer ces paroles, je me rends compte combien elles semblent ridicules. Le regard clair d'Hetty me transperce, j'aimerais qu'elle arrête de me dévisager ainsi. Cela me rend terriblement nerveux. Quand j'ai terminé, elle se lève, se dirige en silence vers le rosier dont elle retire les fleurs fanées.

« Tu dois me prendre pour un fou.

— Pas du tout. Je me demande seulement pourquoi tu penses que votre maison porte malheur. À part la mort de Lieve, il ne s'est rien passé ?

— Il va se passer quelque chose. Je le sens. Eva s'éloigne de moi. Je crois qu'elle en aime un autre, un homme qui habite en face de chez nous... »

Je ne parle pas de notre séance d'échangisme.

« Peter, ce qui vous arrive peut arriver n'importe où. Vous traversez un processus de deuil. Vous cherchez à donner un sens nouveau à votre vie. Si vous voulez sauver votre couple, il va falloir vous mettre au travail. Ensemble. »

Ce n'est pas ce que j'ai envie d'entendre. Je ne suis pas venu pour cela.

« La seule chose que je veux savoir, c'est s'il est possible qu'une maison porte malheur.

— Je ne crois pas que votre problème se situe là, Peter.

— Mais est-ce possible ?

— Un endroit peut émettre des ondes telluriques, tout au plus.

— Se peut-il que Lieve l'ait senti ?

— À mon sens, la personnalité ne se forme qu'au moment de la réincarnation. L'enfant a une âme à partir de l'instant où il vient au monde. L'âme cherche la destinée qui lui correspond en quelque sorte.

— Et sa destinée n'était pas chez nous. » Je ne ressens pas de colère cette fois-ci.

« C'est une approche négative de cette pensée. Je crois plutôt que l'âme de Lieve était si pure qu'elle a été appelée directement dans l'au-delà. Vous avez été choisis pour la céder à ce monde parce que vous en étiez capables, parce que vous êtes tous deux des âmes fortes, anciennes.

— Nous devons déménager. Le plus vite possible. Quitter ce lieu. »

Je pose ma bouteille de bière sur la table et me lève. Hetty me saisit le bras.

« Attends, Peter, tu vas un peu trop vite. La cause ne se trouve pas dans ta maison ni chez les autres, mais en toi. Tu es le seul à pouvoir transformer ce qui t'arrive en quelque chose de positif. Et puis d'ailleurs, Eva n'a-t-elle pas son mot à dire ?

— Elle ne sait plus ce qu'elle fait. Elle ne voit pas ce qui se passe. »

Je tends la main à Hetty et la remercie pour son aide.

« Je me demande si je t'ai aidé. Envoie-moi Eva, je t'en prie. La semaine prochaine je trouverai bien un moment entre deux consultations. Et appelle-moi si tu en éprouves le besoin.

— Bien. Mais je ne crois pas que nous reviendrons. Je sais maintenant ce que j'ai à faire. Je sais tout. »

Dans la rue d'Hetty, la lumière est vive, implacable. Elle vient de l'au-delà. De quoi parlait Hetty ? De sphères de conscience supérieures auxquelles seuls quelques-uns d'entre nous ont accès. On dirait que je suis l'un d'eux. Juste à temps pour nous protéger d'un malheur. J'avance dans la rue déserte, je choisis le côté ensoleillé, la chaleur, l'énergie. L'air vibre, tout comme moi qui tremble d'excitation. À partir de maintenant, tout va changer. Tout a un sens, en effet. Eva me l'avait bien dit. Il fallait que nous comprenions quelque chose. Les leçons sont dures. Je le comprends moi aussi à présent.

Nous avons tenté d'intervenir sur le cours des choses. De faire de moi un père alors que ce n'était pas ma destinée. Mon sperme est paresseux. Je ne suis pas fait pour procréer, pour permettre à une âme de trouver sa place dans ce monde. C'est si simple. Comment n'y avons-nous pas pensé plus tôt !

Here I go again on my own
Going down the only road I've even known
Like a drifter I was born to walk alone

Whitesnake. Je chante à tue-tête avec lui.

À la maison, Eva est allongée sur le canapé, les yeux fixés sur la télévision. Elle ne comprend pas. Elle ne sait pas que nous habitons dans une bombe à retardement. Elle ne voit pas ce que je vois. Comment notre couple périclite lentement mais sûrement. Je me laisse choir à côté d'elle sur le canapé et lui demande ce qu'elle regarde. « Je n'en sais rien », me répond-elle. Sur l'écran, trois petits enfants sont en train de se tabasser. Un type explique pompeusement aux parents comment redresser la barre. Eva marmonne qu'elle est épuisée. Je lui caresse le dos. Elle se dégage. S'éloigne de ma main, de son mari. Mais elle reviendra. Quand les mauvais esprits auront été chassés. Quand, loin d'ici, nous nous serons retrouvés. En attendant, il faut que je reste vigilant. Nuit et jour. Protéger et défendre. C'est pourquoi, dès qu'Eva est couchée, je transporte mon ordinateur dans le séjour. Je m'installe de façon à pouvoir surveiller la porte d'entrée et celle de derrière, je peux ainsi chercher une maison sur Internet et monter la garde en même temps. J'ai apporté aussi ma guitare. Toute ma musique. Je mets Pink Floyd, « Wish You Were Here », et je comprends qu'en réalité c'est de Dieu qu'il s'agit. Voilà ce que Roger Waters et David Gilmour ont voulu dire. Nous souhaitons l'existence de Dieu. Dieu pourrait m'aider en ce moment. Je pourrais lui adresser mes prières, il donnerait un sens à tout ce qui nous arrive, il nous fournirait des règles de conduite, nous indiquerait comment bien agir. Il arrive que Dieu, tout à coup, se révèle à quelqu'un. Je me souviens d'histoires sur les âmes éclairées. Eva et moi, nous en rions quand, par hasard, nous tombons sur une émission religieuse à la télévision. Mais ils ont peut-être raison. « Appelle-Le si tu as besoin de Lui. Appelle-Le et Il viendra. Tu Le sens. Son énergie, Sa chaleur, tu sais qu'Il est avec toi. Tu n'as plus de questions, que des réponses. » J'ouvre mon âme, mon esprit et j'appelle, je supplie Dieu, s'il existe, de se révéler à moi.

EVA

25

« Tu sais que Peter a pleuré quand il était avec moi ? »

Nous sommes dans le jardin, sous le barnum. Sem, installé sur une couverture, joue avec ses cubes. Rebecca et moi buvons le café et grignotons des couques au beurre quand elle me lance cette phrase, sans préambule, une semaine après la fameuse nuit. Tous les quatre, nous avions tacitement décidé de faire comme s'il ne s'était rien passé et j'avoue que cela me convenait parfaitement. Je ne regrettais rien, bien au contraire, mais que dire ? Que c'était agréable ? Que Steef, lui, m'avait fait jouir ? Difficile de l'avouer à Peter. Cela ne contribuerait pas à améliorer notre vie sexuelle. J'aimerais pouvoir jouir avec Peter, mais il n'est pas question que j'aborde le sujet. Les spécialistes me font rire : « Dites à votre partenaire ce qu'il doit faire, ce que vous aimez. » De quoi le rendre impuissant pendant des mois !

« Il était complètement bouleversé. Il ne t'a rien dit ?

— Non.
— Il souffrait d'un *come-down*, je crois, à cause de l'ecstasy.
— D'un quoi ?
— D'un *come-down*. Ça arrive parfois. L'atterrissage est brutal. Tu te sens nerveux, tu paniques. En général, c'est le lendemain, mais il se peut aussi que ça arrive pendant ton trip. Je crois qu'il ne se sentait pas très bien. Dans ce cas-là, l'ecstasy peut t'enfoncer encore plus.
— Qu'est-ce qu'il a fait ? »
Elle me regarde d'un air grave et semble hésiter à poursuivre. Je pense : allez, maintenant que tu as commencé, continue !
« Il voulait vous empêcher de continuer, Steef et toi. Il voulait arrêter. C'est pour ça que je l'ai entraîné dans la chambre. J'ai joué le grand jeu, tu sais, mais rien à faire. Il s'est même mis en colère. Il avait un peu raison. On avait dit qu'on pouvait arrêter à tout moment. »
J'essaie d'imaginer Rebecca qui « joue le grand jeu ».
« Mon Dieu...
— J'ai même fermé la porte à clé. Sinon, notre plan était fichu. Il me faisait un peu pitié. Finalement, on a parlé. Il est gentil, Eva. Très sensible. Et il t'adore, tu sais ?
— Oui, malheureusement. »
Elle a raison. J'ai un mari pour lequel certaines femmes seraient prêtes à tout. Pourquoi je ne m'en contente pas, moi ?

« Malheureusement ! dis donc. J'aimerais que Steef parle de moi comme Peter le fait de toi, dit Rebecca, l'air pincé.

— Ce n'est pas toujours très drôle d'avoir un mari aussi dépendant, tu sais. Si je le quittais, il en mourrait. »

Sem se met à pleurer en jetant furieusement ses cubes dans le jardin. Rebecca bondit de sa chaise et se précipite vers lui.

« Quand tu auras un enfant, ce ne sera pas une, mais deux personnes qui seront dépendantes de toi. Je ne sais pas si tu t'en rends compte, dit-elle en prenant dans ses bras son fils qui trépigne de colère.

— Oui, mais au moins je vivrai. Je saurai pourquoi je fais tout cela. » Sem se laisse amadouer par un morceau de gâteau et un petit carton de jus de fruits. Il retourne à ses cubes. Nous l'observons en silence.

« Un enfant ne t'aidera pas à consolider ton couple, Eva. Si tu le fais dans ce but, désolée de te décevoir ; c'est plutôt une source de désaccord. »

Elle pousse un soupir, je lui demande ce qu'elle veut dire.

« Moi aussi, j'ai cru qu'un enfant allait tout changer. Que notre amour s'en trouverait renforcé. Que nous serions unis à jamais. Mais, en réalité, ce n'est pas ce qui s'est passé. Chacun de nous aime Sem avant tout. En fait, c'est très douloureux, si on y réfléchit. Tu crois avoir trouvé le grand amour, l'âme sœur, tu l'aimes tant que tu souhaites un enfant de lui et puis, quand l'enfant et là, ton grand amour se voit remplacé par un amour encore plus grand. C'est pourquoi Steef ne voulait pas d'enfant.

— Je croyais que c'était parce qu'il trouvait le monde trop pourri…

— Ça aussi. Mais il voulait surtout garder notre amour intact.

— Il peut donc te partager avec d'autres hommes, mais pas avec un enfant ?

— Avec les autres hommes, il ne partage que mon corps. Pas mon amour. Tu sais, Steef n'est pas comme tout le monde. Il tient beaucoup à sa liberté, à son style de vie anticonformiste. Mais pour lui, un enfant mérite ce qu'il y a de meilleur, la sécurité, l'harmonie. En cela, il est très conservateur. C'est à cause de tout ce à quoi il a été confronté dans son travail. Et comme il considère que nous ne pouvons pas l'offrir à notre enfant…

— Et comment tu fais alors ? Dans la pratique ?

— On se débrouille. Sem est encore petit, il ne sait encore rien de notre style de vie. Mais en grandissant… Je ne trouve pas que nous ayons à avoir honte de quoi que ce soit, mais Steef se montre très rigide dans ce domaine. Il tient à ce que Sem n'en sache jamais rien. »

Elle garde un moment les yeux dans le vide, plongée dans ses pensées que, finalement, elle chasse de la main.

« C'est tellement complexe…, dit-elle, presque en murmurant.

— Tu peux le dire ! »

Rebecca nous sert un autre café et allume une cigarette.

« Que faire ? Si je suis enceinte ? Il va me haïr. » Je lui raconte comment il est venu m'apporter la pilule du lendemain.

« Oui, c'est dur. Il ne m'a rien dit. »

Elle se lève et sort dans le jardin. Tout à coup, je suis prise de remords, des remords écrasants. Notre plan va se retourner contre nous. Il faut arrêter. Il ne me reste plus qu'une chose à faire. Cette pensée m'arrive comme un coup dans l'estomac. Je ne sais pas si j'en serai capable, si j'en aurai la force.

Je la rejoins, pose la main sur sa frêle épaule. « Rebecca, dis-je à voix basse, Rebecca, nous pouvons encore faire marche arrière…

— Arrête, Eva, nous sommes presque arrivées au but. »

Elle inspire profondément. « C'est ta seule chance. Vraiment. Ils finiront bien par s'habituer. Ils n'auront pas le choix.

— Ça peut aussi être la fin de ton couple. Si Steef se rend compte qu'il est tombé dans le piège.

— Il ne le saura jamais. À moins que tu ne le lui dises. Allons, Eva, tu vois toujours tout en noir. Ça va s'arranger, je te le promets. »

Un long silence s'installe. Je presse les doigts

contre mes tempes, je ressens une douleur qui se précise. Rebecca se tourne vers moi et me regarde d'un air compatissant. Pour la première fois, je me demande pourquoi je lui fais confiance. Sur quelle base ? Si elle trompe son grand amour sans aucun scrupule, pourquoi pas moi ? Elle pose la main sur mes épaules et se met à me masser avec vigueur. « Relaxe-toi, Eva.

— Pourquoi fais-tu ça pour moi ?

— Parce que tu es mon amie, et que tu le mérites. Et pour Sem. »

Du pouce, elle appuie sur mon crâne en dessinant de petits cercles.

« Je ne veux pas que Sem grandisse seul, comme moi. Il a le droit d'avoir un petit frère ou une petite sœur.

— Pourquoi n'avez-vous pas d'autre enfant ?

— Steef m'a fait jurer de ne jamais retomber enceinte. Pas même par accident.

— Et tu ne crois pas qu'il s'adapterait une fois encore, si ça arrivait ?

— Il a insisté pour que je me fasse stériliser. »

Je me retourne en me dégageant et la regarde droit dans les yeux.

« Et tu l'as fait ? »

Elle hoche la tête en souriant, comme pour l'excuser.

« Mais pourquoi il ne se fait pas stériliser, lui, s'il ne veut plus d'enfant ?

— Pas question. Avec Steef, c'est "touche pas à mon zob !", comme il dit. Non, pas lui.

— Je suis désolée, mais ce ne serait pas un peu hypocrite de sa part ? » Le ton est plus tranchant que je ne le voudrais, mais je la découvre beaucoup plus soumise que je ne l'aurais cru.

Elle est choquée par la violence de ma réaction. Elle tourne les yeux vers Sem, qui, les mains en l'air, lui tend un morceau de son gâteau. Elle s'agenouille et serre son fils dans ses bras protecteurs.

« Je ne veux pas perdre mon petit bonhomme », murmure-t-elle.

Les jours s'écoulent, identiques, comme la météo qui semble immuable. Je suis ravie d'avoir repris mon travail, ravie que la compagnie des enfants m'aide à oublier mon corps. Dès que je n'ai rien à faire, je ressens toutes sortes de sensations. Mes seins me semblent plus gonflés que d'habitude et l'odeur du café me donne presque la nausée. Je n'ose plus courir, ni faire du vélo, et en voiture j'évite les chemins cahoteux. C'est idiot, je le sais. Les chances que je sois enceinte sont minimes. Si je le suis, cela relève du miracle. Quelqu'un là-haut m'accorderait une deuxième chance. C'est ce que je me plais à croire.

Certains jours, je n'ai pas envie de me lever. Je reste allongée sur le dos comme paralysée, la paume des mains moite. Je ressens une grande nervosité au creux du ventre et mon cœur s'emballe. Ces jours-là, j'ai peur d'affronter la journée, Peter, Steef, tout le monde. Moi-même surtout. Je saisis sur la table de nuit la photo de Lieve que nous avons prise juste avant son enterrement. Elle porte une petite brassière tricotée par ma mère et repose comme une petite statue de cire sur la couverture que je lui avais confectionnée. La photo porte les traces de mes baisers et de mes larmes. Je caresse son petit visage, je me console à l'idée que le pire est derrière moi et que je peux toujours lui rendre visite. Ces pensées me donnent la force de me lever, de prendre ma douche et de me préparer pour la journée que je vais passer à chanter, à faire de la pâte à modeler, puis en réunion ou avec des parents angoissés qu'il me faudra rassurer.

La présence des enfants ne me pèse jamais. Ils sont turbulents, certes, plus que nous ne l'étions à leur âge, mais qu'ils crient, chahutent, pleurent, chuchotent, rient sous cape ou aux éclats, se barbouillent tout leur saoul, leur vivacité me plaît. J'adore leurs pommettes rouges, leurs yeux rieurs et leurs regards espiègles. Quand on a eu un enfant mort sous les yeux, on ne peut se plaindre de leur vitalité.

Demain, j'aurai trois jours de retard. Nous pourrons enfin faire le test. Heureusement, ce soir je suis seule. Je vais prendre un bain en toute tranquillité et m'occuper de moi. Peter va au foot en salle, j'espère qu'il finira la soirée au café. Ces derniers temps, j'ai du mal à supporter sa présence. Il est très agité et il dort mal, il a un comportement bizarre. Il a transformé le séjour en une sorte de studio où il a installé son ordinateur, sa sono, ses disques et sa guitare, car il trouvait son bureau étouffant. Il passe toutes ses soirées à fouiner dans ses disques.

Après avoir pris mon bain, j'enfile mon pyjama et je m'installe confortablement sur le canapé, la théière à côté de moi. J'introduis un DVD de Robbie Williams, *Live at Knebworth*, dans le lecteur. Rebecca est une fan de Robbie. Pour me convaincre de son talent, elle m'a prêté ce DVD et sa biographie.

Juste au moment où il apparaît à l'écran, tête en bas, attaché à une corde, Rebecca déboule dans le séjour par la porte de derrière. Je me lève d'un bond, un peu gênée à cause de ma tenue : un pyjama et de vieux chaussons de laine usés. Elle se plante devant moi en écartant les bras dans un geste d'impuissance. Je remarque qu'elle tremble de la tête aux pieds.

« Eh bien, dit-elle, ça y est, c'est fait ! »

J'éteins la télévision et lui demande de quoi elle parle. L'espace d'un instant, j'ai peur qu'elle n'ait avoué notre plan à Steef.

Elle me regarde droit dans les yeux, les mâchoires contractées.

« Ils ont les photos de notre site au commissariat et Steef est renvoyé.

— Oh, mon Dieu, dis-je en bredouillant, soulagée.

— Je ne peux pas rester longtemps. Il est comme fou. »

Elle se précipite dans la cuisine, je la suis à

contrecœur. Ce n'est vraiment pas le moment ! Rebecca s'assoit sur l'évier, à côté de la hotte aspirante qu'elle met en marche comme si elle était chez elle, puis elle allume une cigarette.

« Steef vient de faire voler en éclats l'écran de l'ordinateur. Il est furieux contre eux, mais aussi contre moi. C'est pourquoi je me suis sauvée. »

Je demande où est Sem.

« Il dort. Il a un sommeil de plomb. »

Rebecca semble brisée. Ses cheveux pendent de chaque côté de son visage. Penchée en avant, elle secoue la tête.

« Je suis une imbécile aussi. J'aurais dû le lui dire. Mais j'ai pensé que les choses allaient se calmer. » Elle bat des paupières pour chasser ses larmes. « Mais qu'est-ce qui valait le mieux ? Si je lui avais parlé des menaces, si je lui avais dit qu'ils avaient les photos, il serait parti à la recherche de ce gars. Qui sait ce qui se serait passé... Steef est parfois incontrôlable... »

Elle me tend la main. Nos doigts s'enlacent. Les siens sont glacés.

« Ce n'est tout de même pas pour quelques photos qu'il est licencié ? Il n'est pas interdit de poser sur Internet ?

— On lui reproche aussi d'avoir secoué un type un peu trop brusquement. »

Des larmes perlent sous ses cils. Son mascara coule, dessinant des taches noires autour des yeux.

« Oh !

— Et on a retrouvé le corps du gars. Dans un fossé le long de l'A9. »

Un gars ! Le gars à la casquette de base-ball. L'image de Steef, du pistolet à la ceinture de son jean me traverse l'esprit. Je n'entends plus les paroles de Rebecca. Le long de ma colonne vertébrale, je sens un frisson qui me glace. Le père de mon enfant est un assassin. Décidément, je suis tombée bien bas.

Rebecca m'observe à travers ses larmes.

« Ce serait Steef ? » Je sens mon sang se figer dans mes veines tandis que je pose la question. Elle secoue la tête. Ses lèvres tremblent.

« Mon cœur me dit que non. Mais ma tête… Il souffre de ce fameux syndrome. Quelque chose s'est peut-être brisé en lui… Je préfère ne pas y penser. C'est mon mari. Je l'aime. Sans lui, je ne suis rien, je ne peux rien… »

Je lui tends la main, je caresse ses longs cheveux bruns.

« Ce n'est pas vrai, Rebecca, tu le sais très bien. Tu es solide comme un roc… »

PETER

27

Les soirées sont plus fraîches, plus humides. Ce sont les seuls signes qui annoncent l'arrivée de l'automne. Se promener le soir dans sa propre rue ne manque pas d'intérêt. On en apprend davantage sur les gens qu'en plein jour. Bizarrement, je me sens réconforté en constatant que la solitude est le lot de tous. Un homme est seul sur le canapé devant la télévision, sa femme dans la cuisine, les enfants chacun dans leur chambre. Un autre avale machinalement le contenu de son assiette en lisant le journal, sa femme repasse le linge. Un autre encore est assis devant son ordinateur, sa femme regarde la télévision. Nous sommes tous d'une banalité affligeante. Mon chef me reproche d'écrire des banalités. Et alors? Les banalités sont le reflet de la réalité. Que de prises de bec à ce sujet! Juste avant que j'obtienne une promotion!

« Peter, il faut que tu montres plus d'audace dans l'écriture. Ton vocabulaire est limité, tu utilises trop de clichés. »

Va te faire voir, mon vieux ! Écris-les, toi, les comptes rendus de matchs, et cela pendant des semaines, des années d'affilée ! Le foot n'est qu'un cliché. Un but est un but. Un bon tir est un bon tir. L'ambiance du stade euphorique. Ou déprimée. Agressive. Trouve quelque chose, toi, en une heure. Mais bon, voilà que je me retrouve au poste de « Monsieur paperasses ». Ma place est dans un bureau, pas sur le terrain. Je suis l'homme du planning et du budget. J'incarne la banalité, le type au vocabulaire limité et au sperme paresseux.

Je dois rester sur mes gardes. Ne pas me laisser distraire par ce qui se passe dans les autres maisons. Il s'agit de la mienne et de celle de Steef. Je suis sorti. Comme tous les lundis pour le foot en salle. C'est pour Steef et Eva le moment idéal de se rencontrer. Rebecca est peut-être aussi de la partie. Ça ne m'étonnerait pas. Pour ce qui est du sexe, c'est une vraie furie. Je fais les cent pas dans la rue, mon portable à l'oreille pour ne pas me faire trop remarquer. Peut-être que tout le quartier participe à leurs jeux. J'ai déjà entendu ce genre d'histoires au travail. Un quartier où tout le monde baise ensemble, des partouzes.

J'ai vu Steef rentrer. Il était en retard et il conduisait comme un fou. Mais à présent je ne le vois plus. Il commence à pleuvioter. Je ne peux pas rentrer trempé. Je cours à la voiture que j'ai garée au coin de la rue. Je monte et je démarre.

Il ne faut pas que je les perde de vue une seconde.

« Stairway to Heaven » de Led Zeppelin à la radio ! Ce n'est pas un hasard !

> *And as we wind on down the road*
> *Our shadows taller than our soul*
> *There walks a lady we all know*
> *Who shines white light and wants to show*
> *How everything still turns to gold*
> *And if you listen very hard*
> *The tune will come to you at last.*

C'est comme si j'entendais ce texte pour la première fois, alors que j'ai passé cette chanson en boucle des centaines de fois et cela pendant des années.

The tune will come to you at last.

Je m'engage dans notre rue. On dirait que le vent s'est levé.

And as we wind on down the road.

J'ai peur.

J'éteins la radio. Robert Plant continue à chanter.

The tune will come to you at last.

Il me poursuit. J'ai une antenne. Je me trouve dans un niveau de conscience supérieur.

Our shadows taller than our soul.

La vie de l'ombre. Le côté obscur. Inconcevable pour nous. Je m'arrête, haletant. Mon tee-shirt est trempé. Des traces humides sous les bras. Au moins, je sentirai la transpiration en rentrant.

Je m'enfonce dans mon siège, mon regard va de la maison de Steef à la mienne. Il ne se passe rien. Les rideaux sont fermés, la lumière allumée. Ils se sont peut-être vus pendant mon absence. Ou bien ils passent par-derrière. Mais bien sûr qu'ils passent par-derrière. Que je suis bête ! Ils ne vont pas jouer à leurs petits jeux en pleine rue.

Mais voilà que la porte d'entrée de Steef et Rebecca s'ouvre brusquement. Une lumière jaune se répand sur le trottoir. Rebecca sort. Elle a une drôle de démarche, elle trottine, les mains sous les aisselles, tête penchée en avant.

There walks a lady we all know.

Elle lance autour d'elle des regards furtifs. J'entrevois son visage. Elle semble avoir très peur. Je m'enfonce un peu plus dans mon siège. Elle traverse la rue à petits pas, emprunte notre allée. Elle va rejoindre Eva par la porte de derrière.

Et maintenant ? Attendons Steef. Restons calme. Je n'ai rien à faire. Je veux savoir, c'est tout. J'allume la radio. Un disc-jockey énervant. Voix tartignolle. Et dire que ces types-là sont payés des sommes faramineuses pour débiter des niaiseries à longueur de journée !

« *Le texte est incompréhensible, mais cette chanson va grimper au sommet du hit-parade. Quelqu'un peut me dire de quoi il s'agit ? Luc, tu le sais toi, tu sais TOUT !*

— *Alors, Peter...* »

Peter ?

« *D'après moi, même Robert Plant n'en sait rien ! Celui qui a écrit ça était complètement high. Mais des bruits courent sur Stairway. Il s'agirait d'une ode à Satan. Le texte cacherait un message démoniaque. Essayez de le passer à l'envers...*

— *Oui, oui, toi là-bas, tu crois à ce genre d'âneries ?*

— *Non, normalement pas. Mais là, c'est vraiment trèèès bizarre.*

— *Écoute.* »

> Oh, here's to my sweet Satan
> The one whose little path
> Would make me sad
> Whose power is Satan
> He'll give those with him
> 666, there was a little toolshed
> Where he made us suffer, sad Satan

La face obscure. Le côté noir.

The Dark Side of the Moon. Mon album.

J'ai envie de vomir. Ça suffit ! Je veux retrouver la lumière. Je dois sortir de cette voiture. Ouvrir la porte. La pluie me frappe au visage. Une pluie purifiante. Une pluie qui lave les péchés. J'ouvre la bouche pour goûter sa saveur. Dieu me l'envoie. Il faut qu'il me protège. Moi et Eva. Nous avons assez souffert. Assez, c'est assez !

Enough is Enough

Donna Summer

Une main sur mon épaule. Un peu de réconfort.

Mais ce n'est pas Dieu, c'est Satan.

« Qu'est-ce que tu fabriques ? » Il me dévisage. Il faut absolument que je me montre plus malin que lui. Alors je lève la tête et le regarde droit dans les yeux. Je tiens bon, plus longtemps que lui.

« Je rentre du foot en salle.

— Et c'est pour ça que tu restes planté sous la pluie à côté de ta voiture avec la musique à fond ?

— C'est la pluie. J'avais envie de sentir la pluie. »

Je lui adresse un sourire forcé, puis je monte dans la voiture pour éteindre la radio et attraper mon sac de sport.

« Tu as vu Rebecca ?

— Non, où l'aurais-je vue ? »

Steef lance des regards en tous sens. Il souffle, les narines dilatées. Quelque chose ne va pas.

« Entrons. On est en train de se tremper. »

Je réplique que j'ai envie d'être avec Eva. Je suis fatigué. Demain je me lève tôt. Qui sait ce qu'il a l'intention de faire !

« Je crois que Rebecca est chez vous. Je t'accompagne. Attends, je prends le baby-phone. Entre une seconde. »

Je secoue la tête. Je ne veux plus jamais mettre les pieds dans cette maison. Le temple de Satan.

Je lèche les gouttes de pluie sur mes lèvres. Eau du ciel, purifie-moi.

Prendre le baby-phone ! Ça veut dire qu'il a l'intention de rester. Je ne veux pas attendre. Je ne veux pas qu'il vienne avec moi. Je ne veux pas trouver Rebecca chez nous.

À la maison, l'atmosphère est tendue. Eva et Rebecca sont dans la cuisine. Elles parlent à voix basse, les yeux fixés sur le plancher. L'affolement se lit sur leur visage quand elles nous voient entrer. Rebecca éclate en sanglots, Steef s'excuse. Eva s'approche de moi et m'entraîne hors de la cuisine. Son regard est bizarre. Elle chuchote. Je comprends à peine ce qu'elle me dit car j'essaie de lire dans ses yeux.

« Steef est renvoyé…

— Et alors ? En quoi ça nous concerne ?

— Il est soupçonné d'avoir tué un jeune homme. »

Eva croise les bras sur son ventre. Elle s'assoit sur le canapé et garde les yeux braqués sur l'écran noir de la télévision. Pourquoi évite-t-elle mon regard ?

Parce qu'elle m'a trompé. Elle n'ose pas me regarder. Ses yeux la trahiraient. Et maintenant, ces sornettes. Steef aurait tué quelqu'un. Ils veulent me faire peur. M'intimider.

« Je crois que c'est ce garçon, tu te souviens, celui qui s'en était pris à leur voiture… »

Que des mensonges! Ils n'ont pas honte? C'est à vomir.

« Oui, Eva, bien sûr. Et maintenant, il faudrait que j'aie peur?

— Ne dis pas n'importe quoi, Peter. Et arrête de t'agiter comme ça. Tu me rends nerveuse.

— Moi, ce sont ces deux-là dans ma cuisine qui me rendent nerveux. Qu'ils aillent résoudre leurs problèmes chez eux. »

Si je fais ce que j'ai à faire, ils partiront d'eux-mêmes. Je m'installe devant mon ordinateur et je l'allume. Le ronflement familier.

« Ce soir-là, j'ai vu qu'il avait un pistolet sur lui. »

Elle chuchote et me regarde d'un air épouvanté.

« Qu'est-ce que je dois faire? me demande-t-elle? Prévenir la police?

— La police, c'est Steef! »

Je ris. La bonne blague! *La police vous veut du bien. Le képi va à tout le monde.* Ha, ha, c'est sa queue qui va à tout le monde, oui!

Steef et Rebecca entrent. Et ils se tiennent par la main! Les rangs se resserrent.

« Désolés de vous avoir ennuyés avec nos histoires. »

Eva hausse les épaules et affiche comme par

magie un sourire béat. Mais Steef ne me fait pas peur. Plus peur.

« Alors, Steef, il paraît que tu te balades avec un pistolet à la main...

— Qu'est-ce que tu veux dire par là ? »

Ses yeux. Il les plisse et plonge son regard satanique dans le mien.

« Eva vient de me dire que tu avais poursuivi le garçon avec un pistolet. Ce qui veut dire que j'accueille un criminel sous mon toit. »

Eva me décoche un coup de coude dans le dos. Un silence de plomb s'installe. Rebecca s'agrippe au bras de Steef. J'ai brisé le cercle.

Circle of Love

Steve Miller Band

« Le gars en question n'a pas été tué d'un coup de pistolet, mon vieux, il a été étranglé. Et d'ailleurs, ce n'est pas sûr que ce soit celui qui m'a menacé. Ils ont seulement trouvé des photos de moi et de Rebecca sur son PC et ils ont reçu un coup de fil d'une voisine, qui a préféré rester anonyme, disant que j'avais poursuivi "un garçon" avec une arme. Elle a cru le reconnaître. »

Je reste assis, le regard braqué sur l'écran. Qu'ils partent ! Qu'ils disparaissent avec leurs histoires rances ! Eva se redresse lentement, comme si elle se sentait mal.

« Ce n'est pas moi ! Tu ne penses tout de même pas que c'est moi qui les ai appelés ?

— Je ne pense rien, dit Steef. Vous vous imaginez toutes sortes de choses. Que j'ai tué ce gars. Vous m'avez vu avec un pistolet apparemment.

— C'est vrai, Steef, dit Eva d'une voix étouffée. Je ne l'ai pas imaginé. Mais je n'ai jamais appelé la police.

— OK, je portais une arme, pour me protéger et pour flanquer la frousse au môme. D'ailleurs, de quoi on parle ? Ce gosse, c'est de la vermine. On ne va pas laisser briser notre amitié par cette vermine ? »

J'éclate de rire. Je ne peux plus m'arrêter. Je suis pris de tremblements aux commissures des lèvres, de contractions dans l'abdomen, on dirait le rire de quelqu'un d'autre, un rire satanique.

« Tu es stone ou quoi ? » me demande Steef. Il reste planté au milieu de la pièce, comme une statue, son esclave à ses côtés, à attendre que nous donnions le signal indiquant que tout va bien, mais nous ne bougeons pas. Non je ne suis pas stone. Je suis complètement lucide. Je ne me suis jamais senti aussi en forme, aussi dynamique. En dépit de mes nuits d'insomnie.

« C'est comique. Toi, tu traites quelqu'un de vermine ! »

Je reçois un coup de coude. Eva me lance un regard furieux.

« Il vaut mieux qu'on s'en aille, je crois », dit Steef sèchement.

Il s'avance vers moi. Non seulement je le vois, mais je le sens. Son champ magnétique entre en collision avec le mien. Il saisit le dos de mon fauteuil et le fait tourner de façon à ce que je sois face à lui. Son visage tendu se penche vers le mien. Je sens son haleine chargée d'alcool.

« Qu'est-ce qui t'arrive, Peter ? » me demande-t-il, essayant de lire dans mes yeux en y plongeant son regard dur, glacial, le regard du diable. Je dois résister à ses tentatives de séduction, ses serments d'amitié, ses promesses de complicité. Il faut que je me montre fort, que je soutienne son regard, que je reste aussi stoïque, aussi sûr de moi que lui. La lutte des géants. De mes deux mains moites, je lui tapote amicalement les joues.

« Rien, Steef.

— Tu m'as traité de vermine.

— Oh, ce n'est pas ce que je voulais dire...

— Tu me crois, n'est-ce pas ? C'est très important pour moi, que tu me croies. Ils veulent me virer au commissariat, uniquement parce que je ne suis pas comme eux. Tu le sais, hein ?

— Oui, mon vieux, bien sûr. Ce n'est pas toi. Ils vont s'en apercevoir, ne t'en fais pas. »

Il renifle. Son visage est toujours horriblement proche du mien.

« Les temps ont changé. Aujourd'hui, ils sont toujours contents de mettre la main sur un coupable. Si tu ne l'es pas, ils font ce qu'il faut pour que tu le sois.

— Pourquoi tu n'es pas en prison s'ils te soupçonnent de meurtre ? »

Il pousse un soupir. « Ils n'ont pas de preuves. Je n'ai pas été licencié pour le meurtre du môme, mais pour les photos qu'ils ont trouvées chez lui. Ils prétendent que je suis une proie facile pour les maîtres chanteurs.

— Ces photos doivent être drôlement compromettantes.

— Pas le genre de photos qu'on regarde en famille, disons.

— Vous êtes dégoûtants. »

Je le dis en souriant.

Il me rend mon sourire et me tape amicalement sur l'épaule.

« Surtout sur les photos », réplique-t-il en tirant la langue de façon lubrique.

Ils partent. Enfin la paix ! Eva va se coucher. Elle m'en veut. Je peux enfin laisser libre cours à mes pensées. Ils m'ont raconté n'importe quoi, évidemment. Je dois écouter entre les lignes. Steef m'a bien fait comprendre qu'avec lui, on ne plaisante pas. Il est capable de tuer. Rebecca et Eva ont peur de lui. Elles sont sous son emprise. Mais pas moi. Je ne suis pas dupe. Maintenant, il ne me reste plus qu'à savoir ce qu'il est en train de concocter et à me protéger. Je ne peux le faire qu'en adoptant ses méthodes.

C'est la seule langue qu'il comprenne. Il va me falloir une arme. Je me prépare un triple expresso et m'installe devant l'ordinateur. Je mets Pink Floyd. « The Dark Side of the Moon. » L'introduction. Les battements du cœur. Un réveil. La voix, au loin. Puis, l'hélicoptère. Que dit-il ?

Je le repasse. Plus fort. Je ne comprends pas. Encore une fois.

> *I've been mad for fucking years*
> *(…)*
> *I've always been mad*
> *I know I've been mad*
> *Like the most of us*

Je presse les doigts sur mes tempes. Ne penser qu'à une seule chose à la fois. Steef est armé. Steef est fou. Je dois nous protéger. Il me faut une arme. Le plus vite possible. Je vais sur Google et je tape « pistolet », je surfe sur les résultats de mes recherches jusqu'à ce que je tombe sur « Recherche d'urgence ». Quelqu'un cherche un pistolet sans papiers, sans démarches. Comme moi. Un certain Don D. a répondu. Pas de numéro de portable, mais une adresse hotmail.

> Âme égarée cherche pistolet elle aussi, le plus vite possible. Appeler ou envoyer un mail.

J'ajoute mon numéro de portable et mon adresse e-mail, puis j'appuie sur *envoyer*.

C'est bête, évidemment. Je parierais que ce Don D. est de la police.

Mais bien sûr que Don D. est de la police.

EVA

28

Pendant que je me brosse tranquillement les dents, je m'observe dans le miroir. Je m'efforce de ne pas trembler, de respirer calmement, de ne pas douter. Surtout ne pas perdre de vue mon objectif. Rien ne se passe comme je l'avais prévu, mais je dois continuer à faire preuve de courage.

Steef est-il un meurtrier ? Suis-je enceinte ? La première question a fait passer celle-ci au second plan. Demain, je saurai si j'attends un enfant. Pour ce qui est de la première, je n'attendrai pas la réponse. Je l'ai vu. Je l'ai vu armé d'un pistolet. Il a poursuivi le garçon. Il souffre de crises de stress. Il a déjà tué. Qu'est-ce qui m'a pris ? Comment ai-je pu être assez aveugle pour ne pas voir qui il était réellement ? Je prends une gorgée d'eau, me rince la bouche et crache dans le lavabo. Mes yeux reviennent au miroir, je passe une lingette sur mon visage marbré. Je secoue la tête. Stop ! Il a dit qu'il ne l'avait pas fait. Ce garçon est issu d'une famille asociale, c'est un criminel, un dealer et un maître chanteur. N'importe qui d'autre a pu l'assassiner. Steef n'est pas fou, il a trop à perdre.

La musique de Pink Floyd retentit dans le séjour. Peter repasse le même morceau en boucle. Je ne peux me résoudre à lui parler, je l'évite et refuse de m'avouer qu'il devient chaque jour plus bizarre. J'espérais que les choses s'arrangeraient d'elles-mêmes. Mais ce n'est pas le cas. Je m'éloigne de lui et je laisse faire. Je lis la douleur dans son regard implorant et je détourne la tête. J'en ai assez de m'occuper de lui, mais je ne me sens plus coupable à présent. L'abîme entre nous n'a cessé de se creuser.

Devant la glace, je retire mon pantalon de jogging. Mon but : un enfant. Suis-je enceinte ? Mes seins me disent que oui. Ils sont brûlants et douloureusement gonflés. Combien de fois ai-je examiné mon corps comme en ce moment ? Je ne m'en souviens plus. Je ne me souviens que de la première fois, juste après avoir arrêté de prendre la pilule. Au fond de moi, j'étais curieuse de savoir si mon corps serait capable de faire un enfant. Je me demandais ce que je ressentirais en sachant qu'un être vivant grandissait en moi, un petit être humain fait entièrement de ma chair et de mon sang, qui ferait des culbutes et me donnerait des coups de pied, ferait gonfler mon corps et tressaillir mon ventre. L'amour inconditionnel, les larmes, l'enfant que l'on reconnaît dès sa naissance, son petit corps gluant sur ses seins, un bébé qui, à l'odeur et au goût, sait qui est sa mère, qui pour l'éternité est lié à elle par des milliers de liens invisibles. Je voulais à tout prix vivre cette expérience.

Je faisais mes débuts comme institutrice et j'étais aux anges. Un espace grouillant de bambins, si petits, charmants, adorables. Lorsque l'un d'entre eux passait ses bras potelés autour de mon cou, j'étais jalouse de sa mère pour qui ce geste allait de soi. Je voulais un enfant. Un enfant à moi. Peter ne demandait pas mieux. Ce fut un argument de taille en sa faveur.

J'ai déjà eu les seins gonflés. Lorsque j'étais enceinte de Lieve. C'est pourquoi je suis presque certaine de l'être de nouveau. Je pose mes mains sur mon pubis et, de mes pouces, je presse doucement juste au-dessus du bassin. Mon utérus n'est pas encore dilaté. Demain, Rebecca viendra à l'école et nous ferons le test ensemble. Et après ?

Je n'ose pas y penser.

Mais je suis prête à tout.

Je garderai l'enfant.

Cet enfant-là vivra.

La nuit est agitée. Je ne parviens pas à trouver le sommeil. Peter ne vient pas me rejoindre, heureusement. Ces temps-ci, il s'endort au rez-de-chaussée, devant son ordinateur, ce qui me laisse suffisamment de place dans ma tête et autour de moi pour réfléchir et me préparer à mon départ. Je n'aurai pas de mal à renoncer à cette maison. La maison de la douleur. La vie dont nous rêvions et qui aurait dû commencer ici, je la laisse sans regrets derrière moi. Cela ne me fait pas peur. Ce qui m'inquiète, c'est l'inconnu. Je supporte mal la solitude. C'est le moins qu'on puisse dire. Je m'en suis toujours farouchement préservée.

29

Je suis la première à entrer dans la salle des professeurs. Je prépare le café, je pose les biscuits sur un plateau, le sucre et le lait en poudre sur la table, puis j'allume l'ordinateur. J'enregistre les noms des absents. Mes collègues arrivent les uns après les autres. Puis, une tasse de café à la main, chacun de nous se dirige vers sa classe. J'ai la nausée. La nervosité, peut-être.

J'ouvre les fenêtres. Sur le tableau figure le dessin que j'ai fait hier pour Tim qui fête ses cinq ans aujourd'hui. Je l'avais déjà oublié. Il faut vite que j'écrive sa carte d'anniversaire. Sa mère, un peu nerveuse, entre en portant un plateau rempli de bonbons en forme de porte-clés. Nous nous félicitons mutuellement et parlons de Tim, qui est surexcité, il aimerait montrer son vélo neuf à toute la classe. Bien sûr, cela va de soi.

J'affiche un sourire. Je crains qu'elle ne remarque combien je suis tendue.

Le père de Tim arrive, le vélo à la main. Un

homme de grande taille, rougeaud. Je pousse les tables sur le côté et installe les chaises en demi-cercle. Le père cherche le meilleur endroit pour filmer son fils. Le mari et sa femme m'agacent, deux névrosés qui se comportent comme si l'anniversaire de leur rejeton était l'événement de l'année. Mais si c'était le mien, j'en ferais autant.

Les enfants arrivent les uns après les autres, suivis de leurs mères, toujours inquiètes. Ai-je remarqué moi aussi que Sterre se fait chahuter par Fientje ? Mees avait des poux hier. Diewe est en train de couver une grippe, mais il n'a pas encore de fièvre. Mirsada a rendez-vous chez le pédiatre cet après-midi. Jip vient de perdre sa grand-mère. « Bon, les enfants, il est temps que les mamans s'en aillent à présent. Nous allons passer une bonne journée ! » Vingt paires d'yeux encore ensommeillés se tournent vers moi.

Nous chantons pour Tim des chansons d'anniversaire. Toute la classe éclate de rire quand son père, perché sur une chaise, trébuche tandis qu'il est en train de filmer. Tim nous montre fièrement son vélo, puis il distribue les bonbons. Je tape dans mes mains, elles sont moites. Tim part faire le tour des autres classes, j'envoie les enfants jouer dans la cour.

Dehors, Rebecca m'attend déjà. Sem, dans sa poussette, grignote un biscuit. Dès qu'il me voit, il m'adresse un sourire radieux, découvrant ses dents recouvertes d'une bouillie marron. Rebecca me demande si je tiens le coup.

« J'ai du mal », dis-je en chuchotant. Ce sont les seuls mots que je parviens à prononcer. En silence, nous observons les enfants qui s'ébattent autour de nous, jusqu'à ce que ma collègue arrive. Je lui demande de surveiller mes élèves pour que je puisse faire visiter l'école à mon amie et à son fils. Elle accepte volontiers. Rebecca, Sem et moi entrons dans l'école. Nous nous dirigeons tout droit vers les toilettes des professeurs. Nous fermons la porte à clef.

D'une main tremblante, je tire la petite boîte de mon sac. Dans le miroir, je remarque que Rebecca a l'air exténué. Nous parlons peu. Je sors le test Predictor, Rebecca déplie le mode d'emploi.

« Inutile, j'ai déjà fait le test une centaine de fois. Il suffit de s'asseoir sur les WC, de faire pipi sur la mèche absorbante, et dans quelques minutes j'en saurai davantage. »

Nous échangeons un regard, elle m'adresse un sourire d'encouragement. « Bon, allons-y ! » dit-elle avant de m'embrasser. Mes yeux se mouillent. Je préférerais peut-être ne pas connaître le résultat tout de suite.

Rebecca lève la main en croisant les doigts. Je dégrafe mon pantalon et m'installe sur la cuvette des WC. Je place le stick entre mes jambes. Je libère le jet et regarde entre mes cuisses pour vérifier qu'il coule bien sur la mèche. Après avoir refermé le capuchon, les yeux clos, j'attends quelques secondes. Je ne sais pas ce que j'espère. Si je n'étais pas enceinte, je pourrais reprendre tranquillement le cours de ma vie. Retourner à ma tristesse devenue familière.

   Le stick est posé sur le lavabo. Je relève mon pantalon et tire la chasse. Tout semble se faire au ralenti. Le bruit de l'eau qui coule. Rebecca qui se recoiffe. La fermeture éclair que je remonte. Nos doigts qui se rencontrent. Sem qui se barbouille de biscuit ramolli. Le tic-tac des aiguilles de ma montre. Jusqu'à ce qu'une minute se soit enfin écoulée et que je m'empare du stick. Nous examinons ensemble le cadran. Un point !

   « Félicitations, ma grande », chuchote Rebecca d'une voix étouffée. Je manque d'air, je m'efforce de ne pas éclater en sanglots car je sais que je ne pourrais plus m'arrêter. Rebecca me serre dans ses bras, je suis comme pétrifiée. Je ressens à la fois une joie et une peur indicibles. Sem commence à protester et tente d'ouvrir les attaches qui le retiennent dans sa poussette. Je me penche vers lui et soulève son petit corps chaud et potelé. Son visage se crispe, il fait la moue, puis se met à hurler en réclamant sa mère.

   Rebecca le prend dans ses bras et le console machinalement. Elle cherche mon regard et, comme je détourne les yeux, elle passe son doigt sur ma joue. « Ne t'en fais pas, Eva, tout va s'arranger. Attendons sept semaines et puis nous annoncerons la nouvelle à nos maris. »

Elle sort une sucette de sa poche et la fourre dans la bouche de Sem.

« Je ne peux pas attendre plus longtemps. Tout est différent à présent.

— Qu'est-ce que tu veux dire ? » me demande-t-elle d'un ton inquiet. Sem me dévisage de ses grands yeux étonnés. Je caresse ses boucles blond filasse.

« Nous devrions partir, Rebecca. Ensemble. En France, en Espagne, ou plus loin encore. Élever Sem et accueillir cet enfant en toute quiétude. »

Elle me regarde comme si je venais de lui proposer un suicide collectif.

« Je ne vais pas quitter Steef comme ça, tu es folle !

— Je sais qu'il a tué ce garçon. Je l'ai vu avec un pistolet. Tu as dit toi-même que par moments il perdait tout contrôle sur lui-même. Reconnais que s'il apprend que je suis enceinte, il sera fou de rage. »

Elle secoue la tête et tourne le verrou de la porte des WC.

« Je ne peux pas quitter Steef. Je n'ai aucune intention de le quitter. Tu te rends compte de ce que tu dis ! Ce serait un enlèvement. D'ailleurs, il nous retrouvera. Jusque dans l'Antarctique s'il le faut.

— Moi, je pars. » Je le dis et je le pense. Ce n'est pas une lubie. Je dois partir.

« Mon Dieu, Eva, réfléchis bien. » Elle pose la main sur mon ventre. « Ton enfant a aussi besoin d'un père. Et d'un frère... Tu ne peux tout de même pas l'en priver ? Je sais ce que c'est que de grandir avec une mère qui fuit son mari. On va s'en sortir, crois-moi, toutes les deux. »

J'ai assez réfléchi. J'ai assez hésité. J'ai été malheureuse assez longtemps. Je n'en peux plus. Ma maison, mon couple m'écrasent. Et maintenant, j'ai enfin une raison de partir. De faire mes propres choix. Cet enfant vivra. Une vraie vie. Sans freins, libre, au soleil, choyé.

« Tu ne crois tout de même pas ce que tu dis ? Steef va me haïr. Il exigera que je me fasse avorter. Si je reste, tout cela finira par un drame, je le sens. Je veux partir. Il le faut. »

Je passe le reste de la journée dans un état de béatitude. Quand j'arrive à la maison, j'ai encore deux bonnes heures avant le retour de Peter. Je vais chercher un grand sac de voyage au grenier et y fourre pêle-mêle vêtements, slips et soutiens-gorge, quelques livres, mon passeport et mon permis de conduire, des CD, les relevés de mon compte épargne et ma carte de crédit. Quoi d'autre ? Le cadre avec la photo de Lieve. La mèche de cheveux. La petite brassière tricotée par maman. Je ne peux pas la laisser. Mes vitamines. Une boîte de camomille. L'album de photos dans lequel est consignée ma jeunesse et que ma mère m'a remis le jour de mon mariage.

Je jette le sac dans le coffre. Ne pas oublier les papiers de la voiture. Dans le tiroir du bureau de Peter. Je fouille dans ses affaires et je pleure, pas d'amour ou de tristesse, mais de pitié. Je sais que ce que je m'apprête à faire correspond à son pire cauchemar. Je sais que je suis tout pour lui, que je détruis sa vie et qu'il ne s'en remettra sans doute jamais. Mon bonheur est son enfer. Et pourtant, il le faut.

Je griffonne sur une feuille blanche :

> Je regrette, mais je ne peux pas faire autrement. Je sais que c'est la façon la plus lâche de te quitter, mais je n'ai pas la force d'affronter ta douleur. J'espère qu'un jour tu me pardonneras et que tu trouveras le bonheur avec une autre qui, elle, saura te donner l'amour que tu mérites.
> Bise, Eva.

Je pars. Je tire la porte derrière moi et tourne la clé. Je la laisse sur le paillasson. À présent, je ne peux plus faire marche arrière. Tremblante, je m'assois dans la voiture. Je démarre, je pars comme j'ai si souvent rêvé de le faire. Et tandis que je quitte cette rue morne et froide, ma tristesse se dissipe. En partant, je ne fais pas preuve de lâcheté. Si j'étais lâche, je resterais au contraire. Je sacrifierais ma vie à son bonheur. La lâcheté, c'est de toujours chercher le compromis. La lâcheté, c'est ce quartier, c'est notre couple sans amour. Ce quartier est un monstre ! Un monstre qui nivelle et déprime. Je lui tourne le dos. J'en ai le courage. J'ignore où je vais et ce qui m'attend, je sais seulement que je vais avoir un enfant. Cet enfant-là ne me quittera plus; pour le reste, je n'ai besoin de rien, si ce n'est d'un toit, d'un job et de soleil à volonté.

PETER

30

Au moment où j'introduis la clé dans la serrure de la porte d'entrée, je sais qu'elle est partie. Ses clés sont sur le paillasson. Je me frotte les yeux, ils me brûient. Dans la cuisine, je m'asperge la figure d'eau froide et me précipite à l'étage en criant son nom. Ce n'est pas vrai, elle ne peut pas être partie alors que j'ai fait tous les préparatifs pour que nous puissions refaire notre vie, ailleurs.

Je parcours la maison à la hâte. Elle est peut-être tout simplement allée faire des courses. Ou bien elle a une réunion à l'école. Elle est peut-être chez Rebecca. Je tire mon portable de ma poche. Pas d'appel, pas de message. Ses clés étaient sur le paillasson. Elle n'est pas en train de faire les courses, ni en réunion. Elle est partie.

Je compose son numéro tout en ouvrant ses tiroirs. Ses slips, ses soutiens-gorge et ses socquettes ne sont plus là.

Vous êtes bien sur la boîte vocale d'Eva Nijhoff. Je

ne suis pas en mesure de vous répondre pour le moment, mais laissez-moi un message après le bip sonore, je vous rappellerai dès que possible.

Pas en mesure de répondre, message stupide ! Comment ça, pas en mesure de répondre ? Je vois ça d'ici : Eva en train de vomir dans une chambre d'hôtel, je ne sais où. Ou en train de baiser. Pas en mesure de répondre ! C'est écœurant. Je raccroche car je ne sais pas quoi dire. J'appelle encore une fois. J'entre dans la salle de bains. Plus de produits de maquillage. Sa lotion pour le corps, sa brosse à dents, disparues.

Sa boîte vocale encore une fois. Eva ? Rappelle-moi. Je t'en prie.

Elle est partie. Elle est vraiment partie. Je redescends en jurant. Les yeux me brûlent, comme s'ils allaient sortir de leurs orbites. Merde, Eva, tu ne peux pas me faire ça. Ta place est près de moi. Je n'ai pas mérité ça.

J'aperçois un mot sur le clavier de mon ordinateur. Un petit mot. Dix-sept ans de vie commune et voilà : un petit mot ! Pas beaucoup plus long qu'une liste de courses. D'abord, je le jette. Je sais ce qui y est écrit. Je ne veux pas le lire. Je ne veux pas savoir. Je veux rester dans l'ignorance. Je préfère le doute, l'espoir que je me trompe. Elle n'est pas partie. Pas pour toujours. Elle va revenir et, quand elle sera là, nous nous installerons à la table de la cuisine et nous parlerons. Je lui verserai un verre de vin blanc et je lui dirai combien elle compte pour moi. Je lui dirai que je ne peux pas vivre sans elle. Que je l'aime et qu'il doit exister un moyen de sortir de cette situation. Dix-sept ans, ça compte ! Toutes les épreuves que nous avons traversées ensemble. La mort de mes parents, le divorce des siens, nous avons subi des pertes successives et nous ne nous sommes pas laissé abattre. J'ai fait des concessions. Tout ce qu'elle a voulu. J'ai suivi une thérapie avec elle. J'ai aménagé cette maison pour elle. J'ai accepté qu'elle couche avec Steef ! J'ai été un bon époux. Trop bon. Beaucoup trop bon ! J'ai tout accepté. Tout fait selon son bon vouloir. Tout a toujours été dicté par son bon vouloir et maintenant Madame est partie selon son bon vouloir. Partie, sans même m'accorder une dernière chance, sans me regarder dans les yeux en me disant qu'elle ne m'aimait plus. Sans aucun respect. Je lance un coup de pied dans la corbeille à papier. Je jette le téléphone contre le mur. Je m'empare du mot et le lis.

Dix fois, vingt fois, je le relis. C'est vrai. Aucun doute. Elle est partie. Fait accompli ! Je presse mes doigts engourdis par le froid sur mes yeux gonflés, de la paume de la main je me masse consciencieusement les tempes afin de remettre de l'ordre dans mes pensées. Si je parvenais à dormir un peu, je me sentirais mieux, mais dès que je ferme les yeux je suis pris d'une telle angoisse que je ne parviens presque plus à respirer. J'ai besoin d'un café et d'une douche froide.

Dans la cuisine, plutôt qu'un café, je me sers

une vodka avec des glaçons. Il faut que je me calme. Je fais tourner le verre entre mes mains, le presse contre ma poitrine. L'alcool ne parvient pas à chasser la vérité, elle bourdonne autour de ma tête comme une vilaine mouche. Eva ne partirait pas comme ça. Elle ne déciderait pas sur un coup de tête qu'elle ne m'aime plus. Eva a toujours eu besoin de moi. Elle n'est pas le genre de femme qui décide de but en blanc de vivre seule. Si elle part, c'est qu'elle est sûre de son affaire. Un autre prend ma place auprès d'elle. Un autre l'attend. C'est un complot ! Partie intégrante de leur plan. Quel qu'il soit. Je bois une autre gorgée de vodka, elle me brûle les gencives. Les larmes me montent aux yeux. Encore une gorgée, puis une autre, mon verre est vide. Je m'en verse un deuxième et l'avale cul sec. Ça va mieux. La panique se dissipe. Je sais ce qu'il me reste à faire. La retrouver, impérativement, où qu'elle soit. La retrouver et la ramener à la maison. Près de moi, sa place est auprès de moi. Nous allons partir d'ici, mais nous partirons tous les deux. Nous devons rester ensemble. Je me souviens à peine de ma vie sans elle. Ma vie a commencé au moment où je l'ai vue. Je vais le lui dire. Nous allons recommencer. Depuis le début. Je me lève, la cuisine tangue, bascule. Je me retiens, d'une main je cherche appui contre le mur froid. Ce serait bien de dormir. C'est ce que je vais faire, dès qu'Eva sera de retour. Tout contre elle, ma main posée sur son ventre.

Le pistolet, dans la poche intérieure de mon manteau, pèse lourd contre ma cuisse. Un « flingue croate », a dit le camé qui me l'a vendu pour trois cents euros.

« *For protection* », ai-je bredouillé. Il m'a lancé un sourire narquois tout en se dépêchant de fourrer les billets dans la poche de son pantalon. Je me sens néanmoins plus en sécurité devant la porte de l'ennemi. Je sonne, on s'agite, la porte s'ouvre en grand, Rebecca se tient devant moi, vêtue aujourd'hui d'un ensemble de jogging d'un blanc éclatant. Un trait brun, un ventre ferme apparaît entre le pantalon et la veste. Elle me demande pourquoi je ne suis pas passé par-derrière. Si j'ai froid. S'il s'est passé quelque chose. Je réponds qu'elle connaît peut-être la réponse. Je la suis jusqu'au séjour. Steef est allongé sur le canapé. Je reconnais l'odeur de la marijuana. Le petit Sem est installé dans sa chaise dans la cuisine, le visage barbouillé d'une sauce rouge. Il enfourne les spaghettis dans sa bouche en les prenant à pleines mains.

« Il tient absolument à tout faire lui-même, dit Rebecca en lâchant un petit rire. Enfin, c'est plutôt une qualité, tu ne crois pas ?

— Où est Eva ? » Je reste debout. Je suis pressé. Plus vite je l'aurai retrouvée, mieux ce sera.

« Je n'en sais rien... Pas ici, en tout cas. »

Rebecca semble nerveuse. Elle sait où est Eva. Je pourrais pointer mon flingue sur sa tempe.

« Pourquoi ? » demande Steef en se levant péniblement. Je me retourne et l'observe. Pour la première fois, je me rends compte qu'il a vieilli. Il a le teint terne, des cernes sombres sous les yeux.

« Eva est partie. Elle ne m'a laissé qu'un petit mot. Elle m'a quitté. Comme ça. » Je m'adresse à Rebecca. Ma voix se brise. « Et tu ne vas pas me dire que tu n'étais pas au courant. Tu le savais, et tu sais aussi où elle se trouve ! »

Je ne sais pas d'où me vient cette voix. Je remarque que Rebecca prend peur et que Steef bombe le torse. Mais je m'en moque. Je n'accepte plus qu'ils se payent ma tête.

« Je n'en sais rien, Peter. Vraiment, je te le jure. C'est aussi inattendu pour moi que pour toi. »

Steef pose sa main sur mon épaule. Il me pousse sur une chaise.

« Restons calme. Rebecca, si Eva t'a confié quoi que ce soit, tu dois le dire à Peter. Je vais coucher Sem. Sers donc une bière à ce garçon. »

Il prend son fils dans ses bras et le soulève de sa chaise, en dépit de ses protestations. Rebecca part chercher de la bière. Je sens des élancements dans la tête. Comme si on me serrait la gorge.

« Tiens. » Rebecca me met une bouteille de bière fraîche dans la main.

« Inutile de te mettre en colère. Tu me rends nerveuse. »

Je saisis son poignet, il est si fin que je pourrais facilement le briser. J'enfonce mes doigts entre les tendons et je serre. Elle prononce mon nom dans un gémissement et me demande de la lâcher. Je serre plus fort.

« Vous êtes toujours en train de manigancer quelque chose toutes les deux. Tu sais pertinemment ce qu'elle fait. Alors, tu vas te dépêcher de me le dire. Où elle est, pourquoi elle est partie ? »

Je la lâche. Elle se frotte le poignet et se mord la lèvre. Elle continue à éviter mon regard. « Je n'en sais rien, je t'assure, bredouille-t-elle. Mais si tu ne sais pas pourquoi elle est partie, tu es vraiment bête. Tu pourrais au moins reconnaître que ça fait des années que rien ne va plus entre vous… »

Des années, ça fait des années que rien ne va plus. C'est quelqu'un qui connaît ma femme depuis six mois à peine qui me l'apprend.

« Ce n'est pas vrai que ça n'allait pas. Nous avions des problèmes, oui, mais nous étions en train de les résoudre. »

Je tape du poing sur la table. L'assiette de spaghettis tombe avec fracas. Rebecca sursaute. « Merde ! J'ai tout fait pour elle ! Tout ! Mais non, elle voulait la seule chose que je ne pouvais pas lui donner. Quand on s'aime, on peut surmonter les épreuves ! C'est ce qu'elle disait. Nous allions adopter un enfant ! D'ailleurs, elle a toujours été contre le divorce. Ses parents ont divorcé, elle en a beaucoup souffert. Alors pourquoi ? Pourquoi est-elle partie ? »

Rebecca est appuyée, tête penchée, contre l'évier. Elle tire des petites bouffées de sa cigarette. Quand Steef entre, elle lève les yeux et lui lance un regard implorant.

« Il est devenu fou ! » murmure-t-elle entre ses dents. Steef s'empare de sa bière et me dévisage.

« Normal, dit-il, quand ta femme se barre comme ça... Et si tu appelais Eva pour lui demander ce qui lui prend ?

— Je l'ai appelée. Elle ne répond pas. »

EVA

31

J'en ai souvent rêvé. Prendre ma voiture et partir. En direction du sud. Sans but précis, sans adieux. Je n'aurais jamais cru qu'un jour je le ferais. Mais à présent je suis capable de tout. Je n'ai plus rien à perdre. Sauf elle. Personne ne me l'enlèvera. Je ne sais pas pourquoi, mais je suis certaine que c'est une fille. Peut-être parce que j'en ai déjà eu une. Une petite fille morte. Mais une seconde chance m'est octroyée. Il vaudrait sans doute mieux que ce soit un garçon, que le bébé ne me rappelle pas Lieve, mais au fond de mon cœur, j'espère une deuxième Lieve. Une deuxième chance. Seule, cette fois. Je l'aurai pour moi toute seule.

Le calme dont je fais preuve me surprend. Pendant des années, je me suis toujours inquiétée pour un rien. J'étais stressée, nerveuse, anxieuse. Je vivais toujours dans la crainte de blesser Peter, de décevoir ma famille, de me retrouver seule. Et maintenant que tout cela est fait, maintenant que ma vie est un chaos, que je fuis tout et tout le monde, maintenant que je suis véritablement seule, j'en ressens un immense soulagement.

À hauteur d'Utrecht, le flot des voitures avance péniblement en direction de Bois-le-Duc. La nuit commence à tomber, j'ai faim et je me sens épuisée. Il va falloir que je trouve un endroit pour passer la nuit. Je déplie la carte sur mes genoux et je décide de prendre la direction de Maastricht, par Eindhoven. Avec un peu de chance, je passerai la nuit quelque part juste après la frontière belge ; si le trafic reste aussi dense, je chercherai un hôtel dans les environs d'Eindhoven. Je pourrais rouler de nuit, mais je ne suis pas seule. Je suis enceinte, j'ai besoin de repos et je dois me nourrir correctement. Je replie la carte, avale une gorgée d'eau et jette un coup d'œil sur mon portable dont j'ai bloqué la sonnerie. J'ai reçu dix appels. J'en connais l'auteur. L'appareil se remet à vibrer. Ce n'est pas Peter, c'est ma sœur. Ou bien c'est Peter qui m'appelle avec le portable de ma sœur. J'éteins la sonnerie, mais il se remet immédiatement à vibrer. J'envisage un instant d'ouvrir la vitre et de le jeter sur le talus. Me libérer de tout. Mais je ressens une pointe de culpabilité. Je pourrais au moins leur faire savoir que tout va bien. Le cœur battant, je décroche et j'attends.

« Eva ? »

À en croire le son de sa voix, elle est en colère.

« Hé, Sanne…

— Mais où es-tu, au nom du ciel ? Qu'est-ce que c'est encore que cette histoire ! Peter vient de m'appeler, il est complètement bouleversé. Il faut que tu l'appelles, Eva, c'est vraiment n'importe quoi ! »

Sa voix est si dure que j'éloigne l'appareil de mon oreille.

« Sanne, tu pourrais te calmer un peu ? »

Je l'entends pousser un soupir. « OK… Je suis calme. Explique-moi, tu veux.

— Ne t'inquiète pas. Je ne suis pas folle, mais il fallait que je parte. Je veux simplement être seule pendant quelque temps.

— Mon Dieu, Eva… C'est vraiment indispensable cette comédie !

— Ce n'est pas de la comédie, c'est sérieux. Je choisis enfin de vivre ma vie.

— Il y a quelqu'un d'autre ?

— Non, bien sûr que non.

— Peter pense que si.

— Tu peux lui dire de ma part qu'il n'y a personne. Je te le jure !

— Fais-le toi-même ! Te rends-tu compte de ce que tu lui fais subir ? Il pleurait comme un enfant au téléphone. Tu ne peux pas faire une chose pareille.

— Un jour, je t'expliquerai. Mais il n'y a personne, je ne suis pas folle, j'ai simplement besoin de me retrouver un peu.

— Pourquoi tu ne viens pas chez nous ? Nous

pourrions parler. Je m'occuperais de toi. Qui sait, vous arriverez peut-être à sortir de cette impasse, avec un peu de recul... »

Chez eux! Dans le nid douillet de ma sœur, avec son mari parfait et ses trois chérubins. Elle se chargerait volontiers de me dire ce que je dois faire. Comment je dois mener ma vie. Non, merci!

« Laisse-moi tranquille, tu veux. Entre Peter et moi, c'est fini. Ce n'est pas une simple crise, c'est fini. Terminé! Et j'ai besoin de respirer... De prendre le temps de réfléchir. Si je reste, si je m'assois à une table avec lui, si je le vois souffrir... J'en suis incapable en ce moment. »

Encore ce soupir. Comme si mes problèmes étaient surtout gênants pour elle.

« Bon. Je ne peux pas te faire changer d'avis, manifestement. Mais dis-nous au moins où tu es, je t'en prie.

— En ce moment, je me trouve dans les bouchons entre Utrecht et Bois-le-Duc.

— Où vas-tu?

— Je ne sais pas encore. Dans le Sud, en tout cas.

— Je trouve ton comportement très étrange.

— Je te dirai où je suis. À condition que tu me promettes de le garder pour toi. Je suis sérieuse.

— Mais bien sûr, voyons, Eva. »

Il est sept heures et demie lorsque je m'engage sur le périphérique d'Eindhoven. La faim me provoque des maux de tête, je ressens des fourmillements dans les bras. Il faut que je cherche un hôtel. Je me souviens d'un camping où j'avais passé des vacances à Valkenswaard. Je prends la sortie pour rejoindre la N69, en route pour les grands espaces plats. Les derniers rayons du soleil rougeoient à travers les branches des arbres, j'ai le sentiment puéril d'être en vacances. Je n'ai pas peur, je ne suis pas triste, juste un peu euphorique. J'ai envie de chanter. Ça fait des années que je n'ai pas été aussi heureuse, j'ignore si je le dois au miracle qui s'est produit dans mes entrailles desséchées ou au fait que j'ai enfin osé partir.

Dans mon souvenir, Valkenswaard était un endroit pittoresque, avec une grande place bordée de terrasses au cœur du village, une église imposante et de nombreux marchands de glaces. En réalité, des cafés et des snack-bars s'alignent le long d'une rue goudronnée, la place est un immense parking aux effluves de gaz d'échappement et de friture. Au bar De Rooie Sok, je commande un Coca au comptoir, parmi les poivrots du coin. Le barman me recommande l'hôtel De Valk, un grand bâtiment d'un blanc agressif de l'autre côté de la rue. « Propre, bon marché, et à deux pas des lieux de vie nocturne, dit-il avec l'accent traînant du Brabant.

— Je ne viens pas pour la vie nocturne », dis-je

avec un sourire aimable. Il ricane en répondant que, dans ce cas, je ferais mieux de poursuivre ma route. À part cela, il n'y a pas grandchose ici. Une femme permanentée, visage marbré de rouge, me suggère de sa voix rocailleuse l'auberge de jeunesse.

« L'auberge de jeunesse ? Je ne pense pas que ça convienne à madame. »

Les dos voûtés des habitués sont secoués de rires. La femme aux petites boucles s'approche.

« Il y a aussi Van der Valk ou le Club sportif Centrum, un peu plus loin. En semaine, ce n'est pas la place qui manque.

— Mais, Corry, ça fait belle lurette que ça ne s'appelle plus Club sportif Centrum ! » intervient le barman en posant devant moi un petit bol de cacahuètes.

« Oui, enfin, qu'importe. C'est joli, c'est calme et il y a tout ce qu'il faut. Ma fille va tout le temps là-bas quand elle vient avec les enfants. Les petites maisons sont très bien, entièrement meublées, et en semaine les prix sont intéressants. » Corry lève son verre vide et me demande si je reprends quelque chose. Je remercie aimablement.

« Et où je peux le trouver ce Club sportif Centrum ?

— Maintenant, ça s'appelle Center Parcs, c'est près de Kempervennen. En sortant, vous allez prendre à gauche, direction Westerhoven-Eersel, quelques kilomètres plus loin, à Westerhoven, ce sera indiqué. Je crois qu'une fois arrivé au centre, il faut prendre à droite.

— Moi je trouve que c'est cher Van der Valk, ici c'est moins cher », ajoute le barman. Je lui réponds que ça m'est égal. Une petite maison pour moi toute seule me conviendra parfaitement.

La petite allée qui traverse le bois est plongée dans une obscurité que seuls chassent mes phares. Au panneau, je tourne à gauche, soulagée d'apercevoir enfin de la lumière. Je traverse le parking bondé et me dirige vers la réception, qui baigne dans un éclairage cru, pour pénétrer dans le monde accueillant et cosy du domaine De Kempervennen. Je suis la seule à arriver ce soir; la réceptionniste brabançonne, d'humeur enjouée, me demande mon numéro de réservation. Je lui explique que je n'ai pas réservé, je suis de passage, je suis épuisée et j'espère qu'elle a une petite maison pour moi.

« Nous ne louons pas pour la nuit, déclare-t-elle d'un ton décidé, mais nous pouvons vous proposer un "mid-week", rien ne vous empêche de partir quand vous voudrez. Je vais voir ce que je peux faire. »

Elle tourne les talons, se dirige vers sa collègue qui se met immédiatement à pianoter sur le clavier en suivant ses indications. Je croise les doigts. Pourvu que ça marche ! Je suis exténuée, affamée et je m'imagine déjà dans ma petite maison, devant la télévision. Seule, enfin !

La réceptionniste revient, des papiers à la main. « Vous avez de la chance, m'annonce-t-elle. La réservation d'un cottage VIP pour quatre personnes vient d'être annulée. Vous pouvez le louer de lundi à vendredi, dans ce cas, vous bénéficierez de vingt-cinq pour cent de réduction puisque vous n'arrivez que ce soir, vous avez droit néanmoins à tous les services VIP. Petit déjeuner servi au cottage, kit entretien, serviettes de toilette, nécessaire de toilette Nivea et pour vingt euros de plus par jour le service repas cottage. Ce qui signifie que, dès ce soir, un dîner vous sera servi à domicile, et demain matin vous trouverez des petits pains frais et le journal accrochés à la poignée de la porte. Nous pouvons également vous proposer un panier provisions comprenant les produits de base : café, thé, sucre, sel, beurre, confiture et une bouteille de vin rouge ou blanc. Le tout pour trois cents euros moins les vingt-cinq pour cent, ce qui nous fait deux cent vingt-cinq euros. Le panier provisions et le service repas ne sont pas compris. Pour cela il faudra ajouter cinquante euros. »

Toutes ces informations me donnent le tournis. « D'accord. Je prends le tout. »

La réceptionniste affiche un sourire professionnel en dépliant le plan. Elle se penche et, d'un geste nerveux, marque d'une croix l'emplacement de ma petite maison.

« Vous êtes ici, n° 1553, Écureuil. Vous suivez la barrière, vous prenez tout de suite à droite, vous faites environ trois cents mètres puis vous prenez une petite impasse à gauche, c'est le cottage qui se trouve au bout à droite. Je vous avoue que, comme c'est la semaine *business breaks,* le domaine n'est pas très animé, la plupart des maisons sont occupées par des hommes d'affaires qui sont en réunion toute la journée ou qui participent à des séminaires.

— Je vais trouver, dis-je en insérant ma carte de crédit dans l'appareil.

— Vous pouvez vous y rendre en voiture pour décharger les bagages, mais ensuite vous devrez la garer ici au parking. »

La petite maison, sombre et déserte entre les pins, n'a vraiment rien d'un cottage. J'ouvre la porte du bungalow fait de blocs de béton gris et j'allume la lumière. Il y règne une odeur d'imperméables, typique de ces petits bungalows au milieu des bois. Ma petite maison à moi. Finalement, pourquoi partir demain ? Je pourrais très bien passer quelques jours ici, le temps de choisir ma destination.

J'allume le poêle, ouvre tous les placards, fais entrer le garçon qui m'apporte le repas et le panier provisions. Je remplis le frigidaire, puis je fais plusieurs fois le tour de mon intérieur, allant de la chambre à la salle de bains et au minuscule sauna dont je ne pourrai profiter à cause de ma grossesse. Je chasse sans répit les pensées qui me hantent : ce que je fais est insensé, je ne réussirai pas, je ne suis pas faite pour vivre seule, je prive mon enfant de père, je pourrais faire une nouvelle fausse couche. Je dois chasser ces pensées de mon esprit. Ne pas douter. Je ne peux plus faire marche arrière. Je ne peux pas retourner auprès de Peter, ni de Steef. Pas sans renoncer à mon objectif.

J'ai reçu quinze appels. Onze de Peter, trois de Rebecca, un de ma sœur. Je suis assise sur le canapé en similicuir, mon portable à la main, une tasse de thé brûlant devant moi, un repas refroidi auquel je n'ai pas touché sur la table basse. L'odeur rance des petits oignons m'a coupé l'appétit. Je me souviens du jour où, enfant, je m'étais sauvée. Je m'étais fabriqué une cabane sous les rhododendrons dans le jardin et, de ma cachette, j'observais ce qui se passait dans la cuisine. Je restais dans le froid, à bouder, sous une couverture poussiéreuse et je me sentais exclue. Seule, dans mon propre monde. Je regardais ma mère jeter dans la friteuse un paquet de frites congelées, lorsque, soudain, je m'apitoyai sur mon sort. En pleurs, je rejetai la couverture et courus me réfugier à l'intérieur, dans le nid chaud et sécurisant. Ma mère, compréhensive, me serra dans ses bras. Je donnerais beaucoup en ce moment pour pouvoir me jeter en pleurs dans des bras protecteurs.

J'appelle ma sœur comme promis pour lui dire que je suis bien arrivée au domaine De Kempervennen. Elle le connaît. L'an dernier, elle y a passé un long week-end avec toute sa famille. Quand elle recommence son prêche, je lui cloue le bec. Qu'elle me fiche la paix ! Je sais ce que je fais. Qu'elle s'occupe plutôt de Peter ! Si elle continue, je jette ma carte à puce.

Je compose ensuite le numéro de Rebecca. À la première sonnerie, elle décroche.

« Mais où es-tu ? »

Sa voix me réconforte, même si elle semble mécontente.

« Assise sur le canapé devant la cheminée, ne t'inquiète pas, tout va bien.

— Je n'aurais jamais cru que tu le ferais…

— Je n'avais pas le choix.

— Je ne sais pas. Peter est venu en fin d'après-midi, il a complètement perdu les pédales… »

Elle semble haleter.

« Je sais. Je comprends que ce soit difficile pour lui… »

Elle m'interrompt.

« Où es-tu ? Dis-moi où tu es, je te rejoins. »

À sa voix, on croirait qu'elle téléphone enfermée dans un placard. Elle parle avec retenue, semble angoissée. Quand elle dit qu'elle veut me rejoindre, je m'en réjouis. L'espace d'un instant seulement.

« Tu crois que c'est une bonne idée ? Et Steef ?

Je ne veux absolument pas qu'il sache où je me trouve.

— Il n'est pas là. Je viens avec Sem. Je viens... Je viens t'aider.

— Steef sera furieux...

— Je m'en moque. »

Il s'est passé quelque chose. Quelque chose qui l'a rendue furieuse contre lui. Mais si elle vient, il y aura deux hommes à nos trousses.

« Ce matin encore tu disais que tu ne pouvais pas lui enlever Sem...

— Mais je ne pars pas pour de bon. Je veux te parler... Je peux peut-être faire quelque chose pour toi... Je ne veux pas que tu disparaisses de ma vie de cette façon.

— Tu es sûre que tu peux partir sans que ça pose de problème ?

— Oui. Il est... Il est parti pour quelques jours. »

J'ai la chair de poule. Il a dû être arrêté finalement. C'est ce qui expliquerait pourquoi elle a cette voix bizarre.

« Je me trouve à Center Parcs. De Kempervennen. Dans le Brabant. Appelle-moi en route, je t'expliquerai comment venir ici.

— Ce n'est pas la peine, chérie, je trouverai. À tout à l'heure. Bye. »

PETER

32

Je commence par mettre toute la maison sens dessus dessous. Je fouille dans les moindres recoins. Il doit bien y avoir un indice quelque part. Un nom, une adresse, quelque chose.

« Eva, où es-tu ? Eva, où es-tu ? » Je murmure ces mots comme un mantra, tandis que je renverse le tiroir de la cuisine, secoue la corbeille à papier, retourne les poches de ses manteaux, de ses vestes, de ses gilets, de ses blousons en jean, fouille dans ses sacs, dans ses classeurs, dans la commode, inspecte le rayon à moitié vide où elle range ses sous-vêtements et ses socquettes. Je cherche sous le lit, arrache le matelas, sors les photos de leur cadre, je grimpe au grenier, fouine dans les cartons de déménagement que nous n'avons pas encore défaits. Elle a caché quelque part l'indice qui me conduira jusqu'à elle. On ne part pas comme ça. Eva est du genre à tout planifier. Le téléphone à la main, je continue à chercher dans ses affaires. J'appelle Hetty. À sa voix, il me semble que je l'ai réveillée.

Elle me recommande de garder mon calme, de laisser un peu de temps à Eva. Je devrais moins m'occuper d'elle et davantage de moi. Je dois me détacher. Abandonner mes peurs, me détacher d'elle. Je devrais me faire une tasse de thé et me dire que je peux me passer d'elle. Aller dormir un peu. Continuer à vivre. Attendre qu'Eva se soit ressaisie, et après il faudra que nous nous mettions au travail, ensemble. Surtout ne pas paniquer. Tout cela fait partie du processus de deuil d'Eva. Il faut lui laisser le temps.

Oui, Hetty me préviendra dès qu'elle aura de ses nouvelles. Mais elle ne servira pas d'intermédiaire et elle ne me dira pas non plus où elle se trouve. Elle n'est pas un espion. Eva est adulte.

Et une salope. Une conne qui m'a trompé et qui, maintenant, me laisse tomber. Après tout ce que j'ai fait pour elle. En dépit de toutes les promesses que nous nous étions faites. Elle, Steef et Rebecca. Ils m'ont bien eu. Je me suis laissé manipuler comme un môme.

Partir comme ça. Sans me donner la moindre chance, sans m'écouter. J'entends leurs rires. Je vois Eva enfouir sa tête dans son cou à elle, en s'esclaffant. Ils se tapent sur les cuisses tellement ils rient.

Les poubelles, je ne les ai pas encore faites ! Je dévale l'escalier. Je suis si fatigué que je trébuche et me tords la cheville. Mais j'ignore la douleur. Je continue, je traverse la cuisine, je retourne la poubelle et fouille entre les oignons et les épluchures de pommes de terre à la recherche de papiers, de tickets, de cartes, de petites boîtes. Rien.

J'appelle le directeur de l'école. Oui, Eva était bien à l'école aujourd'hui comme d'habitude. Non, il n'a rien remarqué de particulier. Ah si, une amie est passée la voir avec son fils, pour visiter l'école.

Encore une vodka. Cette amie, c'est Rebecca. Ils s'apprêtent à disparaître. Tous les trois. Steef doit fuir avant d'être arrêté. Eva est entrée dans son harem. Rebecca, elle, est toujours partante. Si je les attaque de front, je suis perdu. Je dois ruser. Les devancer. Prévenir la police.

Un certain Remco me demande de passer au commissariat. Je réponds que je n'ai pas le temps. Pendant que nous bavardons, eux, ils prennent le large. Si j'ai des preuves ? Je lui raconte tout. C'est tout juste s'il ne me rit pas au nez. C'est regrettable, mais il ne peut rien faire. Je lui demande s'il connaît Steef. Il me répond qu'il ne peut rien dire concernant ses collègues. Mais il pense que ce serait un peu fort qu'un policier quitte le pays de cette façon.

Je m'effondre sur le canapé. Je veux la voir et lui demander pourquoi elle me quitte de cette façon. Si je signifie encore quelque chose pour elle. « Vivre pour moi », comment faire ? Toute ma vie, je n'ai vécu que pour elle. Elle est mon fil conducteur. Sans elle, je préfère la mort.

La musique surgit de nouveau.

Can't live
If living is without you

Harry Nilson, 1971. Écrit par Pete Ham et Tom Evans. Repris plus tard par Air Supply et Mariah la Bêleuse. C'est ainsi que nous l'avions surnommée Eva et moi. Nous aimions affubler les artistes de sobriquets. Tina Turnoff. Rob le Brailleur.

Plus que nul autre
Mon cœur est empli d'effroi

La mort est une option. Le canon de mon pistolet contre ma tempe. Dormir enfin pour toujours. Ne pas savoir. Me griller la cervelle. Elle me trouvera, la tête éclatée, des morceaux de cerveau contre le mur blanc galet. On la montrera du doigt.

Je lui rends peut-être un immense service ? Pas de divorce douloureux, pas besoin de partager le gâteau, elle n'aura plus jamais à me regarder dans les yeux. Dans sa détresse, ils lui apporteront tous leur soutien. Et quand elle aura trouvé un nouveau mari qui, lui, la rendra heureuse, ils seront contents pour elle.

Qui me pleurera ? Personne.

Par la grande baie vitrée, j'observe les maisons d'en face. Chez Steef et Rebecca tout est sombre. Je vais dans le couloir et je sors le pistolet de ma poche. Je retourne m'asseoir sur le canapé. L'objet pèse lourd dans ma main. Il est chargé. J'ai demandé au camé qui me l'a vendu de le faire pour moi. Le canon est froid contre ma tempe droite. Ma main tremble. Je n'ai même pas la force de me supprimer. Je vais rater ma cible. M'arracher un œil, ou une oreille.

Le téléphone sonne. Dans un sursaut, je lâche le pistolet. C'est Eva. J'en suis certain. Elle pleure. Elle regrette. Elle me demande d'aller la chercher.

La femme a la même voix qu'Eva.

Elle prononce mon nom.

Elle me demande si ça va à peu près.

C'est Sanne.

« Non », dis-je à voix basse. Je lui demande si elle a réussi à avoir Eva.

« Oui, répond-elle d'une voix hésitante.

— Alors? Qu'est-ce qu'elle a dit? Comment elle était?

— Elle n'a pas l'air perturbée, plutôt un peu sèche. Elle dit que c'est fini entre vous. Qu'elle a besoin de prendre du recul.

— Fini? Comment ça fini? C'est elle qui en décide, seule?

— C'est à vous d'en discuter.

— Ça me semble difficile dans cette situation.

— C'est pourquoi je vais faire une chose

qu'elle ne me pardonnera jamais. Mais Edward pense que je dois le faire et j'ai bien réfléchi, c'est ce qui me semble le mieux à moi aussi. Eva se trouve dans le Brabant. Au Center Parcs. De Kempervennen plus précisément. Si tu veux, je t'accompagne. »

Je me lève d'un bond. Pas une minute à perdre.

« Non, je crois qu'il vaut mieux que j'y aille seul…

— Il faut que vous vous parliez. Dis à Eva que je suis désolée, mais que j'ai agi pour votre bien…

— Ne t'inquiète pas. J'y vais, nous allons parler tranquillement. Merci, Sanne. Elle ne t'en voudra pas. Fais-moi confiance.

— Peter, n'aggrave pas les choses. Ne vous disputez pas. Fais ce qu'il faut pour que je n'aie pas à regretter d'avoir trahi ma sœur.

— Je t'adore. Je te serai éternellement reconnaissant. Je te tiens au courant. »

Je traverse la pièce en courant, attrape mon manteau, mes clés sur la table. La fatigue a disparu sur-le-champ. Je vais la chercher. Tout va s'arranger. Je ne suis plus fâché, j'entrevois de nouvelles perspectives. Cette crise peut aussi signifier un nouveau départ. À condition que je reste calme, que je sois franc avec elle, que je lui parle comme le fait Hetty. Avec douceur. Avec compréhension.

En refermant la porte derrière moi, je me

rends compte que le pistolet est resté sur le canapé. Je chasse l'idée de ce qui serait arrivé si Sanne avait appelé cinq minutes plus tard. Il faut que je me débarrasse de ce truc. Ce n'est pas fait pour moi. Qu'est-ce qui m'a pris, au nom du ciel, d'acheter ça ? Il ne faut pas qu'il soit là à notre retour. J'imagine la scène, Eva et moi qui rentrons en riant, amoureux, puis elle découvre l'arme sur le canapé.

Je reviens sur mes pas et glisse le pistolet dans ma poche. Je m'arrêterai quelque part en route et, sans hésiter, je le jetterai très loin.

EVA

33

Quand ai-je été seule pour la dernière fois? Pendant les semaines où Peter s'est rendu au Portugal pour son travail, lors de la finale de football. Mais à ce moment-là je n'étais pas vraiment seule. J'étais enceinte, comme maintenant, et ma mère, ma sœur et ma belle-sœur ne me laissaient pas un moment de répit. Toute la famille était si heureuse pour moi qu'à longueur de journée on m'apportait des repas sains, des jus de fruits riches en vitamines, de pleins sacs de vêtements pour bébé. Je me souviens des paroles de Peter : maintenant que tu es enceinte, les Pays-Bas vont gagner la Coupe d'Europe, et de ce que j'ai ressenti quand ils ont été éliminés. Trois semaines plus tard, je perdais Lieve.

Jamais je n'ai été vraiment seule, comme je le suis en ce moment. J'habitais encore chez mes parents quand j'ai décidé d'aller vivre avec Peter. L'idée était loin d'enthousiasmer mon père. Il me trouvait trop jeune, il aurait préféré que j'attende d'être un peu plus mûre, que je connaisse d'autres hommes. Comment, à dix-sept ans, pouvais-je avoir la certitude que Peter était l'homme de ma vie ? Mais j'en étais certaine. J'ai dit oui sans réserve. « Je te promets fidélité jusqu'à ce que la mort nous sépare. » Une merveilleuse promesse, j'en voulais à mon père de ne pas l'avoir tenue envers ma mère. Je souhaitais fonder une famille et j'avais la chance d'avoir trouvé un homme qui partageait le même désir.

Qu'est-ce qui a changé en moi ? Pourquoi l'amour que je ressentais pour Peter a-t-il fait place à une totale indifférence ? J'ai tenté de raviver les sentiments que j'éprouvais pour lui, j'ai tout fait pour cela, mais ils s'étaient définitivement évanouis. Finalement, je suis restée avec lui uniquement par peur de la solitude, et à présent me voilà dans un bungalow, assise sur un canapé en similicuir, en route vers nulle part ; mais tout vaut mieux que de continuer à vivre avec lui, sans rien à se dire, sans amour, en portant en moi l'enfant d'un autre. Si je n'avais pas été enceinte, je me demande si j'aurais fait le pas. Si j'en aurais eu le courage. Je ne le crois pas. Je fais ce choix pour mon enfant, pas pour moi. Si j'avais fait mes propres choix, je n'en serais pas là, je ne serais jamais allée habiter le polder Soleil, j'aurais quitté Peter depuis longtemps.

La vue du repas refroidi me donne des haut-le-cœur. Ce genre de nausée m'est agréable. C'est la confirmation permanente de ma grossesse, de ma féminité. Je peux tomber enceinte naturellement, j'ai de nouveau confiance en moi. Cela suffit à me rendre heureuse, à me combler. Je vais dans la salle de bains, ouvre les robinets et vide dans la baignoire le petit flacon d'huile de bain du nécessaire de toilette Nivea. J'avale ensuite mon cachet d'acide folique et un grand verre d'eau, puis je me déshabille devant le miroir. Rien n'a encore changé dans ma silhouette, si ce n'est mes seins qui sont un petit peu plus gonflés. Je m'examine de profil, pointe le ventre et caresse le petit morceau de peau au-dessous du nombril. C'est l'endroit où se trouve mon enfant, pas beaucoup plus gros qu'un grain de café. Tout peut encore échouer. Un embryon sur dix est expulsé dans les trois premiers mois. Encore deux mois et demi. Que faire si je fais une fausse couche quelque part en France ou en Espagne, si toute cette aventure s'avère vaine ? Dans ce cas, je ne rentrerai pas. Je tomberai amoureuse, vraiment amoureuse et je referai ma vie, je fonderai un foyer.

Mais il ne se passera rien de grave, pas pour moi, j'ai eu ma part de malheur. Tout ira mieux dorénavant. Je chercherai un père pour cet enfant, c'est bien la moindre des choses. C'est une fille, j'en suis certaine, je suis la maman d'une petite fille.

Tandis que je suis allongée dans mon bain chaud, la tête posée sur une serviette et les yeux fermés, les membres flottant dans l'eau huileuse, l'image de Steef me revient. Son visage au-dessus du mien, la tendresse de son regard quand il a joui, suivie presque immédiatement par de la colère. Son attitude froide et terre à terre le lendemain. Je ne veux pas penser à lui, mais d'une manière ou d'une autre, dès que je commence à me détendre, son souvenir me revient. En fermant les yeux, je revois son baiser, je revois sa bouche, sa lèvre ourlée, sa bouche tendue vers la mienne, nos langues qui se touchent, les vibrations électriques dans mon ventre. C'est un fou furieux. Je dois le chasser de mon esprit et de mon cœur. Oublier comment nous avons fait l'amour. Nous nous sommes servis l'un de l'autre, nous nous sommes rendu un service mutuel, mais tout cela n'avait rien à voir avec l'amour. Au sens biologique du terme, il est le père de mon enfant, mais c'est tout. Jamais il ne sera son vrai père. Il faut que je cesse de me faire des idées sur lui, de le désirer. D'autres hommes peuvent me donner la même chose, rien ne m'empêche de partir à leur recherche. Ce n'est pas Steef qui m'a fait jouir, c'est la situation. Cela ne signifie rien. Steef est le genre d'homme qui peut vous briser. Il suffit de voir Rebecca. Son toutou !

Je m'enfonce dans mon bain, je retiens ma respiration et me laisse glisser sous l'eau, comme si cela pouvait m'aider à faire le vide dans ma tête. J'essaie d'imaginer ce que serait la vie dans une poche d'eau chaude avec pour seuls bruits les battements de mon cœur et le bruissement de mon sang dans mes veines. Ce serait divin. Je me plonge dans l'eau plusieurs fois. Lorsqu'elle commence à se refroidir, j'ouvre le robinet d'eau chaude, j'ai l'impression de passer des heures à barboter ainsi tout en réfléchissant. Mes doigts et mes pieds sont tout ridés. Je devrais sortir, mais je redoute le froid. J'aimerais m'endormir ici, dans cette eau chaude et réconfortante, comme l'enfant que je porte dans mon ventre.

Je plonge encore une fois et, quand j'émerge, il me semble entendre de petits coups. Sans doute les branches contre la baie vitrée. Mais il n'y a pas de vent. Je tends l'oreille. De nouveau des coups. Insistants et de plus en plus nerveux. Puis, brusquement, la sonnette retentit. Pétrifiée, je reste allongée, je couvre mes seins et mon sexe de mes mains, comme si quelqu'un m'espionnait. C'est peut-être le livreur qui vient encore m'apporter un panier quelconque.

Je reste dans mon bain.

« Fichez-moi la paix », dis-je entre me dents.

Celui qui se trouve devant la porte presse son doigt sur la sonnette. On m'appelle.

Une femme.

Rebecca. Bien sûr.

Enveloppée dans une serviette, toute mouillée, je me précipite dans le petit vestibule. Je jette un coup d'œil à travers la vitre et j'aperçois Rebecca, recroquevillée dans un manteau gris, serrant fermement Sem dans ses bras. Elle me fait mollement un petit signe de la main. Je tire le loquet et ouvre la porte. Elle me regarde à peine. Elle est en piteux état.

« Désolée », bredouille-t-elle. Son visage est marbré de rouge, celui de Sem aussi. Ma joie de les revoir s'évanouit sur-le-champ. Rebecca m'apporte des problèmes dont je ne veux rien savoir en ce moment. Elle entre timidement, j'embrasse sa joue froide. Elle renifle. « Je n'avais pas le choix », marmonne-t-elle ; c'est alors que je comprends, trop tard, que je suis tombée dans le piège. Il surgit de l'obscurité, empoigne la porte avant que j'aie eu le temps de la refermer, sa bouche est crispée, un trait dur, je recule. Rebecca se met à pousser de longs sanglots. Elle bredouille qu'elle est vraiment désolée, que Steef l'a forcée à tout lui avouer. J'aurais dû m'en douter.

« Tu n'as pas honte ! » hurle-t-il. Je détourne les yeux, je ne peux soutenir son regard dur et furieux. La peur me retourne l'estomac.

« Steef, s'il te plaît… Nous sommes entre personnes civilisées… Tu permets que je m'habille ? »

Ses doigts empoignent mon bras nu. La serviette glisse. Gênée et grelottante, je me recroqueville.

« Des personnes civilisées ? C'est le comble ! C'est toi qui dis ça ? »

Il me secoue violemment. Je pense : mon bébé, mon bébé. De la main, je me protège le ventre. Rebecca hurle : « Steef, arrête !

— Et toi, ferme-la ! » hurle-t-il. Mon regard passe de lui à elle, puis à leur petit garçon. J'ai commis l'erreur de ma vie. Il faut que je trouve une solution, je ne peux compter que sur moi-même. Mes cellules grises ! J'attrape la serviette qui a glissé par terre et je la tiens devant moi comme un bouclier. Puis je me redresse et me place entre Steef et Rebecca. Pas question de trembler, d'avoir peur, ni de me laisser intimider !

« Écoutez-moi, ce n'est pas ce que nous souhaitons. Nous allons le regretter. Je vais m'habiller. Vous allez tranquillement vous installer dans le séjour, je reviens tout de suite et nous allons parler calmement. Ne faisons pas de scène en présence du petit. »

Steef plisse les yeux et me lance un regard de serpent venimeux. L'espace d'un instant, j'ai peur qu'il me frappe. Ses mâchoires se contractent, ses narines se dilatent. Je m'attends à recevoir une gifle.

« OK. Mais si tu ne reviens pas, je te tue. » Les mots sifflent entre ses dents.

« Je peux coucher Sem dans ton lit ? » me demande Rebecca d'une voix bizarrement aiguë. Je hoche la tête en lui montrant la chambre à coucher. « Vous avez deux minutes », nous lance Steef.

Je m'enferme dans la salle de bains. Je ne dispose que de quelques minutes. J'examine la petite fenêtre au-dessus du lavabo, impossible de passer. Mon portable est resté dans le séjour. Me voilà livrée à un fou.

En sortant de la salle de bains, je pourrais continuer tout droit dans le couloir, ouvrir la porte d'entrée et courir à toute vitesse. La réception doit être à six ou sept minutes d'ici. J'enfile ma culotte et mon tee-shirt, me glisse dans mon jean, j'attrape la poubelle en acier inoxydable et la pose devant le lavabo. Je tiens à peine sur mes jambes. Dehors, un grand trou noir. Pas la moindre lueur, nulle part.

On frappe.

« Eva, tu viens ? chuchote Rebecca.

— Une seconde. » Je suis prise d'une envie de vomir qui m'étouffe. Je dois regagner le séjour, je n'ai pas le choix. Je me passe un peu de crème sur le visage, du gloss sur les lèvres, un coup de brosse dans les cheveux, je retiens mes larmes, je renifle. Quoi qu'il arrive, on ne m'enlèvera pas mon bébé.

Rebecca, assise au bord du canapé, se tord les mains. Steef se tient debout devant la grande baie vitrée et se roule une cigarette. Il s'est servi un verre de vin. Le silence est de plomb. Je demande à Rebecca si elle désire manger ou boire quelque chose. Elle secoue la tête. Je me verse un verre d'eau et je vais m'asseoir à côté d'elle.

« Peter est venu chez nous…, dit-elle les yeux fixés sur la table. Il était complètement paniqué et croyait que je savais où tu étais. Que je savais pourquoi tu étais partie. Il s'est même montré agressif… Bref. Peter est reparti et après… et bien, après Steef m'a obligée à tout lui raconter. »

Steef arpente la pièce.

« Tu m'as volé mon sperme. Volé, tout simplement. Avec, en plus, l'assentiment de ma femme. Ce que vous avez fait est criminel. »

Il tire sur sa cigarette comme si sa vie en dépendait.

« Je ne veux pas de cet enfant. C'est mon droit. Un enfant doit avoir un père. Si quelqu'un est bien placé pour le savoir, c'est moi. Mais vous, sales bonnes femmes, vous m'avez couillonné, l'air de rien. Pour qui vous vous prenez ? Quel culot ! Tu te prends pour Dieu ou quoi, à croire que tu peux disposer de moi comme ça ?

— Finalement, je prendrais bien un verre de vin », bredouille Rebecca à voix basse.

Je me racle la gorge. « D'accord… »

Je ne sais que dire d'autre. Je suis abasourdie. J'ai la tête vide. La seule chose que je veux, c'est partir d'ici. Loin de ces fous. Je me lève et attrape la bouteille sur le petit bar. Je l'ouvre et remplis un verre. Mes mouvements sont gauches. Je cherche mes mots, les paroles qui calmeraient Steef, qui le convaincraient.

« Tu n'as pas besoin d'être le père de cet enfant…, dis-je en bredouillant.

— Ah bon, et c'est toi qui en décides ? Tu décides pour moi et pour ton fils ou ta fille qu'il n'a pas besoin d'un père. Tu sais de quoi tu parles ? Ce n'est pas une quelconque poupée Babyborn qui pousse dans ton ventre. C'est un être humain. Et ce petit être est à moitié à moi. Un jour, il demandera : "Pourquoi je n'ai pas de père ?" Et toi tu répondras : "Eh bien, chéri, tu n'as pas de père parce que je suis une sale égocentrique et que j'ai décidé que tu pouvais t'en passer." » Il respire profondément. Son visage est cramoisi. Il risque d'exploser d'un moment à l'autre.

« Et de ta part, Rebecca, je ne comprends pas. Ta mère est comme ça, elle aussi. Une tarée qui t'a mise au monde pour son bon plaisir. Tu sais ce que ça veut dire. Et pourtant, tu me fais un coup pareil, et pour la deuxième fois en plus. »

Il se plante devant elle, jambes écartées. Elle se décale d'une place.

« Mon père ne m'a pas vraiment manqué, murmure-t-elle, à peine audible.

— Si tu es vraiment décidé à ne plus avoir d'enfant, Steef, pourquoi ne te fais-tu pas stériliser ?

— Ah bon, parce que c'est ça le problème ? » Il se retourne et s'approche de moi. « Et maintenant c'est toi qui vas décider que je dois me faire couper la queue ? Le problème pour le moment, c'est que vous m'avez bien eu. Et qu'en ce moment mon enfant pousse dans ton ventre. »

Je me recule tout en le regardant droit dans les yeux. Pas question de montrer que j'ai peur.

« Je ne veux pas. Je ne veux rien avoir à faire avec toi.

— Tu n'es pas obligé. D'ailleurs, moi non plus. »

Ses yeux se plissent jusqu'à ne plus former que deux petites fentes. Il semble retenir son souffle. Je prends une position de défense. Je tiens dans la main le verre de vin de Rebecca. S'il pose un doigt sur moi, je le lui flanque à la figure.

« Arrêtez, je vous en supplie, murmure Rebecca par-derrière, en sanglotant.

— Tu m'as trompé, Eva. J'avais confiance en toi et tu t'es servie de moi comme d'un étalon. Tu ne mérites pas d'être la mère de mon enfant. »

Je contourne le bar et tends son verre à Rebecca. Je m'assois à côté d'elle. Je lui passe la main dans le dos. Je ne peux pas compter sur elle. Mieux vaut changer de tactique.

« Écoute, Steef, inutile de se fâcher. Nous ne nous faisons que du mal. Si tu veux que je te présente mes excuses, les voilà. Je suis désolée que les choses se soient passées comme ça. Essayons de trouver une solution qui nous convienne à tous.

— Je ne vois qu'une seule solution. C'est que tu te fasses avorter. »

Rebecca saisit ma main, la porte à sa bouche et y pose un baiser humide. J'essaie de la regarder dans les yeux. J'ai envie de la frapper.

« Qu'est-ce qui t'est arrivé, Rebecca, au nom du ciel ? Je veux dire, désolée, mais tout ça, c'était ton idée !

— Il ne fallait pas partir... », marmonne-t-elle.

Je rétorque entre mes dents : « Il ne fallait pas me rejoindre. »

Pendant le silence qui suit, je sens de seconde en seconde la colère monter en moi. Le souffle nerveux de Steef, les pleurnicheries de Rebecca, tout cela m'exaspère. Sur la petite table à côté de moi se trouve un téléphone. Je pourrais décrocher. La réception, c'est le neuf. Faire le neuf et appeler au secours.

« Tu ne peux pas m'obliger à avorter, Steef...

— Oh si, je le peux. Tu m'as volé mon sperme. J'exige que tu me le rendes.

— Ça promet un procès intéressant ! Mais tu ne gagneras pas. Tu crois peut-être qu'un policier corrompu, soupçonné de meurtre qui plus est, sera pris au sérieux ?

— Si tu accouches de cet enfant, je ferai de ta vie un enfer.

— Tu n'en feras rien. Sinon, j'appelle tes collègues et je leur raconte ce que j'ai vu la fameuse nuit. Comment tu as poursuivi ce garçon avec un pistolet. »

Il éclate de rire.

« Je n'ai pas descendu ce môme. Ils ont arrêté le coupable cet après-midi. Je ne suis plus suspect.

— C'est toi qui le dis. En tout cas, je ne pense pas qu'en tant que policier tu sois autorisé à utiliser ton arme en dehors de tes heures de service. »

Rebecca se lève. « Je peux aller voir Sem ? » demande-t-elle à Steef.

Il hoche la tête. Tout à coup, je comprends. Je comprends comment Rebecca s'y est prise pour garder son enfant, comment elle fait pour l'amadouer, pour le mener par le bout du nez. En ployant. En pleurant. En suppliant. En le cajolant. Je n'ai plus qu'à baisser les armes. En le prenant de front, je n'arriverai à rien. Il veut que je me mette à genoux. Je me mettrai à genoux. Je rentre la tête dans les épaules et je laisse venir les larmes. Il m'est facile de donner libre cours à ma tristesse.

« S'il te plaît Steef, ne me demande pas ça…

— C'est la meilleure solution.

— Je ne peux pas… J'ai déjà perdu un bébé… Tu ne sais pas ce que c'est…

— Tu me colles un gosse sur les bras. Il aura un père qui ne veut pas de lui. Et en plus, tu quittes Peter… Quelle vie aura ce môme ? Tout cela uniquement pour ton petit bonheur personnel ? C'est de l'égoïsme, Eva. Un enfant qui est le fruit d'une trahison ne peut tout de même pas être heureux ? »

Déjà, sa voix se fait plus douce. Il s'approche de moi et s'assoit sur la chaise qui me fait face.

« C'est aussi un petit frère ou une petite sœur pour Sem… C'est ton enfant, Steef, pourquoi veux-tu le supprimer ?

— Question de principe. »

Il hésite. Je l'entends à sa voix. Je me laisse glisser du canapé, à genoux, je m'avance vers lui. Il murmure : « Eva, s'il te plaît… »

Je pose mes mains sur ses mollets, ma tête sur ses genoux. J'implore. Qu'importe. J'ai si souvent imploré le sort pour avoir un enfant. Pardonne-moi. Pardonne à notre enfant. Laisse-moi être une bonne mère, je t'en prie. Je ne veux pas de dispute, je ne veux pas de haine. Il pose sa main sur ma tête, comme un père. Mon cœur bat fort dans ma poitrine. Le silence n'en finit pas.

« Je ne supporte pas qu'une femme pleure », dit-il d'une voix étouffée. Je trempe son pantalon de mes larmes. J'en ai en abondance. Ces larmes que je redoutais tant. Je ne vais plus pouvoir m'arrêter.

« Si tu étais restée avec Peter, ce serait différent, marmonne-t-il. Tu es la seule qui puisse le rendre heureux, il le mérite. Si tu l'avais vu, Eva. Il est vraiment désespéré. »

Je passe mes bras autour de sa taille, appuie ma tête contre son ventre.

« Si c'est ce que tu veux, je rentre avec toi », dis-je en bredouillant, puis je respire une dernière fois son odeur de cuir et de cigarette.

Quelque part au loin, j'entends Rebecca qui appelle. Je reste allongée. Encore un instant. Retenir ce moment.

« C'est ce qu'il y a de mieux à faire, Eva. Que tu rentres avec nous. »

Je hoche la tête.

« Tu veux bien qu'il devienne le père de ton enfant ? » Il pose sa main sur ma tête. Puis soudain, la porte du séjour s'ouvre. Je lève les yeux. Un cri. Une lumière aveuglante dans le vestibule. Un courant d'air froid dans le dos. La main de Steef qui, d'un geste protecteur, me plaque contre son ventre. Un déclic, je lève les yeux et je découvre le canon braqué sur la tempe de Steef.

PETER

34

Je veux que cesse ce bruit dans ma tête. Pendant tout le trajet, le son lancinant, strident des guitares et les hurlements de Axl Rose, Bono, Bowie, Robert Plant résonnent en moi. Qu'ils partent. J'aspire au silence. Impossible de réfléchir dans ces conditions. Je dois garder mon sang-froid, c'est très important. Ne pas me montrer trop désespéré, trop excité. Sonner doucement. Sourire modestement. Je veux juste parler avec toi. Je peux entrer, s'il te plaît?

Et ensuite, nous parlerons, enfin. Comme des adultes. Rappelle-toi ce qu'a dit Sanne. Ne pas lui faire de reproches. Exprimer ce que je ressens. Écouter. Me montrer compréhensif. Lui laisser le temps. Elle a dit qu'il n'y avait personne d'autre. Alors crois-la. Accorde-lui le bénéfice du doute. Et surtout, pas d'alcool.

Je ne parviens pas à me concentrer. La voix de Bowie s'interpose. La petite voix de Ziggy Stardust.

Ziggy played guitar

J'aurais pu jouer de la guitare. Mais je manquais d'audace, j'étais trop mou. Si j'avais joué de la guitare, toutes les femmes se seraient jetées à mes pieds.

Le joint ne m'est d'aucun secours. Au contraire, les musiques se multiplient. On teste mes connaissances sans répit. Je dois connaître le disque, l'année de parution. Je connais la réponse, je suis bon dans ce domaine, alors pourquoi suis-je rédacteur en chef de la page sportive ? Parce que c'est un emploi bien rémunéré et qu'à mon âge on se doit d'avoir un emploi bien rémunéré pour subvenir aux besoins de sa famille et payer l'hypothèque, c'est tout.

People say a love like ours will surely pass,
But I know a love like ours will last and last

The Babys, album *Head First*, 1978

Si Eva revient, tout va changer. Nous quitterons le polder Soleil. Je démissionnerai. Nous partirons peut-être à l'étranger. Nous monterons notre propre affaire. Je vais le lui proposer. À quoi tu aspires, Eva ? Pas à vivre le restant de tes jours dans une maison clonée, tout de même, entourée d'enfants qui ne sont pas les tiens ? Notre rêve n'était-il pas de partir, d'ouvrir quelque part un bar sur une plage ? Nous sommes libres de le réaliser. Pourvu que nous soyons ensemble. Nous le pouvons. On ne change pas une équipe qui gagne. Prends Abba, Guns N'Roses. Pink Floyd, les Beatles. En ce qui nous concerne, tous les espoirs sont permis. Ta sœur est d'accord avec moi. Il nous suffit de trouver une nouvelle raison de vivre.

J'entre dans le parking.

> *How you gonna see me now,*
> *Please don't see me ugly babe*

Alice Cooper, album *From The Inside*, 1978

J'aperçois ta voiture entre les Audi et les Peugeot. Pendant que je me gare, je reconnais dans le rétroviseur la Ford de Steef. Mon cœur cesse de battre. Steef ne faisait pas partie du scénario. Je l'avais déjà éliminé.

Alors, j'avais raison! Je ne suis ni paranoïaque ni fou. C'était bien vrai, il est avec toi, c'est pour lui que tu m'as quitté. Je sors en claquant la porte, tourne en rond dans le parking. Il est dur d'affronter la vérité. Que faire?

Je ne veux pas repartir seul. Je te veux.

La colère monte en moi à la vitesse d'un feu de tourbière. Je me mets à courir. Où tu es, qu'est-ce que tu fais? L'obscurité est si dense tout à coup. Une nuit d'encre. C'est comme si les arbres se couchaient sur moi. Je ne serai pas le perdant. Si j'abandonne, si je bats en retraite, je te perds à jamais. Je dois te prouver combien je t'aime. Si tu me rejettes, dis-moi au moins la vérité. Tu me dois au moins cela. Je suis ton mari.

Je passe sous la barrière et m'engage dans la première allée venue. Je cherche de la lumière. Là où brille de la lumière, j'ai une chance de te trouver. Presque toutes les maisons sont plongées dans l'obscurité. Je cherche. Je scrute à travers les arbustes, j'épie ce qui se passe derrière les portes vitrées. Un chien aboie. Je me sauve. J'aperçois un couple en pleine action sur un canapé. Ce n'est pas toi. Ça aurait pu l'être. Séparée de moi depuis une journée seulement et déjà en train de baiser avec un autre. Rien de nouveau pour toi. C'est ce que tu fais avec lui depuis des mois. Voilà pourquoi avec moi tu ne voulais jamais. Il se peut aussi que tu te trouves dans une de ces maisons obscures. Que tu sois couchée avec Steef. Ses bras autour de ta taille, tes mains autour de la sienne. Enfin ensemble ! C'est le genre d'homme qui t'a toujours plu, mais que tu croyais inaccessible. Tu l'attendais. Moi, je faisais fonction d'antichambre. Un homme grand, fort, fécond, qui est en train de te pénétrer et vous vous regardez, en riant. Vous vous voyez déjà sous une petite tente, sur une plage.

Je parcours les allées en courant, sans savoir où je vais. Je me dirige vers un grand bâtiment, une sorte d'ovni en verre, qui grouille d'hommes en costumes. Ils fêtent quelque chose. Toi aussi tu as quelque chose à fêter. La libération. C'est le jour de ta Libération. Je pénètre dans une clairière, des bungalows s'alignent le long d'un grand étang. La lune se reflète dans l'eau. *Je suis la femme de Peter Nijhoff. Mais pas pour l'instant. En ce moment, je suis en train de baiser avec le voisin.*

Dire que c'est vrai! Que tu me fais une chose pareille! Toutes les années que j'ai passées à ne vivre que pour toi. C'est la réalité, je ne vis que pour toi, tu ne penses tout de même pas que pour moi une autre vie soit possible? Non. Si tu m'abandonnes, lentement je retomberai en poussière. Tu le sais. À vrai dire, tu m'achèves. Je te mettrai le nez dessus. Je te rendrai responsable de ma mort. Car c'est la réalité. Il n'y a pas de vie sans toi. Comment ferai-je sans toi, tout seul?

Heureusement, je n'ai pas jeté mon pistolet. En passant sur le pont du Waal près de Zaltbommel, je me suis dit que ce serait l'endroit idéal pour m'en débarrasser. J'ai raté la sortie. J'ai pensé que ça pouvait attendre. J'avais hâte de te rejoindre.

Si je te trouve, je rentre. Je me plante devant toi et je me fais éclater la cervelle. Mon sang giclera dans tes yeux. Il empoisonnera votre amour pour toujours. Je m'y vois déjà. Ton regard, rempli d'épouvante. J'entends tes cris. Sans crainte, je lève mon pistolet. Je ferme les yeux. Les guitares couvrent vos jérémiades. Tu comprends qu'il te faudra te justifier le restant de tes jours. Ils diront : ce n'est pas ta faute, il a choisi de mettre fin à ses jours. Mais tu sauras que c'est faux. Tu sauras que tu m'as poussé au pire. En vérité, c'est toi qui m'auras tué. Jamais, plus jamais tu ne connaîtras le bonheur.

Je n'entends que ma propre respiration saccadée... Un canard qui glisse sur l'eau me fait sursauter. À gauche, en bordure de l'étang, de la lumière brille dans l'un des bungalows. Ta lumière. Je le sens. Je m'accroupis. Mes pieds s'enfoncent dans le sable tandis que, tout doucement, je m'approche de toi à pas de loup. Quand je t'aperçois, le visage dans les mains, le corps secoué de sanglots, j'ai l'impression que mon cœur est en chute libre. C'est bien vrai. Tu es là. Avec Steef. Assise en face de lui, comme un caniche qui tremble. Ses lèvres ne forment qu'un trait. Il a un air impitoyable. Tu tombes à genoux et tu t'avances vers lui. C'est dégoûtant. Je ne peux pas supporter ce spectacle.

Dans ma tête, les guitares font entendre une véritable cacophonie.

J'ignore comment j'arrive jusqu'à la porte. Elle est ouverte. À moi de jouer à présent.

Je referme ma main sur la crosse froide et tire le pistolet de ma poche. Un cri retentit dans la chambre. Sans importance. Je me précipite dans le séjour et je le vois, sûr de lui, installé sur le canapé comme un gourou. Il se tourne vers moi. L'expression de son regard, ses yeux exorbités, cette image vaut de l'or.

Je lève la sécurité. Je vise. Pas sur moi, il ne le mérite pas, il ne la mérite pas, d'une manière ou d'une autre, je les entraînerai dans ma chute, elle ne m'appartient plus mais elle ne lui appartient pas non plus, sa tronche trop bronzée me dégoûte. Je vise la grosse artère qui bat et sillonne sa tempe. Son sang va couler. Sa cervelle éclaboussera à la ronde. Eva en sera couverte. J'ouvre la bouche, je ne reconnais pas le son que j'émets. J'ignore d'où il vient, mais il attise le feu qui couve en moi, me rend encore plus furieux. Maintenant, il va falloir m'écouter. Maintenant, il va falloir tenir compte de moi.

« Retire tes sales pattes de son corps, traître immonde ! »

Je ne parviens pas à maîtriser le tremblement de mes mains. Elles sont si moites que j'ai du mal à tenir mon pistolet. Je l'agite dans tous les sens. Eva se laisse glisser de ses genoux et se réfugie derrière une chaise. Je la vois tressaillir.

Je hurle.

« Ne bouge pas ! Ou je te descends ! »

Elle s'immobilise. À quatre pattes dans le séjour, elle se roule en boule. Elle tremble et elle pleure. Elle tremble de peur devant moi. C'est parfait.

Steef bredouille quelque chose. Il dit que je me trompe, quelque chose dans le genre. Il a réussi à la convaincre. Tout va s'arranger, tout va rentrer dans l'ordre. Il tend la main.

« On va ramener Eva, elle rentre à la maison… », bredouille-t-il en haletant.

Pourquoi le croirais-je ?

« Donne-moi ton arme. Personne n'en saura rien. »

Ce calme. Je le hais. Je revois la scène. Comment il a pris sa main. Comment, sûr de lui, il l'a entraînée vers le matelas. Je veux qu'il ressente la douleur, l'angoisse que je ressens.

« Je vais te tuer, Steef.

— Parlons un peu. Je t'en prie.

— On a assez parlé. »

Mon doigt sur la détente. Son regard angoissé. La mort. Le corps froid et sans vie de Lieve.

« Pense à ton enfant. Qu'adviendra-t-il de ton enfant avec un père en prison ? »

Il est pris de soubresauts. Il porte les mains à sa tête pour se protéger. Il émet une sorte de couinement plaintif, apeuré. Steef fait dans son froc. Je jubile. Et pourtant il continue à se conduire comme une ignoble crapule. Il ose parler de notre enfant.

Les plaintes étouffées d'Eva.

« Il a raison, Peter. Nous allons avoir un enfant… »

Mon regard passe de l'un à l'autre.

« Toi et moi… »

Je plante mes dents dans l'intérieur de mes joues.

Je sens le goût métallique du sang. Elle porte son enfant.

La situation devient de plus en plus écœurante d'une minute à l'autre. Et maintenant ils vont me faire croire que c'est le mien.

Je vise de nouveau. Son visage se crispe, il ferme les yeux. Il a le nez qui coule. Il me supplie. Des fils de salive apparaissent entre ses lèvres. Il n'émet plus aucun son.

Mon doigt se resserre sur la détente. J'en suis incapable. Je revois Lieve morte dans le bac en verre de l'hôpital. La vie d'un enfant est en jeu.

Puis soudain !

Le coup est assourdissant. Un éclair blanc comme neige me traverse. Touché au flanc, je ressens une brûlure fulgurante. Je suis en feu. Je fais volte-face et j'aperçois Rebecca dans le cadre de la porte, la bouche ouverte, les yeux écarquillés, les mains serrées sur l'arme.

Le sang jaillit. Je trébuche, mais je ne tombe pas. On s'agite près de moi. Ils vont m'achever. Autodéfense ! Je tire avant qu'elle n'ait le temps de tirer de nouveau. À présent, j'en suis capable.

Je la vois se plier en deux. Eva, repliée sur elle-même, se précipite vers Rebecca. Elle la recueille dans ses bras et la tire jusqu'au canapé.

Je veux que les cris cessent. Nous ne sommes plus des êtres humains. Nous ne sommes plus que des cris. J'essaie de me dégager de ce brassage de lumière et de bruit, ça ne s'arrêtera que si j'y mets fin. Je suis une machine qui pompe, qui ronfle. J'agite le pistolet autour de moi. Steef bondit. Il m'empoigne le bras. C'est ma seule chance. J'appuie encore une fois sur la détente ; cette fois, c'est facile. Steef s'affale contre le mur comme un pantin de chiffon.

Eva pousse des cris de mouette.
Je perçois un déclic.
Je me tourne vers elle.
Elle est comme folle.
C'est elle ou moi. Je ne veux pas partir seul. Je ne veux pas rester seul. Je l'aime. Je l'emmène avec moi. Ce n'est pas difficile. Je nous délivre.

Nous tirons en même temps. Sa balle ricoche au plafond. La mienne l'atteint au cœur. Elle lâche son arme. Elle glisse sur le plancher. Je regarde ma femme s'affaler au ralenti sur le corps de Rebecca.

Je ne ressens rien.

Je me retourne, vers Steef. Un zombie. Sa main saisit l'arme qui se trouve à ses pieds. Le dernier coup. J'en suis capable. Je ne tremble plus. Je suis de glace, de pierre. Ils ne s'en tireront pas comme ça. Je les entraîne avec moi en enfer.

Quand enfin le silence revient. Quand je m'effondre enfin. Quand je suis prêt à m'abandonner au froid en dirigeant le canon vers mon cœur, je ne parviens pas à lever le bras. La douleur ne va pas durer. Puis, quand je commence à comprendre, quand les guitares se sont tues, quand je n'ai pas d'autre choix que de viser le cœur et d'appuyer encore une fois sur la détente, quand les larmes se mettent à ruisseler et que les sanglots me brûlent, quand je suis trop lâche, trop lâche pour me retirer le peu de vie qui me reste, je l'aperçois, je l'entends. Il s'est réfugié dans un coin de la cuisine, blotti sous l'évier. Les poings serrés sur son lapin en peluche. Des pleurs à vous briser le cœur.

C'est alors que je comprends, ce que je viens de faire. Mon châtiment est de vivre et de garder à jamais ce regard gravé dans ma mémoire. Pour lui, je resterai en vie, pour lui je paierai. J'essaie de lui tendre la main. Je n'y parviens pas. J'essaie d'extirper mon portable de ma poche. Une douleur fulgurante.

« Je suis désolé », dis-je en murmurant. Il s'arrête de pleurer. Il suce sa sucette. M'observe de ses yeux bleus, immenses, apeurés.

Je glisse. Je m'enfonce dans un froid glacial.
Prends-moi dans tes bras.
C'était ce que je souhaitais. Que de temps en temps, tu me prennes dans tes bras.

En écrivant ce livre, je me suis inspirée des musiques suivantes :

The Babys, « Every Time I Think Of You » (*Head First*, 1978)
David Bowie, « Ziggy Stardust » (*Ziggy Stardust*, 1972)
David Bowie, « Heroes » (*Heroes*, 1977)
Tracy Chapman, « Baby Can I Hold You » (*Tracy Chapman*, 1988)
Alice Cooper, « How You Gonna See Me Now » (*From the Inside*, 1978)
Robert Cray, « Richt Next Door (Because of Me) » (*Strong Persuader*, 1986)
The Eagles, « Lyin Eyes » (*One of These Nights*, 1975)
Guns N'Roses, « Sweet Child O'Mine » (*Appetite for Destruction*, 1987)
Guns N'Roses, « Welcome to the Jungle » (*Appetite for Destruction*, 1987)
Jimi Hendrix, « Hey Joe » (*The Jimi Hendrix Concerts* [Live], 1982)
Rupert Holmes, « Him » (*Partners in Crime*, 1979)
Billy Idol, « White Wedding » (*Billy Idol*, 1982)

Rob de Nijs, « Banger Hart » (*De Band, de Zanger en het Meisje*, 1996)

Harry Nilsson, « Without You » (*Nilsson Schmilsson*, 1971)

Normaal, « Oerend Hard » (*Oerend Hard*, 1977)

Pink Floyd, « Speak To Me » (*The Dark Side of the Moon*, 1973)

Pink Floyd, « Wish You Were Here » (*Wish You Were Here*, 1975)

Pink Floyd, « Shine On You Crazy Diamond » (*Wish You Were Here*, 1975)

Steve Miller Band, « Circle of Love » (*Circle of Love*, 1981)

Donna Summer, « No More Tears (Enough is Enough) » (*On the radio*, 1979)

Survivor, « Eye of the Tiger » (*Eye of the Tiger*, 1982)

Talking Heads, « Once in a Lifetime » (*Remain in the Light*, 1980)

U2, « Elevation » (*All That You Can't Leave Behind*, 2000)

U2, « Vertigo » (*How to Dismantle An Atomic Bomb*, 2004)

Whitesnake, « Here I Go Again » (*Saints & Sinners*, 1982)

The Who, « My Generation » (*My Generation*, 1965)

Robbie Williams et Guy Chambers, « Feel » (*Escapology*, 2003)

Paul Young, « I'm Gonna Tear Your Playhouse Down » (*The Secret of Association*, 1985)

Led Zeppelin, « Stairway to Heaven » (*Led Zeppelin IV*, 1971)

Remerciements

Je tiens à remercier tout d'abord Marcel, mon époux, et mes enfants, ce livre n'aurait jamais vu le jour sans leur soutien. Je remercie également les amis qui me sont restés fidèles en dépit de mon manque de disponibilité. Je sais gré à Mike de m'avoir donné la possibilité de continuer à écrire quand ma maison était en travaux, à Esther et Gerben pour leurs informations sur le fonctionnement des armes et le travail de la police. (J'ai utilisé ces informations dans mon roman et, si j'ai commis des erreurs, la faute n'en incombe qu'à moi.) Un grand merci également à Marc Spitse dont les chroniques sur les villes nouvelles m'ont inspirée, ainsi qu'à Elsa, Chris, Febe et Wendy pour leur soutien intensif et chaleureux, pour avoir eu confiance en moi.

MES SINCÈRES EXCUSES

Pour avoir régulièrement annulé ou reporté des rendez-vous, ou les avoir carrément oubliés, pour toutes les fois où je n'ai pas répondu présente, pour avoir ignoré vos mails et vos SMS, pour ma mauvaise humeur au cours de la dernière phase d'écriture, pour ne pas avoir respecté les délais et pour avoir sciemment tenu à l'écart certaines personnes qui me sont chères afin de ne pas être confrontée à leurs problèmes. Tout cela pour *D'excellents voisins.*

En écrivant ce livre je n'ai nullement eu l'intention de heurter qui que ce soit, ni de juger ou de provoquer. *D'excellents voisins* n'est pas basé sur des faits réels de ma vie ou de celle de personnes de mon entourage.

DU MÊME AUTEUR

Aux Éditions Denoël

RETOUR VERS LA CÔTE, 2007

PETITS MEURTRES ENTRE VOISINS, 2009 (Folio Policier n° 613)

D'EXCELLENTS VOISINS, 2011 (Folio n° 5436)

COLLECTION FOLIO

Dernières parutions

5056. Jean Rouaud — *La femme promise*
5057. Philippe Le Guillou — *Stèles à de Gaulle* suivi de *Je regarde passer les chimères*
5058. Sempé-Goscinny — *Les bêtises du Petit Nicolas. Histoires inédites - 1*
5059. Érasme — *Éloge de la Folie*
5060. Anonyme — *L'œil du serpent. Contes folkloriques japonais*
5061. Federico García Lorca — *Romancero gitan*
5062. Ray Bradbury — *Le meilleur des mondes possibles* et autres nouvelles
5063. Honoré de Balzac — *La Fausse Maîtresse*
5064. Madame Roland — *Enfance*
5065. Jean-Jacques Rousseau — *«En méditant sur les dispositions de mon âme...»*
5066. Comtesse de Ségur — *Ourson*
5067. Marguerite de Valois — *Mémoires*
5068. Madame de Villeneuve — *La Belle et la Bête*
5069. Louise de Vilmorin — *Sainte-Unefois*
5070. Julian Barnes — *Rien à craindre*
5071. Rick Bass — *Winter*
5072. Alan Bennett — *La Reine des lectrices*
5073. Blaise Cendrars — *Le Brésil. Des hommes sont venus*
5074. Laurence Cossé — *Au Bon Roman*
5075. Philippe Djian — *Impardonnables*
5076. Tarquin Hall — *Salaam London*
5077. Katherine Mosby — *Sous le charme de Lillian Dawes Rauno Rämekorpi*
5078. Arto Paasilinna — *Les dix femmes de l'industriel*
5079. Charles Baudelaire — *Le Spleen de Paris*
5080. Jean Rolin — *Un chien mort après lui*

5081. Colin Thubron	*L'ombre de la route de la Soie*
5082. Stendhal	*Journal*
5083. Victor Hugo	*Les Contemplations*
5084. Paul Verlaine	*Poèmes saturniens*
5085. Pierre Assouline	*Les invités*
5086. Tahar Ben Jelloun	*Lettre à Delacroix*
5087. Olivier Bleys	*Le colonel désaccordé*
5088. John Cheever	*Le ver dans la pomme*
5089. Frédéric Ciriez	*Des néons sous la mer*
5090. Pietro Citati	*La mort du papillon. Zelda et Francis Scott Fitzgerald*
5091. Bob Dylan	*Chroniques*
5092. Philippe Labro	*Les gens*
5093. Chimamanda Ngozi Adichie	*L'autre moitié du soleil*
5094. Salman Rushdie	*Haroun et la mer des histoires*
5095. Julie Wolkenstein	*L'Excuse*
5096. Antonio Tabucchi	*Pereira prétend*
5097. Nadine Gordimer	*Beethoven avait un seizième de sang noir*
5098. Alfred Döblin	*Berlin Alexanderplatz*
5099. Jules Verne	*L'Île mystérieuse*
5100. Jean Daniel	*Les miens*
5101. Shakespeare	*Macbeth*
5102. Anne Bragance	*Passe un ange noir*
5103. Raphaël Confiant	*L'Allée des Soupirs*
5104. Abdellatif Laâbi	*Le fond de la jarre*
5105. Lucien Suel	*Mort d'un jardinier*
5106. Antoine Bello	*Les éclaireurs*
5107. Didier Daeninckx	*Histoire et faux-semblants*
5108. Marc Dugain	*En bas, les nuages*
5109. Tristan Egolf	*Kornwolf. Le Démon de Blue Ball*
5110. Mathias Énard	*Bréviaire des artificiers*
5111. Carlos Fuentes	*Le bonheur des familles*
5112. Denis Grozdanovitch	*L'art difficile de ne presque rien faire*
5113. Claude Lanzmann	*Le lièvre de Patagonie*
5114. Michèle Lesbre	*Sur le sable*

5115. Sempé	*Multiples intentions*
5116. R. Goscinny/Sempé	*Le Petit Nicolas voyage*
5117. Hunter S. Thompson	*Las Vegas parano*
5118. Hunter S. Thompson	*Rhum express*
5119. Chantal Thomas	*La vie réelle des petites filles*
5120. Hans Christian Andersen	*La Vierge des glaces*
5121. Paul Bowles	*L'éducation de Malika*
5122. Collectif	*Au pied du sapin*
5123. Vincent Delecroix	*Petit éloge de l'ironie*
5124. Philip K. Dick	*Petit déjeuner au crépuscule*
5125. Jean-Baptiste Gendarme	*Petit éloge des voisins*
5126. Bertrand Leclair	*Petit éloge de la paternité*
5127. Musset-Sand	*« Ô mon George, ma belle maîtresse... »*
5128. Grégoire Polet	*Petit éloge de la gourmandise*
5129. Paul Verlaine	*Histoires comme ça*
5130. Collectif	*Nouvelles du Moyen Âge*
5131. Emmanuel Carrère	*D'autres vies que la mienne*
5132. Raphaël Confiant	*L'Hôtel du Bon Plaisir*
5133. Éric Fottorino	*L'homme qui m'aimait tout bas*
5134. Jérôme Garcin	*Les livres ont un visage*
5135. Jean Genet	*L'ennemi déclaré*
5136. Curzio Malaparte	*Le compagnon de voyage*
5137. Mona Ozouf	*Composition française*
5138. Orhan Pamuk	*La maison du silence*
5139. J.-B. Pontalis	*Le songe de Monomotapa*
5140. Shûsaku Endô	*Silence*
5141. Alexandra Strauss	*Les démons de Jérôme Bosch*
5142. Sylvain Tesson	*Une vie à coucher dehors*
5143. Zoé Valdés	*Danse avec la vie*
5144. François Begaudeau	*Vers la douceur*
5145. Tahar Ben Jelloun	*Au pays*
5146. Dario Franceschini	*Dans les veines ce fleuve d'argent*
5147. Diego Gary	*S. ou L'espérance de vie*
5148. Régis Jauffret	*Lacrimosa*
5149. Jean-Marie Laclavetine	*Nous voilà*
5150. Richard Millet	*La confession négative*

5151.	Vladimir Nabokov	*Brisure à senestre*
5152.	Irène Némirovsky	*Les vierges et autres nouvelles*
5153.	Michel Quint	*Les joyeuses*
5154.	Antonio Tabucchi	*Le temps vieillit vite*
5155.	John Cheever	*On dirait vraiment le paradis*
5156.	Alain Finkielkraut	*Un cœur intelligent*
5157.	Cervantès	*Don Quichotte I*
5158.	Cervantès	*Don Quichotte II*
5159.	Baltasar Gracian	*L'Homme de cour*
5160.	Patrick Chamoiseau	*Les neuf consciences du Malfini*
5161.	François Nourissier	*Eau de feu*
5162.	Salman Rushdie	*Furie*
5163.	Ryûnosuke Akutagawa	*La vie d'un idiot*
5164.	Anonyme	*Saga d'Eirikr le Rouge*
5165.	Antoine Bello	*Go Ganymède!*
5166.	Adelbert von Chamisso	*L'étrange histoire de Peter Schlemihl*
5167.	Collectif	*L'art du baiser*
5168.	Guy Goffette	*Les derniers planteurs de fumée*
5169.	H.P. Lovecraft	*L'horreur de Dunwich*
5170.	Léon Tolstoï	*Le Diable*
5171.	J.G. Ballard	*La vie et rien d'autre*
5172.	Sebastian Barry	*Le testament caché*
5173.	Blaise Cendrars	*Dan Yack*
5174.	Philippe Delerm	*Quelque chose en lui de Bartleby*
5175.	Dave Eggers	*Le grand Quoi*
5176.	Jean-Louis Ezine	*Les taiseux*
5177.	David Foenkinos	*La délicatesse*
5178.	Yannick Haenel	*Jan Karski*
5179.	Carol Ann Lee	*La rafale des tambours*
5180.	Grégoire Polet	*Chucho*
5181.	J.-H. Rosny Aîné	*La guerre du feu*
5182.	Philippe Sollers	*Les Voyageurs du Temps*
5183.	Stendhal	*Aux âmes sensibles* (à paraître)
5184.	Alexandre Dumas	*La main droite du sire de Giac et autres nouvelles*

5185.	Edith Wharton	*Le miroir* suivi de *Miss Mary Pask*
5186.	Antoine Audouard	*L'Arabe*
5187.	Gerbrand Bakker	*Là-haut, tout est calme*
5188.	David Boratav	*Murmures à Beyoğlu*
5189.	Bernard Chapuis	*Le rêve entouré d'eau*
5190.	Robert Cohen	*Ici et maintenant*
5191.	Ananda Devi	*Le sari vert*
5192.	Pierre Dubois	*Comptines assassines*
5193.	Pierre Michon	*Les Onze*
5194.	Orhan Pamuk	*D'autres couleurs*
5195.	Noëlle Revaz	*Efina*
5196.	Salman Rushdie	*La terre sous ses pieds*
5197.	Anne Wiazemsky	*Mon enfant de Berlin*
5198.	Martin Winckler	*Le Chœur des femmes*
5199.	Marie NDiaye	*Trois femmes puissantes*
5200.	Gwenaëlle Aubry	*Personne*
5201.	Gwenaëlle Aubry	*L'isolée* suivi de *L'isolement*
5202.	Karen Blixen	*Les fils de rois* et autres contes
5203.	Alain Blottière	*Le tombeau de Tommy*
5204.	Christian Bobin	*Les ruines du ciel*
5205.	Roberto Bolaño	*2666*
5206.	Daniel Cordier	*Alias Caracalla*
5207.	Erri De Luca	*Tu, mio*
5208.	Jens Christian Grøndahl	*Les mains rouges*
5209.	Hédi Kaddour	*Savoir-vivre*
5210.	Laurence Plazenet	*La blessure et la soif*
5211.	Charles Ferdinand Ramuz	*La beauté sur la terre*
5212.	Jón Kalman Stefánsson	*Entre ciel et terre*
5213.	Mikhaïl Boulgakov	*Le Maître et Marguerite*
5214.	Jane Austen	*Persuasion*
5215.	François Beaune	*Un homme louche*
5216.	Sophie Chauveau	*Diderot, le génie débraillé*
5217.	Marie Darrieussecq	*Rapport de police*
5218.	Michel Déon	*Lettres de château*
5219.	Michel Déon	*Nouvelles complètes*

5220.	Paula Fox	*Les enfants de la veuve*
5221.	Franz-Olivier Giesbert	*Un très grand amour*
5222.	Marie-Hélène Lafon	*L'Annonce*
5223.	Philippe Le Guillou	*Le bateau Brume*
5224.	Patrick Rambaud	*Comment se tuer sans en avoir l'air*
5225.	Meir Shalev	*Ma Bible est une autre Bible*
5226.	Meir Shalev	*Le pigeon voyageur*
5227.	Antonio Tabucchi	*La tête perdue de Damasceno Monteiro*
5228.	Sempé-Goscinny	*Le Petit Nicolas et ses voisins*
5229.	Alphonse de Lamartine	*Raphaël*
5230.	Alphonse de Lamartine	*Voyage en Orient*
5231.	Théophile Gautier	*La cafetière* et autres contes fantastiques
5232.	Claire Messud	*Les Chasseurs*
5233.	Dave Eggers	*Du haut de la montagne, une longue descente*
5234.	Gustave Flaubert	*Un parfum à sentir ou Les Baladins* suivi de *Passion et vertu*
5235.	Carlos Fuentes	*En bonne compagnie* suivi de *La chatte de ma mère*
5236.	Ernest Hemingway	*Une drôle de traversée*
5237.	Alona Kimhi	*Journal de Berlin*
5238.	Lucrèce	*«L'esprit et l'âme se tiennent étroitement unis»*
5239.	Kenzaburô Ôé	*Seventeen*
5240.	P.G. Wodehouse	*Une partie mixte à trois* et autres nouvelles du green
5241.	Melvin Burgess	*Lady*
5242.	Anne Cherian	*Une bonne épouse indienne*
5244.	Nicolas Fargues	*Le roman de l'été*
5245.	Olivier Germain-Thomas	*La tentation des Indes*
5246.	Joseph Kessel	*Hong-Kong et Macao*
5247.	Albert Memmi	*La libération du Juif*

5248.	Dan O'Brien	*Rites d'automne*
5249.	Redmond O'Hanlon	*Atlantique Nord*
5250.	Arto Paasilinna	*Sang chaud, nerfs d'acier*
5251.	Pierre Péju	*La Diagonale du vide*
5252.	Philip Roth	*Exit le fantôme*
5253.	Hunter S. Thompson	*Hell's Angels*
5254.	Raymond Queneau	*Connaissez-vous Paris?*
5255.	Antoni Casas Ros	*Enigma*
5256.	Louis-Ferdinand Céline	*Lettres à la N.R.F.*
5257.	Marlena de Blasi	*Mille jours à Venise*
5258.	Éric Fottorino	*Je pars demain*
5259.	Ernest Hemingway	*Îles à la dérive*
5260.	Gilles Leroy	*Zola Jackson*
5261.	Amos Oz	*La boîte noire*
5262.	Pascal Quignard	*La barque silencieuse (Dernier royaume, VI)*
5263.	Salman Rushdie	*Est, Ouest*
5264.	Alix de Saint-André	*En avant, route!*
5265.	Gilbert Sinoué	*Le dernier pharaon*
5266.	Tom Wolfe	*Sam et Charlie vont en bateau*
5267.	Tracy Chevalier	*Prodigieuses créatures*
5268.	Yasushi Inoué	*Kôsaku*
5269.	Théophile Gautier	*Histoire du Romantisme*
5270.	Pierre Charras	*Le requiem de Franz*
5271.	Serge Mestre	*La Lumière et l'Oubli*
5272.	Emmanuelle Pagano	*L'absence d'oiseaux d'eau*
5273.	Lucien Suel	*La patience de Mauricette*
5274.	Jean-Noël Pancrazi	*Montecristi*
5275.	Mohammed Aïssaoui	*L'affaire de l'esclave Furcy*
5276.	Thomas Bernhard	*Mes prix littéraires*
5277.	Arnaud Cathrine	*Le journal intime de Benjamin Lorca*
5278.	Herman Melville	*Mardi*
5279.	Catherine Cusset	*New York, journal d'un cycle*
5280.	Didier Daeninckx	*Galadio*
5281.	Valentine Goby	*Des corps en silence*
5282.	Sempé-Goscinny	*La rentrée du Petit Nicolas*
5283.	Jens Christian Grøndahl	*Silence en octobre*
5284.	Alain Jaubert	*D'Alice à Frankenstein (Lumière de l'image, 2)*

5285.	Jean Molla	*Sobibor*
5286.	Irène Némirovsky	*Le malentendu*
5287.	Chuck Palahniuk	*Pygmy* (à paraître)
5288.	J.-B. Pontalis	*En marge des nuits*
5289.	Jean-Christophe Rufin	*Katiba*
5290.	Jean-Jacques Bernard	*Petit éloge du cinéma d'aujourd'hui*
5291.	Jean-Michel Delacomptée	*Petit éloge des amoureux du silence*
5292.	Mathieu Terence	*Petit éloge de la joie*
5293.	Vincent Wackenheim	*Petit éloge de la première fois*
5294.	Richard Bausch	*Téléphone rose* et autres nouvelles
5295.	Collectif	*Ne nous fâchons pas! Ou L'art de se disputer au théâtre*
5296.	Collectif	*Fiasco! Des écrivains en scène*
5297.	Miguel de Unamuno	*Des yeux pour voir*
5298.	Jules Verne	*Une fantaisie du docteur Ox*
5299.	Robert Charles Wilson	*YFL-500*
5300.	Nelly Alard	*Le crieur de nuit*
5301.	Alan Bennett	*La mise à nu des époux Ransome*
5302.	Erri De Luca	*Acide, Arc-en-ciel*
5303.	Philippe Djian	*Incidences*
5304.	Annie Ernaux	*L'écriture comme un couteau*
5305.	Élisabeth Filhol	*La Centrale*
5306.	Tristan Garcia	*Mémoires de la Jungle*
5307.	Kazuo Ishiguro	*Nocturnes. Cinq nouvelles de musique au crépuscule*
5308.	Camille Laurens	*Romance nerveuse*
5309.	Michèle Lesbre	*Nina par hasard*
5310.	Claudio Magris	*Une autre mer*
5311.	Amos Oz	*Scènes de vie villageoise*
5312.	Louis-Bernard Robitaille	*Ces impossibles Français*
5313.	Collectif	*Dans les archives secrètes de la police*

5314.	Alexandre Dumas	*Gabriel Lambert*
5315.	Pierre Bergé	*Lettres à Yves*
5316.	Régis Debray	*Dégagements*
5317.	Hans Magnus Enzensberger	*Hammerstein ou l'intransigeance*
5318.	Éric Fottorino	*Questions à mon père*
5319.	Jérôme Garcin	*L'écuyer mirobolant*
5320.	Pascale Gautier	*Les vieilles*
5321.	Catherine Guillebaud	*Dernière caresse*
5322.	Adam Haslett	*L'intrusion*
5323.	Milan Kundera	*Une rencontre*
5324.	Salman Rushdie	*La honte*
5325.	Jean-Jacques Schuhl	*Entrée des fantômes*
5326.	Antonio Tabucchi	*Nocturne indien* (à paraître)
5327.	Patrick Modiano	*L'horizon*
5328.	Ann Radcliffe	*Les Mystères de la forêt*
5329.	Joann Sfar	*Le Petit Prince*
5330.	Rabaté	*Les petits ruisseaux*
5331.	Pénélope Bagieu	*Cadavre exquis*
5332.	Thomas Buergenthal	*L'enfant de la chance*
5333.	Kettly Mars	*Saisons sauvages*
5334.	Montesquieu	*Histoire véritable et autres fictions*
5335.	Chochana Boukhobza	*Le Troisième Jour*
5336.	Jean-Baptiste Del Amo	*Le sel*
5337.	Bernard du Boucheron	*Salaam la France*
5338.	F. Scott Fitzgerald	*Gatsby le magnifique*
5339.	Maylis de Kerangal	*Naissance d'un pont*
5340.	Nathalie Kuperman	*Nous étions des êtres vivants*
5341.	Herta Müller	*La bascule du souffle*
5342.	Salman Rushdie	*Luka et le Feu de la Vie*
5343.	Salman Rushdie	*Les versets sataniques*
5344.	Philippe Sollers	*Discours Parfait*
5345.	François Sureau	*Inigo*

*Composition Firmin Didot
Impression Novoprint
à Barcelone, le 20 mai 2012
Dépôt légal : mai 2012*

ISBN 978-2-07-044727-5./Imprimé en Espagne.

241265